그래도 나는 꼴값을 하며 살고 싶다

그래도 나는 꼴값을 하며 살고 싶다

지은이 김 창 환

1판 1쇄 인쇄 2012년 2월 10일
1판 1쇄 발행 2012년 2월 17일

발행인 김소양

편집주간 김삼주
편집 박은아, 이윤희, 박시남
기획 전민상
마케팅 김지원, 이희만, 장은혜

발행처 (주)우리글
출판등록번호 제 321-2010-000113호
출판등록일자 1998년 06월 03일

주소 서울시 서초구 양재2동 299-5 남양빌딩 6층
마케팅 02-566-3410 **편집** 02-575-7907 **팩스** 02-566-1164
홈페이지 www.wrigle.com **블로그** blog.naver.com/wrigle

ⓒ김창환, 2012

그래도 나는 꼴값을 하며 살고 싶다

김
창
환

산
문
집

우리글

산은 적막하다. 나무들은 산에 깃들어 살지만 나무는 스스로 산을 이룬다. 산에 오르면 나는 산을 이루지는 못하고 한 그루 나무처럼 대지의 일부가 된다. 그리고 한 마리 멧새처럼 자유롭다.

산중에서 나리꽃이나 도라지꽃은 저만치 홀로 피어 아름답다. 바위들은 침묵함으로 경건하다. 홀로 산에 오르는 길은 산처럼 적막하다. 지나는 바람도 없는데 나뭇잎이 소리를 내며 흔들리면, 나도 흔들린다.

불혹不惑이라는 말이 있다. 일찍이 공자가 교훈처럼 던져준 말이다. 그 나이가 되면 망설이거나 부질없이 무엇에 홀리거나 해서는 안 된다는 말이다. 역설처럼 그 나이에는 누구나 흔들릴 수밖에 없을 거라는 말이기도 한 것 같다. 흔들리는 삶의 모습이야 사십 대에만 한정할 수 없을 일이지만, 사십 대에는 더욱 그럴 수밖에 없을 거라는 의미가 있을 것이다.

그러나 공자가 살았던 세상과 내가 살아가는 이 시대를 비교할 수는 없다. 능력이라고 말할 수 있을 것인지 두리번거리기도 하지만, 인간은 비교할 수 있는 능력이 생기면서 불행이라는 것을 느끼기도 한다. 소중한 것을 잃었을 때 비극이라고 말하기도 한다.

불행과 비극은 닮아 있으면서 비켜나 있기도 하다. 불행하다는 느낌은 스스로 불러들이는 것이고, 비극은 스스로 가지기보다는 우연처럼 던져지는 것이기도 하기 때문이다.

사십 대를 지나면서 결코 가볍지 않은 불행과 비극에 마주 서보기도 했다. 그 불행과 비극은 사나운 태풍처럼 나를 흔들어대기도 했고, 제풀에 비틀거리기도 해야 했다.

사랑한다는 것은 그 대상의 말에 귀 기울여준다는 의미이기도 하다. 불행과 비극을 겪었다는 것은, 그 대상이 던진 말이 주는 울림의 높낮이를 헤아릴 수 있게 되었다는 것과 같은 뜻일 거다.

지금 나의 말과 행동의 대부분은 이미 경험한 것의 투영작용에 의해 생성된 산물이다. 불행과 비극은 삶을 파괴하거나 흔들리게

만 하는 것이 아니라, 때로는 삶을 정화하기도 한다.

가난이 배인 궁상은 내 삶을 관통하는 것이었다. 나에게 배어든 궁상은 늘 던져버리고 싶은 것들이었다. 궁상스러움은 나의 한계이지만 또 다른 지향점이기도 했다.

운명론자처럼 인생은 예정된 길을 가는 것이라는 생각을 한다. 운명이라는 것에서 운運은 수레가 굴러가는 모습이다. 수레가 세상으로 나 있는 길로 굴러간다면 내 운명에 좌고우면 해야 할 심각함에서 가벼워지기도 해야 할 것이다.

세상의 명리를 취하겠다며 내가 나 자신에게서 비켜서지 않으면 좋겠다. 또한 삶의 본질 속에 다분히 치사하거나 비겁한 것도 있을 거라며, 다가서는 불행과 비극을 피하거나 비켜나지 않으면 좋겠다.

내가 볼 수 있는 내 모습은 그림자처럼 빈 모양일 것이다. 비어 보이는 그 모습에서 비켜서고 싶지 않다. 그러하여 꼴값을 하며 사는 것이 스스로에게 정의로우리라는 어리석은 삶을 살고 싶다.

산에 오르는 것은 적막하다. 나리꽃이거나 도라지꽃은 저 홀로 피어 산에서 아름답다. 그 꽃과 나무들에게 말을 걸고 외로움을 나누며 세상에 그 아름다움을 전해주고 싶다.

아직 가지 않은 세상으로 걸어가야 할 길이 남아 있다는 것만으로도 살아가야 할 의미가 있는 것처럼 세상은 충분히 아름답다. 혼자이든 동행이든, 가야 할 들길과 숲이 있다는 것만으로도 마음이 설렌다. 내가 살아온, 그리고 살아갈 풍경과 인연에 감사한다.

2012년 봄을 기다리며
김 창 환

차 례

3부: 길에서 길을 묻다

5부: 인연, 그리고 연민과 번민

1부

니가 누구더라

✳ 니가 누구더라

오랜만에 고향마을에 들렀다가 고샅길에서 동네 어르신 한 분을 만났다.

"안녕하세요, 잘 지내시지요?"

그분은 약간 당황스러운 듯 뜨악한 표정으로 나를 보신다.

"니가 누구더라?"

이제 내가 당황스러워졌다.

"저요, 창환이요."

이름을 말씀드리면 당연히 알아봐 주실 줄 알았는데, '창환이?' 하시고 는 고개를 갸웃거리신다.

어린 시절부터 우리 동네는 물론이고 근동에도 제법 알려졌었다고 생 각했었는데, 그래서 당연히 나를 알아봐 주셨어야 한다는 나름 짐작으로 순간 심통이 나려고까지 했다. 그래도 시작을 했으니 마무리는 해야 하겠 기에 아버지 성함을 말씀드렸다. 그제야 고개를 끄덕거리시더니

"아버지는 잘 기시지?" 하신다.

은하봉과 지기산, 산봉우리 둘이 동무처럼 정답게 마주 서고 두 봉우리

가 느려 놓은 야트막한 능선이 마을의 끝으로 길게 내려와 있었다. 돌 담 사이로 낮은 초가들이 엎드려 있고 키 큰 미루나무며 가중나무들이 듬성 듬성 그 초가들을 내려다보며 서 있었다. 음력으로 시월이니 늦가을이었 다. 짧은 늦가을 해가 어둠을 느려 놓으며 서산으로 넘어갈 즈음 나는 세 상에 왔더란다.

낮게 웅크린 초가지붕과 돌담처럼 가난도 그렇게 웅크리고 있었다. 그 래서 유년시절 기억은 흙벽의 작은 방 한켠에서 채 한 말을 넘지 못한 채 늦가을 햇살처럼 시들어가던 쌀자루가 주던 궁상과 허기로 시작되곤 했다.

혼례식 때 나눌 술을 담그려고 꾸었다는 쌀 몇 말이었다는데 장리로 이 자가 불어나는 바람에, 논 한 뼘도 없던 빈한함에 달랑 밭 두 뙈기 중 한 뙈기마저 남에게 넘겨져야 했다고 한다. 그래서 내가 태어났을 때 남아있 던 것은, 멀리 산비탈로 토질도 시원찮은 여섯 마지기 밭뙈기뿐이었다.

지금이야 능력의 차이라 여기며 가혹하게 재단되기도 하지만, 그 시절 은 대부분 살림살이가 궁핍하였으니 흉볼 일은 아니었다. 그저 팔자소관 이라 여기며 어쩔 수 없다는 듯이 넘어갈 만한 일이었다.

어머니가 이웃집으로 품팔이를 가셨던 날이면 가끔 일을 한 집에서 궁 상스럽게 저녁밥을 얻어먹고도 왔지만, 그런 일 또한 그리 부끄럽게 생각 되지 않았다.

누런 기성회비 봉투에는 담임선생님의 뽈도장이 찍히지 못하고 공란으 로 남겨져, 늘 내 이름이 서럽게 불리곤 했다. 그런 날이면 어머니에게 투 정을 부리며 아침밥도 거르고 눈물을 그렁그렁 매단 채 사립문을 나서기도 했지만, 어쩔 수 없는 형편이려니 생각했다.

그 시절에도 그랬지만, 지금도 그 궁핍이나 궁상스러움이 뒤돌아보고 싶지 않은 과거는 아닌 것 같다. 오히려 유년의 일상을 생생하게 기억하게 해준 고마운 일이라 생각한다. 그래서 천생 촌놈으로 지금까지 크게 되바라지지 않은 채 살아가는 거라며 고마운 마음이 들기도 한다.

땅에 내려놓지 않을 만큼 당신 손자를 귀여워하셨다는 조모는 앞마당에 모란꽃이 지던 즈음 돌아가셨다고 한다. 손자에게 흐릿한 모습 하나 남겨놓지 못한 채 돌아가신 것이 참으로 안타깝다.

그리고 초등학교에 입학할 무렵 이른 봄날, 아버지가 예쁜 꽃사슴 두 마리와 노랑나비가 그려져 있는 작은 가방을 사갖고 오신 것이 기억나는 걸 보면, 살림살이는 궁핍했어도 부모님의 사랑은 듬뿍 받고 자란 편이었다.

어머니는 이른 봄날부터 산으로 들로 나물을 뜯고 캐러 다니셨고, 이 마을 저 마을로 품팔이를 다니셨다. 품팔이를 가서 새참으로 내어준 개떡 두어 쪽도 당신 입속에는 넣지 못하시고, 새끼 새를 키우는 어미 새처럼 허리춤에 숨겨 갖고 오셨다. 지친 육신을 펄럭이며 해가 긴 봄날에도 어두워져서야 집에 돌아오시곤 했던 고단한 일상의 연속이었다.

초등학교 삼 학년쯤이었던가 싶다. 학교에서 선생님이 아이들을 정해 까만 새끼 염소 한 마리씩을 나눠주었다. 훗날 그만큼 키워 돌려달라는 것이었다. 덕분에 한동안 염소 키우는 것에 열중했다. 까만 염소를 동생처럼, 누구보다 다정한 친구처럼 여겼다. 말뚝으로 이어진 줄을 잡고 풀밭을 다니면서는 한가로이 떠가는 뭉게구름처럼 미래의 꿈을 꾸기도 했다. 그

때부터 들꽃들을 좋아하게 된 것 같다. 한가로이 뻐꾸기가 울 즈음 수수하게 피는 찔레꽃을 좋아하게 되었고 개망초꽃도 좋아져 갔다.

말뚝이 뽑혀져 자라던 작물들이 다쳤다며 동네 어른들에게 핀잔 듣기 일쑤였지만 내가 키우던 염소가 마을에서 제일이었다. 두 마리가 아닌 세 마리가 기본이었고, 한꺼번에 새끼를 네 마리나 낳은 적도 있었다. 내가 키운 새끼염소를 사려면 사전에 예약까지 해야 할 정도였다. 늘 서럽게 어미 곁을 떠났던 새끼염소들 덕분에 훗날 멋진 교복을 입은 중학생이 될 수 있었다.

저녁나절이면 두레박이 걸려있던 우물에서 잘름잘름 고무신을 적시며 물지게를 지고 물을 길어오곤 했고 어머니가 들에서 돌아오시기 전에 가랑잎처럼 작은 손으로 보리쌀을 비벼 밥 지을 준비를 해놓곤 했다.

'공부해라' 하는 소리를 들어본 기억이 드물다. '이렇게 해라', '저렇게 해라' 하는 말씀을 들어본 기억도 마찬가지다. 그래도 한번은 그랬던 것 같다. 초등학교 이 학년 때쯤이던가 싶은데, 동네 사랑방에서 처음 시작했던 예배당에 다니기 시작했다.

앉은뱅이책상을 잇대 세운 강대상을 가운데 두고, 그 옆으로 논산훈련소 야외교장에 괘도처럼 한지에 먹으로 찬송가 가사가 배든 풍경이었다. 서울에서 공부하다가 폐병이 창백한 낯빛으로 배든 청년이 강대상을 두드리며 예배를 인도하곤 했다. 하나 둘 신도들이 늘어나면서 직접 블록을 찍어 동네 한가운데로 '내 고향 충청도'라는 유행가 가사의 일부처럼 하얀 예배당을 세우기도 했다.

고린도전서에는 이것저것 중에서도 '사랑이 제일이라' 며 달달 외우기도 했는데, 그러나 작은 교회 안에서도 사랑으로는 다 채우지도 못하고 갈등과 반목이 각을 세우기도 했다. 나를 아껴주시고, 웅변 원고도 다듬어주시고, 알록달록 구슬을 한 통이나 선물로 주셨던 전도사님은 슬픈 낯빛을 하시고 교회를 떠나셔야 했다.

어느 날인가는 아버지께서 무겁게 나를 부르셨다. 다른 마을 교회에서 부흥집회가 열리는 날이면 예배에 참석했다가 밤늦게 집으로 돌아오던 시절이었다. 물론 부모님은 교회에 다니지 않으셨다. 아버지는 단도직입적으로 물으셨다.

"공부를 할 것인가, 아니면 교회를 다닐 것인가?"

공부에 대해서는 관심이 별로 없으신 줄 알고 있었는데, 아버지의 질문은 너무 어렵고 무거웠다. 둘 중 어느 것 하나만을 선택할 용기가 나에겐 없었다.

"둘 다 열심히 하겠습니다."

당시 내 신앙심은 나름 심취해가는 수준이었다. 아버지의 얼굴에서 분노가 읽혀졌다. 그리고 당시 우리 집 재산 목록에 들기도 했을 큼지막한 배터리가 매달려 있던, 저녁이면 거르지 않고 연속극도 들어야했던 것인데, 한동안 연속극은 들을 수 없는 날들이 이어지기도 했다.

상록수

중학교 이 학년 때 예산에서 열렸던 백일장에 참가했던 적이 있다. 그때 태어나서 처음으로 인솔했던 선생님이 사 주신 짜장면을 먹어보았다.

태어나 처음 혀에 감겨든 그 맛이 너무나 황홀했지만 그 느끼함을 내 천진한 속이 받아들이지 못하는 바람에, 돌아오는 버스 안에서 흉물스런 모습을 보여야 했다.

그 날 백일장 제목은 '이사 가던 날'이었다. 한 번도 이사를 해본 적이 없으니 결과는 장려상이었다. 그날 운명처럼 고서 느낌이 나는 누런 지질의 책 한 권이 부상으로 내게 주어졌다. 이 책 한 권이 내가 가야 할 진로를 이정표처럼 알려주었다. 심훈의《상록수》였다.

밤늦게까지 그 책을 읽었다. 그날 밤 책 속의 남자 주인공 '박동혁'과 같은 사람이 되어야겠다며 마음을 굳혔다. 새싹으로 피어나는 잎새 모양이 그려진 새마을운동 녹색 깃발이 큰 소리를 내며 펄럭이던 시절이었다. 아버지 또한 마을의 새마을지도자이셨다.

중학교를 마치며 당연한 일인 듯이 농업학교를 선택했다. 학비 걱정이 없고 상록수의 남자주인공인 박동혁의 뒤를 따르기 위해서는 농업학교를 가야 한다고 생각했다.

혼자 이불보따리를 메고 낯선 곳, 공주로 가서 읍내에서 금강대교를 건너 전막이라는 곳에 짐을 풀었다. 중학교 선배의 친척 집으로 식당도 겸하던 곳이었는데 선배의 권유로 그곳에서 같이 지내게 된 것이다. 그리고 며칠이 지나 우연히 그 선배 책꽂이에 꽂혀있던 앨범을 펼쳐보았다.

그때 고향마을 지기산 정상에는 미군이 주둔하고 있었다. 아이들은 부시맨처럼 콜라병을 줍고, 던져주는 빵을 얻어 왔으며, 동네 형들은 야한 사진들이 박힌 영어로 된 책을 주워 오기도 했다. 그런데 선배의 앨범 역시 동네 형들이 볼 때 등 뒤에서 힐끔힐끔 훔쳐보기도 했던 그런 류의 야한 사진들로 스크랩이 되어 있었다.

호기심이 많을 나이였는데 왠지 거부감이 들어 다음날 다시 짐을 싸서 기숙사로 들어갔다. 왜 그런 생각을 하게 되었는지 지금도 의아하다.

기숙사 생활은 추위와 배고픔의 연속이었다. 겨울에는 난방이 제대로 되지 않아 잠을 편히 잘 수가 없었다. 그리고 질은 그렇다 하더라도 양을 채울 수가 없어서 말 그대로 허기를 참아내야 하는 힘든 시간들이 이어졌다. 처음으로 집을 떠났으니 외로움도 깊었다.

주말에는 가끔 편을 나눠 축구시합을 했다. 체질에 맞지 않는 수비수를 하라는 선배의 말을 어기고 공격수로 나섰다가, 그날 밤 금강 백사장에서 엉덩이에 불이 나도록 얻어맞고 이런저런 서러움에 눈물을 찍어내기도 했다.

영농 학생이어서 수업시간에도 교실에 앉아 있지 못한 채 포장에서 일하는 시간이 많아졌다. 그리고 이 학년이 되면서 진로에 대한 다른 생각이 들기 시작했다. 한 달에 한번쯤 고향 집에 다녀오곤 했는데 가끔 친구들을 만나며 덧난 상처처럼 마음이 아프기도 했다.

'너 학교 어디 다니냐?' 라고 물으면 떳떳하게 답을 주지 못했다. 그렇다고 아예 질문을 무시하지도 못해 '공주에서 다녀' 라고 말하기도 했다. 그러면 친구들은 그곳에 있는 학교 이름들을 줄줄이 읊어댔지만 끝내 내가 다니는 농업학교는 나오지 않았다.

인문학교에 다니는 친구들과 비교하면서 내가 자꾸 추락하고 있다는 자괴감을 떨쳐낼 수 없었다. 끝없는 사막을 지나는 대상처럼 타는 갈증으로 마음이 갈급해졌다. 그리고 다짐했다. '대학엘 가야겠다고.'

고향 집에 가는 길에 부모님께 말씀드렸다. 한 번도 그런 생각을 가져보지 못한 부모님은 황당한 표정으로 씁쓸해하셨다.

"졸업하고 민서기 디는 셤이나 치지 그러냐?"

웬만큼 공부하면 어려운 일은 아니었다. 그러나 더 이상 이유를 보탤 것이 없었으므로 스스로 방법을 찾아내는 수밖에 없었다. 특히 형이 대학에 다니는 기숙사 후배들에게 읍소를 하다시피 부탁해 참고서를 구했다. 그러나 마음이 바뀌기도 해 혼란스러웠고 불확실한 장래에 흔들리기도 했다.

부모님께 알리지도 못한 채 예비고사를 보러 갔다. 그러나 마침내 아버지는 '대학에 가라' 고 허락해주셨다.

✳

천리포

격동의 1970년대가 저물어가던 시월 하순, 무거운 음악이 깔리면서 국가 원수의 시해 소식을 알렸다. 시해라는 용어는 처음 듣는 말이었다. 아침식사 시간이었던가. 식판에 남아있는 밥을 더 이상 삼킬 수가 없었다. 정규방송이 멈춰지고 깔리던 무거운 음악처럼 엄청난 충격으로 다가온 소식이었다. 당시엔 태양이 빛을 가린 것처럼 깊은 상실감이 들었다.

이듬해 캠퍼스엔 화사한 봄기운이 넘실거렸지만 시국은 차갑게 얼어붙고 있었다. 그날 아침 숟가락을 내려놓게 만들었던 그 상실감이 오월의 광장에서 헝클어지기 시작해 깃발을 앞세운 무리에 합류하기도 했다.

봄이 지나 여름이 시작되었지만 대지는 동토처럼 얼어붙어 가고 있었다. 교문을 장갑차가 막아서고 운동장엔 야전천막이 늘어서 있었다. 시작과 끝이, 옳고 그름이 다 엉켜 있었다.

고향으로 돌아왔다. 한창 모내기 철이었다. 논이라고는 벼 한 포기 꽂을 땅도 없었지만, 어려서부터 숙달된 모 심는 솜씨로 일당 사천 원씩을 받고 어머니처럼 품팔이 일을 다녔다.

모내기로 품팔이 일은 대단한 노역이었다. 그때 처음 막걸리를 마셔보았다. 어려서부터 교회에 다녔으니 상상해보지 못한 내 모습이었다. 장마를 기다리는 천수답을 제외하고 열흘쯤 다녔던 것 같다.

모내기가 끝나가면서 보리타작이 시작되었다. 이번에는 보리타작하는 탈곡기를 따라다녔다. 유월의 달궈져 가는 태양 아래 시커먼 짐승의 아가리 같은 탈곡기에 보릿대를 들이미는 것은 고역이었다.

모내기 일을 가면 품삯 외에 '은하수'이거나 '한산도' 담배 한 갑씩을 주었다. 그때까지는 일찍 담배 맛에 길들여진 친구에게 적선처럼 베풀기도 했지만, 보리타작 일을 할 때는 나 또한 담배 맛에 길들여지고 있었다.

보리타작 일이 끝났을 때 어디론가 떠나고 싶다는 생각이 들었다. 언젠가 한번 학생잡지에서 본 천리포 수목원이었다.

"어머니, 저 자리 잡으면 편지할게유."

계산되고 계획되고 설계되어진 삶이 아니었다. 충동적이고 감상적이기도 했다. 그런 행태는 지금까지도 내 행동의 전반을 지배하고 있는 것 같다. 그리고 그 이면엔 야만처럼 아무도 간섭하지 않는 내 삶이 주는 여유로움이 있었다. 그건 내가 자란 환경과 부모님께 감사해야 할 일이었다.

풍족하고 평온한 삶을 다져오지는 못했지만 그래서 멋지게 인생을 설계하고 꾸미는 사치는 누려보지도 못했지만, 현실도피든 역마살이든 떠나고 싶을 때 떠날 수 있었던 야만은 남루한 삶에 한 가닥 축복이기도 했다.

수목원 생활은 한 달쯤 이어졌다. 아름다운 수목원을 이 땅에 남기고 이제는 고인이 되신, 밀러 씨를 그곳에서 만났다. 그분은 멋진 풍모의 미국인 신사였다.

그리고 썰물이면 흰 고무신에 조개를 줍고 게를 파내던 첫사랑 같은 소녀를 만나기도 했다. 그러한 기억들은 이런저런 일로 가슴 아픈, 이제는 흐릿한 마음속의 풍경이 되어 그리움으로 남아 있다.

교문이 다시 열리면서 학교로 돌아왔고 오랫동안 금지되었던 자정 이후의 통행금지가 해제되고 마지막 체육관 선거를 통해 대통령이 선출되었다. 그러나 대학생활은 칠월 가뭄의 콩 포기처럼 시들어갔다. 그리고 겨울방학이 되자 나는 다시 서귀포로 방황처럼 무전여행을 떠났다.

＊

장난감 병정

남도의 섬에서 중대장으로 근무하던 시절, 나는 이십 대 후반의 나이였다. 겨울철이 되면 자주 산불이 나곤 했는데, 어느 날 새벽 비상소집으로 부대에 도착하니 산불 진화를 위한 출동명령이 기다리고 있었다.

중대원을 인솔해 군청에서 제공한 배를 타고 바다를 건너 무인도로 떠나기 전에 후배 장교가 예감처럼 상황실에서 말을 건넸다.

"중대장님이 가시면 왠지 불안한데요."

선두에서 지휘를 해야 하는 위치이니 그렇게 말했겠지만, 말 그대로 물인지 불인지 가끔씩 구분을 잘 못 하는 내 행태를 알고 있기 때문일 거라는 생각이 들었다.

헬기로 물을 쏟아 붓고 있었지만 거센 강풍 때문에 나무에서 나무를 타고 불길은 번져가고 있었다. 우리는 온몸과 얼굴에 검정 칠을 하고 점심은 헬기로 내려주는 빵과 우유를 먹어야 했다. 삽과 나뭇가지를 이용한 원시적인 진화방법은 체력을 많이 요구했고 중대원들의 대열을 통제하며 내 목소리는 점점 탁해졌다.

날이 저물면서 체력은 바닥을 드러냈다. 절벽을 통과하기 위해 나뭇가지를 잡는 순간, 차가운 날씨에 약간 얼기도 했을 나뭇가지가 부러지며 나는 절벽을 굴렀다. 십여 미터를 구르며 정신은 흐려졌고, 작은 소나무가지에 두 다리가 걸렸다.

중대원들이 달려오고 흐릿하던 정신이 돌아왔을 때 소나무 저 아래를 내려다보았다. 삼십여 미터 수직의 절벽 아래는 바닷가로 이어지는 암반지대였다. 그대로 떨어졌다면 내 몸은 이층 옥상에서 수박을 그대로 내던진 것 같은 상황이 되었을 것이다. 그래도 그때는 내가 살아 있다는 것이나 부모 형제보다 '내 상급자에게 불충하지 않고 부하들에게 아픔을 주지 않았다'는 것이 다행이라 여겨졌다.

그 후 너무나 가슴 아픈 서해안 천안함 폭침 사고로 그 사건이 문득 기억 위로 떠올랐던 적이 있다. 그리고 그때 그렇게 생각했던 것은, 내가 젊고 푸른 제복을 입고 있었기 때문이라는 생각이 들었다.

세상일이야 늘 이런저런 일로 시끄럽다. 그래서 누군가를 손가락질하며 살아가게 마련이다. 그러나 그렇다 여기기에는 너무나 가슴 아프고 충격적인 일들이 당황스럽게 내 앞에 닥치기도 한다. 그래도 남 일처럼 세끼를 다 챙겨 먹으며 그저 그런 일상에 빠져 살아간다.

한 군인의 슬픈 소식을 들어야 했다. 침몰한 천안함 인명 구조 활동 중에 고인이 되신 분은 '늙은 군인의 노래'처럼 '태어난 이 강산에 군인이 되어' 고되고 험하였을 삼십여 년 군 생활 마무리를 앞둔 늙은 군인이었다.

잠수복을 입은 채로는 탁하고 어두워서 선체조차 보이지 않았을 것이다. 그러나 검은 죽음의 사자가 기웃거리고 있다는 것은 볼 수도 있었을 것 같은데, 그 나이의 군인이라면 혈기로 내려갔을 것도 같은데, 그래서 그곳에 내려가는 걸 피할 수도 있었을 텐데……. 늙은 군인은 죽음처럼 캄캄한 곳으로 동료 전우들을 하나라도 구해내기 위해 내려가셨고 짐작컨대 엄습해오는 절망의 순간, 흐려져 오는 의식 속에서도 사랑하는 가족의 얼굴이나 자신의 안위보다 '임무완수'를 생각하셨을 것이다.

그는 사랑하는 가족을 남겨두고 돌아오지 못할 먼 길을 떠나셨다. 우물거리며 슬픈 목소리로 '늙은 군인의 노래'를 불러볼 뿐, 당신에게나 그 가족들에게 어떤 말로 위로가 되겠는가.

가끔 나에게 물어본다. '니가 군인이었다고?'

이 땅에 사는 성인 남자들이 대부분 군인이었으니 그렇게 묻는 이면에는 직업군인으로 오랫동안 근무한 것이냐고 묻는 말이기도 할 것이다.

오만 촉광으로 빛난다는 다이아몬드라며, 밥풀떼기 같은 소위 계급장 하나를 모자와 푸른 군복 깃에 달고 광주보병학교 입교를 앞두고 있을 즈음이었다. 펜팔로 사귀던 연상의 여자 친구가 있었다. 여자 친구라기보다 마치 누님처럼 대면 대면한 사이였는데 임관을 앞두고 만나 이렇게 말하는 것이었다.

"군복을 입은 네 모습이 장난감 병정 같을 거야."

그때는 빈정대는 말 같아서 얼마간 서운하기도 했다.

피교육생 신분은 신참 소위라는 계급을 달고도 늘 춥고 배가 고프던 시절이었다. 식사시간엔 배식당번을 자주 자원했는데, 나서다 보니 교육기간 동안 배식주임처럼 행세하기도 했다.

명색이 초임 장교 신분이었지만 당시 부식의 질은 참으로 형편없었다. 허기를 참지 못해 금지된 PX 출입을 하던 초급장교들은 불명예스럽게도 소시지를 물고 내무반을 돌며 "사회에선 안 그랬는데……."라며 부끄럽게 외치기도 했다. 아무리 배가 고파도 그 소시지 냄새는 지금도 싫어할 정도로 익숙지 않았다.

배식이 끝나갈 무렵이면 마지막 배식 줄을 앞에 두고 음식물은 늘 바닥을 드러냈다. 그래서 동료들의 원성을 사기도 했다. 당시 우리 1구대 수료 앨범에는 이렇게 적어두었다.

'작전에 실패한 지휘관도 경계에 실패한 지휘관도 용서할 수 있지만, 배식에 실패한 자는 용서할 수 없다.'

4개월 남짓 교육을 마치고 배치된 곳은 김포에 있는 특공부대였다. 군복 가슴팍엔 사나운 눈의 올빼미가 그려져 있었다. 그리고 1970년대에 여기저기 붙어있던 반공표어처럼, '안 되면 되게 하라'라는 구호가 부대 안 이곳저곳에 위압적인 모습으로 붙어 있었다. 부대는 그 해 시월, 여의도광장에서의 국군의 날 퍼레이드에 참가하기도 했다.

한 해가 저물어가던 십이월 어느 날, 공중기동훈련이 실시되었다. 헬기로 15분쯤 강화도까지 날아갔다가 다시 철야 행군으로 100km가 넘는 거리를 걸어 부대로 복귀하는 일정이었다. 당시 내 체력은 병사들을 능가할 만큼 힘이 넘쳤다. 나는 이를 과시하기도 했는데, 평생일지도 모를 상처를 만들어낼 전조였음을 알지 못했다. 소대장이 체력에 자신이 있다고 하니

고참병들은 전령에게 압력을 넣어 내 배낭에 채울 수 있는 대로 채워 넣었던 것 같았다.

어려서부터 지게질에 익숙한 내 등이었지만, 무거운 군용쌍안경까지 넣고 배낭을 지고 일어서려는데 땅을 짚지 않고는 일어설 수조차 없었다. 그렇다고 치사하게 짐을 덜어내 병사들 배낭에 넣을 수도 없었다.

끝없는 김포평야를 걸었다. 멀지 않아 보이는 김포공항의 비행기는 불빛을 깜박거리며 뜨고 내리는데 가도 가도 공항은 다가오지 않았다. 발가락 사이로 물집이 불어 한걸음 옮길 때마다 바늘로 찌르듯이 통증을 더하며 머리로 올라왔다.

그래도 10분간 휴식이 주어지면 전령인 병사는 제대로 쉬지도 못한 채 수통을 들고 근처 민가로 들어가곤 했다. 그러나 긴 시간이 지나고 나서야 비로소 그 병사에게 염치가 없었다는 생각이 들어 부끄러웠다.

통증은 더욱 심해지고 소대장이 그 고통을 드러낼 수도 없는 상황이었다. 차가 다니는 도로를 지날 때는 지나가는 차에 뛰어들고 싶다는 생각이 들기도 했고, 한강 옆을 지날 때는 한강에 뛰어들고 싶다는 생각이 들기도 했다. 새벽이 되자 통증은 더 심해지고 이제는 극단적으로 어머니가 원망스럽기까지 했다. '왜 날 낳아주셨는가' 하는.

지독한 고통의 밤이 지나고 들판에 세워진 취사 츄레라에서 아침식사를 배식해주었다. 일요일 아침이라고 라면이었다. 그런데 그 라면은 완전히 우동 면발처럼 불어 있었다. 밤새워 행군한 극심한 허기 상태였지만 그 라면은 삼키기가 어려웠고, 다시 더할 수 없을 고통 속에 하루가 저물고

난 뒤 부대에 도착했다.

무릎 통증으로 한걸음 옮기기도 어려웠다. 그때 바로 치료를 하거나 안정을 취해야 했는데 다음날 외출을 감행했다. 무리가 왔던 관절은 만신창이가 되었다. 그 한 번의 행군으로 두고두고 긴 고통의 시간을 보내게 된 것이다. 그리고 이십 년이 지나고 나서 통합병원에서 무릎에 칼을 댔다.

장군이 되어보겠다거나 최소한 연대장쯤을 하겠다는 목표나 포부도 없으면서 자의 반 타의 반 현실도피처럼 장기복무 지원서를 냈고, 그렇게 이십삼 년쯤 되는 군 생활이 이어졌다.

가진 능력도 없고 포커페이스poker face가 되지 못해 속마음을 이내 드러내 보이기도 하였으니 매끄럽지 못한 군 생활이었던 것 같다.

그 후 한 번도 만나지 못한, 이제는 '그 여인네'라고 불러야 할 이가 내게 던졌던 '장난감 병정' 같을 거라는 말이 이제야 '맞다'는 생각이 든다.

요즘은 가끔씩 누군가가 이렇게 말을 하기도 한다.

"네가 군인이었던 모습이 잘 상상이 안 돼."

그러면 농담처럼 이렇게 말한다.

"무시무시한 특공대, 그중에서도 악명 높은 전설적인 소대장이었어."라고.

그런데 나는 장난감 병정이란 말이 더 좋았다.

푸른 제복을 입고 인생의 전반기 젊은 시절을 보냈는데, 제복을 벗어야 하는 날이 다가왔다. 전역신고를 앞두고 있던 무렵 천천히 산을 내려온 단풍이 가을로 물들여지고 있었다. 벗은 나무들이 웅크린 채 겨울을 맞이하는 계절의 길목이었다. 내 모습은 그 겨울나무처럼 쓸쓸했다.

부대 정문을 들어서자 큰 키로 길게 이어선 플라타너스가 열병하듯 서 있었다. 나목이 되어가는 플라타너스 사이로 푸른 하늘을 한번 올려다보았다. 그리고 어깨를 펴고 교차로를 지나 연못을 또 지났다. 유월부터 피기 시작했던 연꽃은 늦은 시월까지 수백 송이쯤 피었다가 지고, 다시 폈는데 이제 연못은 엷은 살얼음을 덮고 한가로이 겨울을 맞고 있었다.

갓 깨어나 어미를 따라나선 꿩 식구들을 만나던 날은, 오래전에 고향 산길을 걷던 것처럼 정겨웠다. 길가 쥐똥나무 꽃이 피던 유월이면 보드라운 향기에 취해 오르는 길이 가벼워지곤 했는데 이제 마지막일지 모른다는 아쉬움으로 가슴이 먹먹해지며 숨이 차올랐다.

'인생의 전반기는 성공의 파랑새를 잡기 위해 분주한 기간이고 후반기는 나름대로의 의미를 추구하는 기간이다' 라는 말은 대부분의 많은 사람에게 해당되는 말일 것 같다. 후반기에 추구해야 할 것들을 앞당겨 하느라세상 사는 일이 서툴렀다는 자괴감이 들기도 했지만, 한편으로는 작은 설렘도 있었다.

언젠가 TV 화면에서 앞을 못 보는 시골 촌부의 일상을 본 적이 있다. 정상인과 다름없이 날이 선 작두로 여물을 썰어 가축들을 거두고, 심지어는 자전거를 타기도 했다. 그렇게 예순을 넘긴 그 촌부의 얼굴엔 결코 그늘 같은 것이 없었다. 마지막 자막으로 보여준 그분의 마지막 말은 나에게 진한 감동을 불러일으켜 코끝이 찡해지게 했다.

'만약 내가 앞을 볼 수 있다면 돈을 많이 버는 사장이 되거나 호의호식하는 대통령, 국회의원이 되기보다는 꼭 총을 메고 군대에 가고 싶다' 라는 말씀이셨다.

옳고 그름의 개념이 모호해진 한심한 세태 속에서 그분이 말씀하신 속마음을 다는 알아낼 수 없다. 그러나 온전한 몸이었더라면, 평생 이 나라와 민족을 가슴에 품고 꼭 군대에 가고 싶었다는 소박한 소망일 거라고 나름대로 추측을 해보았다. 그리고 그분이 그렇게도 소망했던 군인의 길을 스무 해 넘게 걸어온 나는 행복한 사나이라는 생각을 했다.

초등학교 시절 겨울방학을 앞두고 쓰던 위문편지의 첫 구절, '용감한 국군장병 아저씨께'의 이미지와 같은 군인이 되겠다고 다짐하곤 했는데, 되돌아보니 부끄러울 뿐이었다. 내 몸 하나 건사하기에 급급했고 시간과 공간을 공유한 많은 사람에게 위로와 격려를 주기보다는 상처와 아픔을 더 많이 주었던 것 같았다.

〈세월이 가면〉이란 시의 첫 구절처럼 한때 뜨겁게 연모하던 연인의 이름도 세월이 가면 가물가물 흐려지는데, 내 곁에 있던 사람들에게 이름마저 가물거릴 존재가 될지라도 몸짓 하나 눈짓 하나라도 좋은 의미로 남아 있을 수 있게 애쓰며 살아야 했다는 걸 그제야 아프게 생각했다.

지금까지 내게 익숙한 ― 이른 아침에 군화 끈을 매고 전투모를 눌러쓰던 ― 것들과 작별하며, 내 모습은 거친 벌판에서 시린 바람을 맞는 겨울나무와 같았다. 그러나 다가올 새 봄에는 더 많은 잎을 피워내고 가지를 키워 지나가는 누군가가 쉬어갈 수 있는 한 그루 나무가 되고 싶다는 소망을 가져보았다.

나의 묘비명

"마라톤 대회 한번 나가 보시죠."

인접 학군단에 근무하던 후배가 말했다. 그 후배는 하프코스를 두 번쯤 달렸다고 했다. 그리고 그 해 일월 중순, 대회 신청을 같이 하겠다고 전화가 왔다.

"하프코스에 한번 도전해 보시죠."

"아냐, 풀코스를 달리고 싶은데…?"

전화기를 통해 듣는 목소리였지만 후배의 황당해하는 모습이 그려졌다.

가끔은 시너처럼 가벼운 화기만 근처에 있어도 불길이 일렁이듯 급한 데가 내게는 있다. 이 세상에 나처럼 마라톤을 성급하게 시작한 섣부른 인간은 없었으리라는 생각이 든다. 기본적인 운동은 즐겼지만 마라톤을 염두에 두고 운동을 한 적은 없었다. 같이 근무했던 동료가 마라톤이 대중화되기 전에 풀코스 마라톤을 완주한 것이 신문에 기사로 난 것을 보며 정말 대단하다고 생각을 한 정도였다.

공식적으로 10km도 달려보지 않은 이력으로 풀코스를 신청했다. 대회

날까지 40일 정도가 남아 있었다. 아침저녁 출퇴근 시간을 이용해 도심의 거리를 달렸다. 하루에 전철역 한두 개씩을 늘려가며 답답한 도심을 달렸고, 주말에는 한강 둔치를 달렸다. 발톱 두 개가 까맣게 죽어가고 잇몸이 부르터 밥을 제대로 씹을 수가 없었다. 그럴 때마다 아내가 핀잔을 했다.

"하는 일이나 똑바로 하지. 얼굴은 피죽도 못 얻어먹은 인간처럼 꾀죄죄한데 쓰잘데기 없이 뛰어다니기까지 하냐."

아무래도 무리일 것 같다는 생각이 들었지만 포기할 수는 없었다. 그러면서 마라톤의 매력에 빠져들었다. 그리고 지금은 '인간이 만들어 즐기는 유희 중에서 최고'일 거라고 여긴다.

마라톤을 하다 보면 중독이 된다는 이야기를 들은 적이 있다. 처음 단거리를 달릴 때는 몰랐는데 10km 이상을 달리면서 몸에 변화가 나타났다. 온몸에 땀이 나기 시작하면 일상에서 부딪치는 고민과 괴로운 일들이 우습게 생각됐다. 마치 바람 든 무를 씹는 것처럼 퍽퍽하던 일들이 하찮게 느껴졌다. 그리고 소심하다고 지탄받던 내가 그 순간만큼은 대범한 사람이 돼가는 듯한 행복감이 찾아오기도 했다.

다른 운동은 운동 그 자체에서 스트레스를 받기도 하지만 마라톤은 그럴 이유가 없었다. 처음 시작이 어렵지, 뛰기 시작하면 그날 몸 상태로 거리나 속도를 조절하면 되기 때문이다.

드디어 대회일, 주로에 선 많은 사람이 마치 소풍이라도 가는 사람들처럼 밝은 표정들이었지만, 나는 왠지 긴장하고 있었다. 드디어 출발신호와 함께 무리에 떠밀리듯 출발했다. 반환점까지는 많은 주자를 따라잡으며 뛰기도 했는데 반환점을 지나고부터는 발이 천근만근이었다.

주자들을 앞세우는 괴로움이 달리는 고통보다 몇 배나 더한 것 같았다. 반환점을 오래전에 지난 것 같은데 골인지점은 아직 멀리 있었다. 반환점을 지나며 기록 욕심을 내던졌다. 철야행군을 마치고 주둔지로 복귀하던 초급장교 시절의 내 모습이 떠올랐다.

'부대에 도착하면 우선 목욕탕에 몸을 담그거나, 단골 스탠드바에서 맥주라도 한 잔 하자' 는 등, 하는 싶은 일이 많았던 것 같은데, 이제는 하고 싶은 것도 없었다. 다만 다른 주자들을 앞세우지 말아야 한다는 강박관념만이 나를 짓눌렀다.

머리칼이 허연 연장자에게 앞을 내주고 자존심이 바닥을 드러내기도 했지만, 드디어 저 멀리 희미하게 있는 결승선이 시야에 들어왔다. 마음속으로 슬금슬금 기쁨의 웃음이 삐져나왔다.

반환점을 지나 달릴 때는 '누가 시키지도 않았는데 왜 이런 고생을 하나. 다시는 대회에 나가지 말아야지' 하는 한심한 생각이 들기도 했는데, 골인점에 도착하는 순간 그런 마음은 하나도 남아 있지 않았다.

당시 기록은 3시간 30분, 처음 참가하는 대회라 기록에 대한 개념은 없었지만 훌륭한 기록이었다. 마치 마라톤에 천부적인 자질을 가지기라도 한 것처럼 혼자 중얼거리기도 했다. '진작 시작을 했었더라면 올림픽에라도 한번 나가볼 수 있었을 텐데…' 하고 후회할 정도였다.

그 후로 마라톤은 일상이 되었다. 팔월에는 강릉의 대관령 초입에서 옛길을 달려 대관령 정상까지 오르는 대회에 참가하기도 했고, 대학에 잠깐 근무할 때는 4.19 기념 마라톤대회에 참가하기도 했다. 젊은 대학생들과 겨뤄 1등으로 골인 지점에 도착했는데 테이프가 준비되어 있지 않았다.

"그 시간에 도착할 줄 몰랐다"는 변명 아닌 변명도 들었지만, 너무나 서운하고 안타까웠다. 평생에 단 한 번뿐일 일등일지도 모르는 데 말이다. 그리고 우연한 기회에 100km 울트라 마라톤을 달리기도 했다. 현역으로 군 생활을 마무리하던 시점이었는데, 후배가 참가신청을 했다가 사정이 생겨 참가하지 못하는 바람에 대신 참가 권유를 받았던 것이다.

단순히 참가하는 것에만 의의를 두고 참가하기로 했다. 새벽 다섯 시, 출발선을 빠져나가며 다시 이곳으로 돌아오지 못할지도 모른다는 절박한 생각이 들기도 했다. 참으로 먼 길이었다. 이성으로 사리를 분별했더라면 절대 달릴 수 없는 거리였다. 일주일 전에 달린 풀코스가 연습량 부족으로 그렇게 멀고 힘든 길이었는데 그 두 배가 넘는 거리라니! 그러나 내 다리는 그 먼 길을 달려내 주었다.

그랬다. 어린 시절, 칠월 폭염 속에도 어머니는 콩 포기 속을 허리 한번 제대로 펴지 못하시고 기어 다니셨다. 지독한 지열과 대지를 달구는 폭염 속에서 해가 저물어야 끝나는 일이었다. 주전자에 당원 물을 타서 밭으로 어머니에게 가서 어머니와 같이 콩밭을 한 이랑쯤 매기도 했는데, 어머니는 그럴 때면 이렇게 말씀하시곤 했다.

"사람의 눈은 저 긴 이랑을 언제 다 가려나 하며 낙망하거나 걱정하는데 손은 그런 생각은 하지도 못한 채 호미질을 해 나간다."

세월이 지나도 그 말씀이 마음속을 떠나지 않는다.

과연 인간들이 만들어 놓은 최고의 유희는 무엇일까? 여기에서 '인내는 여러 가지 쾌락의 근본' 이라는 러스킨의 말을 우선 음미해 볼 필요가 있다. 최소한 풀코스 정도만이라도 달려본다면, 인간이 만들어 노는 최고의 유희는 단연 마라톤이라는 생각을 누구나 하게 될 것 같다.

고통 속에 자신을 던져놓는 것, 거기에 성취감이나 나름대로의 철학이나 건강과 결부시켜 다른 의미를 부여할 필요는 없다고 생각한다. 아무런 의미도 보상도 없이 고통일 수밖에 없을 무의미 속에 빠져 허우적거릴 수 있다면 그것이 바로 최고의 유희라는 의미이기도 하다.

'사랑한다면 미련해지기도 하라' 는 말은 사랑을 잃는 것보다는 미련해지는 것이 나을 수도 있다는 뜻일 것이다. 그러나 사랑한다고 미련해지기란 결코 쉽지 않은 일이다.

'달리기를 말할 때 내가 하고 싶은 이야기' 에서 일본의 작가 무라카미 하루키는 묘비명에 '무라카미 하루키, 적어도 끝까지 걷지 않았다' 라고 쓰고 싶다고 했다.

'우물쭈물하다가 내 이럴 줄 알았다' 라는 거친 묘비명이 실제로 있는지는 모르지만, 달릴 때면 나의 묘비명을 생각하기도 한다. 그리고 독백처럼 허공에 우물거려 본다. '사랑한 것은 이유가 없었다.'

거창한 의미나 가치를 부여한다면 삶은 휘청거릴 수밖에 없을 거라는 점에서 마라톤은 일견 인생과도 닮았다. 누군가는 '인생은 즐겁게 사는 거야' 라고 말하기도 하지만, 그것은 참으로 어려운 일인 것 같다.

인생도 주어진 거리만큼 각자에게 주어진 시간을 살아가며 순간 희열이나 행복을 느끼기도 한다. 하지만 많은 시간을 고통 속에서 달리듯 시나야 한다. 주어진 삶이기에 치사하거나 누추하더라도 살아가야 한다는 것. 마라톤이 정해놓은 골인점에 다다르기 위해 달리듯이 결국 인생도 죽음이라는 골인점에 다다르기 위해 살아간다는 것을……

던져버린 궁상

가을 소풍날이었다. 보물찾기도 장기자랑도 끝나고 즐거운 점심시간, 설렘이 묻어나는 손으로 도시락보자기를 풀었다. 고소한 멸치볶음 냄새가 보자기에 배어 있었는데, 양은 도시락 한켠에 삶은 햇고구마 세 알이 생뚱맞게 놓여 있었다. 삶은 계란 한 알 넣어주실 형편이 아닌 것은 당연한 것이었지만 그렇다고 삶은 고구마는 절대 당연한 것이 아니었다. 옆에 동무가 볼까봐 부리나케 보자기를 덮고 산등성이를 뛰어올라갔다. 그리고 바위 위에 올라가 그 고구마들을 아래로 던져 버렸다.

"아무리 싸주실 게 없기로서니 소풍날 고구마를 싸주시다니!"

그날은 어머니가 한없이 야속하고 미웠다. 죄 없는 고구마는 말할 것도 없었다. 소풍날이라고 일 년에 몇 번밖에 못 먹는 뽀얀 쌀밥을 담아주신 건데, 고소한 멸치볶음도 그날은 설익은 밥처럼 맛이 없었다. 한 시대를 풍미했던 서정주 시인은 '자화상'이라는 시에서 '스물세 해 동안 나를 키운 건 팔 할이 바람'이라고 했지만, 나를 키운 건 삼 할쯤이 고구마였다.

나를 키운 것이 바람이니 이슬이니 하는 멋스런 표현을 하지 못해 시인이 될 수 없다 하더라도, 몸에 밴 궁상을 꼭 그렇게 표시를 내아 하느냐며 빈정거린다 하더라도 고구마는 고구마였다. 어른이 되고 나서도 한동안 고구마는 냄새도 맡기 싫었다. 내 몸에 배어든 지독한 궁상처럼.

언젠가 어머니를 모시고 지인의 결혼식에 참석한 적이 있다. 예식이 끝나고 식당으로 내려갔다. 당연히 뷔페식이었다. 서양에서 흘러들어온 것일 텐데, 이 상차림이 아주 고약하다. 일반적이라고 할 수는 없지만, 우리네 정서와는 잘 맞지 않는 상차림이라는 이야기이다.

잔칫집에 손님이 왔으니, 예전 잔칫집을 기준으로 한다면 당연히 상을 차려 내와야 했다. 그리고 차려진 음식을 비우는 것은 손님이 갖춰야 할 일반적인 예의이기도 했다. 손님이 접시를 들고 다니며 차려진 음식을 덜어내어 먹는다는 것은 대단히 점잖지 못한 것이었다. 여러 번 접시를 바꿔가며 다양한 음식으로 배를 채운다 하더라도, 거북한 포만감 속에 결코 채워질 수 없을 허기가 존재한다. 오히려 국밥 한 그릇으로 한 끼를 때운 것만도 못한 행색인 것이다. 그러니 어머니야 더 말할 나위 없다.

그 불편함을 감추시고 호박죽으로 마무리를 하시는가 싶었는데 어머니가 다시 일어나셨다. 그리고 접시에 가지가지 떡을 담아오셨다. 예전 잔칫집이라면 떡이며 잡채까지 싸주는 것이 당연한 풍속이었고, 싸가지고 가는 것이 흉이 아니었다. 그런데 이런 식당에서는 금기시되고 있었다. 어머니도 그 정도는 알고 계셨을 거다.

어머니는 조심스럽게 주머니에서 비닐봉지를 하나 꺼내셨고 접시를 무릎으로 내리시더니 그 비닐봉지에 떡을 담으셨다. 그리고 나를 쳐다보시지도 않고 "늬 아버지가 떡을 좋아하셔서…"라며 말꼬리를 흐리셨다. 아들의 눈치를 보고 계신 것 같았다.

예전 같으면 "사다 드리면 되지 뭘 그런 걸 싸고 그러세요"라며 핀잔처럼 호되게 말씀드리기도 했을 터인데, 그날따라 어머니의 그런 모습이 새롭게 느껴졌다.

그랬다. 어머니는 궁핍한 살림에서 그런 궁상스런 모습으로 나를 그렇게 키워내셨고 집안 살림을 꾸려오셨다. 이웃집 잔치를 준비하며 철질*을 하시다가도, 대문간을 기웃거리는 자식을 보면 불러들여 주인 눈치를 감수하며 뜨거운 부침개를 두 쪽이나 쥐여주시곤 했다.

이웃집에 품팔이 일을 가셨을 때도 마찬가지였다. 당신 허기진 배는 비워 두고 새참으로 나오는 퍽퍽한 개떡 하나라도 거즈 수건에 싸서 허리춤에 감추어두셨다가 집에 돌아와 자식들을 먹이시곤 했던 것이다.

젊어 한때는 그 궁상이 넌덜머리가 날 정도로 싫은 적도 있었는데, 이제는 아닌 것 같다. 아내와 아이들은 내 궁상스러움 때문에 불편하다고 한 적이 많다. 빨래도 가급적이면 손으로 하라는 말도 안 되는 잔소리에서부터 집안 조명 때문에 여전히 불편한 탓이다. 등에 전구를 다 채우지 않는 것은 물론이거니와, 집에 들어오면 기본적인 조명도 꼭 필요한 곳이 아니면 스위치를 다 내려놓곤 한다.

언젠가는 큰아이와 언쟁을 벌였다. 거실과 식탁에 불이 동시에 켜져 있었는데 그중 한 곳의 불을 내렸을 때 식탁에서 책을 보고 있던 아이가 "아빠는 도대체 왜 그래요?"라고 힐난하듯이 말했다. 나 또한, 말버릇이 있네

없네 하며 불편한 대화가 오간 적이 있다.

될 수 있으면 내 빨래는 내 손으로 한다. 그리고 빨랫비누가 닳아져 조각조각 부서진 것은 그대로 버렸다. 그러던 어느 날 어머니가 오셔서 양파를 담아놓았던 작은 주머니 속에 부서진 비누 조각을 넣고 묶어 빨래를 하셨다. 어머니가 만들어놓은 것으로 빨래를 하니 미끈거리지 않아 편리했다. 덕분에 그 후로는 작은 비누조각도 버리지 않는다.

어머니의 궁상은 여전히 내가 범접할 수 없는 경지다. 종량제 쓰레기봉투도 당연히 버려야 할 부피인 것 같은데, 어머니가 손을 대면 반으로 줄여진다. 음식도 마찬가지다. 당신 속은 '이제 단련이 되었다'며 상태가 좋지 않아 보이는 음식도 쉽게 버리지 못 하신다. 부모님이 사시는 곳에 가보면, 몇십 년 만에 닥친 혹한이라는데 추운 겨울에도 난방보일러가 멈춰져 있다. '춥게 살아야 건강하다'고 말씀하시지만, 가끔씩 가는 나는 불편하기만 하다.

가을 소풍날 던져버렸던 그 고구마처럼 늘 내 몸에 배인 궁상을 내던져버리거나, 가리고 살아보려고 애써보기도 했다. 그리고 던져버린 고구마처럼 어머니를 미워하기도 했다. 그러나 이제는 내 몸에 지독하게 배어 있는 그 궁상스러움이 나의 한계이고, 또 다른 지향점인 것 같다.

---

* 솥뚜껑 모양의 무쇠 그릇에 부침개를 지지는 일

철없이 철쭉꽃 피던 날

흐려져 가는 의식 속에 몇 번을 망설이다가 누군가의 손가락질 같은 것에 모멸감을 느끼며 사진관 문을 밀쳤다. 그러고도 몇 번을 망설이다가 사진관 주인에게 입을 열었다.

스무 해가 더 된 군 생활을 마무리하고, 낯선 세계로 나가야 하는 암울함 때문에 시간은 더디고도 빠르게 지나가고 있었다. 사방이 꽉 막힌 공간에서 머리에 들어오지 않는 문자들을 통째로 집어넣으려는 듯한 결코 적응이 되지 않는 시간들이었다. 손전화가 불길한 전조처럼 흔들리며 떨고 있었다. 흐느낌이었다.

"나 어떡하면 좋아, 큰 병원에 다시 가보래."

죽어가는 세포들이 살아있는 세포를 잔인하게 갉아 먹으며 커지고 있었다. 그 후 이 년 남짓한 절망과 고통의 시간은 죽어가는 세포보다 더 참혹하게 한 인간을 허물어뜨리고 있었다.

응급실에서 일주일째, 의사는 사무적으로 선고하듯 말했다.

"이제 호스피스 병실로 옮기시죠."

전방에서 소대장으로 근무하던 시절 그녀를 처음 만났다. 그녀는 나의 소대원인 친구 남동생 면회를 따라왔고 우연을 가장해 그 자리에 합석한 나는 첫눈에 그녀에게 반했는데 그것이 인연의 시작이었다.

어렵게 그녀의 주소를 알아내어 하루가 멀다 하고 답장 없는 편지를 썼는데, 한 달이 훨씬 지나고 나서야 드디어 그녀의 답장이 오기 시작했다.

고참 중위가 되면서 광능내 근처로 근무지를 옮겼다. 일과시간이 끝나기 무섭게 서울에서 무역 회사에 근무하고 있던 그녀를 만나고 자정이 가까운 시간이 되어서야 아쉬운 마음으로 청량리에서 막차를 타고 부대로 복귀하던 화려한 시절의 시작이었다.

그녀의 집안에서는 직업군인이라는 내 신분을 탐탁지 않게 생각해 세월만 자꾸 흘렀다. 그녀의 어머니는 집 앞 고추밭에서 고추를 따고 계셨고 나는 마당에서 어찌할지 모르고 서 있었다. 어색한 시간이 흐르고 있었다. 어려서부터 소심했던 성격은 나이가 들어간다고 나아지지 않았다. 장남인데다 곤궁한 살림살이는 배짱보다 소심함을 키워주었다. 누가 내 손에 무엇인가를 쥐여주어도 몇 번을 확인해야 마음이 편해지는 건 나도 어쩔 수가 없었다. 대기업 사원을 사윗감으로 선호하던 시절의 자격지심이 나를 억누르고 있었는지도 모른다.

이제 마지막이라고 수없이 자신을 달래며 그녀의 집을 세 번째 찾아갔고 어색하게 그곳에 서 있던 내 속은 새카맣게 타들어 가고 있었다. 웃옷을 벗고 고추밭으로 들어가 고추를 따기 시작했다. 멀리서 아이 부르는 소리가 들리고 저물어가는 팔월의 태양은 저녁놀을 붉게 물들이고 있었다.

"들어가서 저녁 먹고 가게."

다음 해 6월 25일은 일요일이었다. 사십여 년 전 그 일요일은 이 땅에 엄청난 비극이 시작된 날이었지만 이날은 나에게 행복이 시작되는 날이었다. 누군가 신부에게 '유월의 신부는 행복해진다' 라며 서양 속담을 말해주었다.

"사진을 좀 만들어주세요."

사진관 주인은 뜨악하게 바라보았다. 순간 바닥에 주저앉을 만큼 어질어질 현기증이 일었다. 사진의 주인공은 아직 너무 젊고 아름다운데, 특별한 사진을 만들어달라는 말이 한참 동안 나오지 않았다.

철저하게 불평등한 것 같은 개별성이 삶에 부여되고 있었다. 그리고 그 개별성에 몸서리쳐야 했다. 아니 비굴하게도 그 철저한 개별성에 안도했고 파렴치하게도 내 어깨에 더하여 걸린 멍에를 생각했던 것 같다. 스무 해가 지나도록 선뜻 지갑을 열어 옷 한 벌 호기 있게 사본 적이 없는데, 이제 남의 손에 의해 입혀질 수의를 고르며 가슴을 치고 눈물을 훔쳐내야 했다.

눈 쌓인 흙을 손으로 쓸어내고 시린 바람이 지나가는 산중에 뉘어둔 채 떨어지지 않는 발걸음을 옮겨 집에 돌아온 다음 날, 찬 겨울비가 내리고 있었다. 바닥까지 긁어 다 퍼내어 말라버린 것 같던 눈물이 뺨을 적시고 있었다. 그 산중에서 긴 겨울밤은 얼마나 무섭고 추웠을까.

습관처럼 단축번호 1번을 눌렀다. 신호는 가는데 받지 않았다. 그곳에 손 전화라도 넣어두고 올 것인데 후회하며 한참 동안 찬비를 맞아야 했다. 즐겨 입던 어미의 옷을 찾아내 눈물로 적시다가 끌어안고 잠든 아들을 보며, 다른 일은 서툴게라도 해낼 것 같은데 어찌해도 어미의 빈자리는 채울 수 없으리라는 두려움에 밤은 길기만 했다.

애쓰지 않아도 시간이 간다는 것은 얼마나 다행인지, 그렇게 또 하루가 지나갔다. 시간이 지나고 하루가 저물면 보기 싫고 미운 것들로 버무려져 허름한 원망이라도 찾아들겠지 하고 기다려 보았다. 그런데 기다리는 원망의 마음은 들지 않고 고향 집 마늘밭에 소리 없이 함박눈이 내려 쌓이듯 사락사락 그리움만 쌓여갔다.

지난 시월 말이었던가. 베란다에 내놓은 철쭉 화분 연분홍 꽃자리에서 꽃봉오리가 봉그러지고 있었다. 꽃집에서 아르바이트로 일할 때 얻어와 우리 집 식구가 된 철쭉은 세 가지 색으로 꽃을 피우곤 했다.

이맘때쯤에도 날씨가 따뜻하면 개나리나 진달래가 가끔 철없이 피기도 하듯이 그렇게 피어난 것이라 가볍게 생각했다. 그런데 진분홍 꽃자리까지 봉그러지고 있었다. 기상이변에 따라 저 철쭉도 개화 시기가 교란된 것인지, 찜찜하기도 하고 지금 다 피워버리면 내년 봄엔 피울 꽃이 없을 텐데……. 걱정 아닌 걱정이 됐다. 그리고 며칠이 지난 아침이 되자 연분홍, 진분홍, 붉은 꽃자리까지 모두 꽃봉오리를 매어달고 있었다.

낙엽처럼 가을이 다녀간 숲길은 쓸쓸하기도 했다. 아침나절이거나 저녁나절이거나 가끔 함께 다니던 길이었는데, 언제부턴가 혼자여야 했다. 이제 나목이 되어가는 그 숲길에서 낙엽처럼 추억도 지고 있었다. 그리고 그 추억처럼 지고 있는 낙엽을 밟으며 속없는 사내의 빈 가슴에 알지 못할 그리움이 채워지고 있었다.

그랬다. 철도 없이 피는 것 같은 철쭉꽃은 누군가에 대한 그리움으로 그렇게 피어나고 있었나 보다. 창밖으로 두터운 목련 잎이 소리를 내며 지고 있던 이맘 때, 구급차에 실려 가던 모습을 마지막으로 다시는 볼 수 없게 된 누군가에 대한 그리움으로 그렇게 피어나고 있었던 거다.

숲에 생강나무 꽃이 피기도 전에 연분홍 꽃이 피어난 것은, 식구 중 누구보다 많은 시간을 함께 보냈고, 더 많이 봐주었던 이에 대한 그리움으로 철도 잊은 채 설움처럼 꽃을 피워내고 있었나 보다.

그리움을 찾아가는 나그네

오래전 내가 살던 고향마을 한가운데 두레박으로 물을 길어 올리던 우물이 하나 있었다. 그 우물가에는 나이가 백 살이 넘어 뵈는 나이 든 버드나무가 한 그루 서 있었고 스무 번쯤 팔을 바꿔가며 두레박줄을 길어 올려야 할 만큼 물이 깊었다.

학교에서 돌아와 저녁나절이면 우물로 물을 길러 가기도 했는데, 갈 때마다 그 우물 속을 들여다보곤 했다. 그 우물 속으로 파란 하늘에 뭉게구름이 흘러가기도 하였고, 흔들리면서 내 까만 얼굴만 보일 때도 있었다.

어느 땐가부터 아침저녁으로 '새마을 노래'가 큰 소리로 마을을 울렸다. 그 새마을 노래는 너무 크고 힘이 넘쳐 돌담을 허물고 초가지붕을 쓸어내리고 우물이 메워지고 펌프라는 것이 들어서게 했다. 그래서 한동안 그 우물가에 갈 때마다 내려다보던 우물 속의 하늘도 같이 메워져 버릴 것만 같아 서운하고 안타까웠다.

힘들게 끌어올려야 했던 두레박 대신 두 팔로 펌프 손잡이를 내리누를 때마다 낭창하니 무게가 느껴지면서 물이 올라왔다. 그런데 그 펌프라는 것을 처음 시작할 때 꼭 필요한 것이 있었으니 그게 바로 한 바가지가량의 마중물이었다.

내가 늘 내려다보던 파란 하늘이 묻혀버린 깊은 곳에서 퍼올려지던, 여름에는 얼음물처럼 시원하고 겨울에는 엷게 김이 피어오르기도 하는 물을 데려오기 위해 마중을 나가는 물이라는 의미였다.

지금까지 살아온 모습은 누추하고 초라해서 다 치우고 버려야 한다며 초가지붕은 함석이나 슬레이트로 바꾸고 구불구불 돌아가던 정감 어린 돌담도 허물어냈다. 그리고 그 펌프마저 뽑혀져 버리고 간이 상수도 수도꼭지가 세워졌다.

이제 마중물을 구하려 뛰어다닐 필요도 없이 수도꼭지만 돌리면 물이 쏟아지는 편한 세상이 되었지만 그나마 내 마음 한편에 남아있던 그 우물 속의 파란 하늘은 지워지고 자꾸만 어두워져 가기도 했다.

고대 그리스의 철학자 디오게네스는 한낮에도 등불을 들고 진실한 이를 찾아다녔다는데, 나는 그 후로 오랫동안 내 안의 나를 찾아내지 못한 채 어둠 속에서 방황하는 시간이 많아졌다. 어리석은 이는 방황을 하고 지혜로운 이는 여행을 한다는데 내가 가야 할 목적지도 정하지 못한 채 살아가는 모습이었다. 그러면서 내 안의 어둠을 밝히는 등불을 켜 달고 싶다고 소망하기도 했다.

깊은 산골짜기를 밤새 헤매다가 만난 외딴 산골 집의 창호지문에서 번져나는 희미한 불빛이 안온함과 따스함을 주듯이, 오래전에 집을 뛰쳐나가 돌아오지 않는 아들을 기다리는 집의 꺼지지 않는 불빛이 기다림과 용서의 불빛이듯이, 밤새 사나운 바람과 풍랑에 싸우다 지치고 허기진 어부가 만나는 등대의 불빛이 희망과 위안의 불빛이듯이, 내 안에 깃든 절망과 어둠이 아침 햇살에 스러지는 이슬처럼 스러져가기를 바랐다. 그러나 스스로 등불을 켜 내 안에 깃든 어둠을 몰아내는 것은 참으로 어려운 일이었다.

불혹이라는 시간을 늘 흔들리고 살아오면서 '이제는 돌아와 거울 앞에 선 내 누이처럼' 흔들리지 말고 살아야 한다는 생각이 들었지만, 등불을 스스로 켠다는 것 또한 어려운 일이라는 것을 깨닫게 되었다. 내 안의 등불을 켜려면 오래전 파란 하늘이 묻힌 그 깊은 우물 속의 물을 끌어올리던 펌프의 마중물과 같은 것이 필요하다는 것도 깨닫게 되었다.

가끔 방황일지도 모를 여행을 하면서 지나간 시간들을 반추해보았다. 그리고 그리움이거나 어둠처럼 깃든 야만 같은 것을 글로 풀어내어 보기 시작했다. 그러나 쉽게 채워지지 않던 어린 시절의 허기처럼 또 다른 갈증과 허기로 괴로워하고 애태워야 했다. 글 쓰는 법이나 요령을 따로 공부한 내공도 없는 터라 어린 시절 설익은 개복숭아를 따먹었을 때처럼 입맛이 떫었다.

남들에게 읽혀지고 보여진다는 것이 부끄럽고, 미려한 문장을 이어갈 자신도 없지만, 내 모습을 보이는 그대로 거울에 비춰보려고 애쓸 뿐이다. 그리고 나만의 냄새를 피우거나 모습을 보여줄 수 있는 글을 쓰고 싶다.

초등학교 시절 도덕 교과서에도 수록되었던 〈큰 바위 얼굴〉이야기를 쓴 나다니엘 호손이 어머니께 보냈다는 글을 옮겨본다.

"남의 병으로 돈을 버는 의사가 되기 싫고, 남의 싸움으로 이득을 취하는 변호사 또한 원치 않으며, 남의 죄로 밥을 먹고 사는 목사가 되기도 싫으므로 자신은 작가가 될 수밖에 없노라"는…

내 글을 읽는 이들이 거울에 비춰진 내 모습을 보며 흉을 봐도 좋을 것 같다. 다만 한 구석이라도 자신과 같은 생각이나 닮은 점에서 위안을 얻게 되기를, 그리고 내가 글로 풀어낸 그리움에서 자신의 그리움을 건져 올려 주기를 감히 꿈꿔 볼 뿐이다.

그리움은 인간의 본능처럼 가장 원초적인 코드일지도 모른다. 헤르만 헤세는 이렇게 말했단다.

'시인의 임무는 길을 가르쳐주는 것이 아니라 그리움을 일깨우는 것이다' 라고.

숲에서 나를 만나다

나는 '숲'이라는 우리말을 좋아한다. 언제부터인지는 모르지만 산을 먼저 좋아하게 되면서 숲을 좋아하게 된 것 같다. 산으로 숲이 있고 숲으로 산이 있다. 산과 숲은 일견 같은 의미일 수도 있겠지만 분명히 다르기도 하다. 산은 보통명사일 수밖에 없지만, 숲은 명사이면서 동사이고 형용사이며 감탄사이기도 하다. 그리고 그러한 품사들이 스스로 엉켜들어 한권의 책처럼 긴 문장으로 이어지기도 한다.

숲은 입체적이다. 숲에는 나무며 갖가지 야생초들이 어우러져 살며 꽃을 피우고 열매를 맺고, 개울물도 흐르고 멧새들이 들고 나기도 하며 계절을 표현한다.

옛사람들은 지금처럼 종이로 만든 달력이 아닌 숲을 달력처럼 걸어두고 보기도 했다. 산 벚꽃이 피면 못자리를 하고 고욤나무에 감나무 접을 붙였다.

웬만한 사람이면 숲으로 계절을 볼 수도 있겠지만 달력으로 보는 것은 어려운 일이라고 할 것이다. 그러나 숲과 교감을 나눌 수 있을 사람이라면 가능하다고 생각한다. 생강나무 꽃이 피면 삼월이고 산벚꽃이나 개복숭아 꽃이 흐드러지면 사월로 달이 바뀌기도 한다.

숲에 들면 마음이 평안해지기도, 기도하고 싶은 마음이 일기도 한다. 그래서 숲은 나에게 특별한 신앙의 대상처럼 여겨지기도 한다.

네덜란드에서 왔다는 세계적으로 유명한 오케스트라 연주회에 갔던 적이 있다. 익숙하지 않은 넥타이를 매고 정장을 갖춰 입어야 했다. 무대 앞쪽 자릿값으로 쌀 세 가마니를 살 수 있을 정도로 입장료가 비쌌다.

그런 고급스러운 문화에 익숙하지 않으니 아름다운 선율을 제대로 다 감상하기는 어려웠겠지만, 그 웅장하고 고운 선율이 흐르는 순간 나는 문득 숲을 떠올렸다.

어린 시절 내가 다니던 초등학교는 산길을 오 리쯤 지나 서낭당 고개를 지나가야 했다. 그때도 지금도 그 길은 산길이다. 숲길이라고는 아무도 말하지 않았다. 단지 학교로 가는 길이었기 때문이다.

'차마고도', 서남 실크로드의 중심축으로 고래로부터 티베트의 고원지대를 중심으로 전개된 유목문화권과 중국 남부의 윈난雲南성과 쓰촨四川성을 중심으로 한 조엽수림지대를 잇는 교역 네트워크를 말한다. 그래서 우리는 양 지역의 대표적인 교역품의 명칭을 빌려 그 험난한 길을 차마茶馬고도라 부른다.

야크와 마부가 나란히 서야 할 만큼 폭이 좁은 길 아래 천 길 낭떠러지가 있고, 다시 그 아래로 차가운 빙하가 녹아 급류처럼 거세게 강으로 흘러내리고 있었다.

야크 등에 암염을 지우고 가는 그 길이 외지인들이 보기에는 아름답지만, 숲길이라고 하지는 않는다. 그 길에서 삶의 엄숙함과 경건함을 볼 수 있다 하더라도 그것은 단지 길일 수밖에 없다.

티베트인들이 일생에 한 번 신을 만나기 위해 오체투지로 라싸로 가는 길도 신의 섭리 같은 길이라 하더라도 역시 숲길이 아닌 그저 길일 수밖에 없다. 길은 어딘가에 이르기 위한 것이고, 산은 바라보거나 오르는 대상일 수밖에 없기 때문이다.

그러나 숲은 깃들어 하나가 되거나 공존하는 대상이다. 산은 있는 그대로 존재하는 공간이며 대상이지만, 숲은 내가 그곳에 있을 때 비로소 존재할 수 있거나 완성될 수 있는 대상이며 공간이다.

숲은 자칫 두려움의 대상이 되기도 한다. 과천으로 출퇴근을 하던 시절이었다. 우면산을 넘어 사무실까지 걸어 다니곤 했는데, 한 달에 한 번쯤 보름달이 뜨는 밤에 관악산을 넘어 퇴근을 했다.

처음 가로등 불빛을 지나 개울을 건너 산의 초입에 들어서면 이런저런 두려움이 달려든다. 그러나 올라갈수록 달빛이 만들어주는 내 그림자가 나타나기 시작하고, 두려움이나 잡념 같은 것들이 사라졌다. 그 두려움은 숲에 존재하는 것이 아니라 내 안에 존재하는 것들이었다.

이 땅에는 유행처럼 이런저런 바람이 불곤 하는데, 언젠가부터 둘레길이니 올레길이니 하는 이름을 붙여 많은 사람이 소풍 가는 아이들처럼 몰려다니게 되었다. 그러나 단지 '길'이라는 한계를 넘지 못한다고 생각한다. 있는 그대로의 것이 아니기 때문이다. 숲은 사람의 손길이 가지 않은 자연自然이라는 한자어처럼 있는 그대로 존재하는 곳이다.

　나는 숲을 좋아한다. 아니 숲길을 좋아한다. 그래서 좋아하는 숲길을 걷지 못한 날은 못내 서운해하기도 한다. 하루 중 이른 아침에 지나는 숲길이 가장 좋다. 붕어의 비늘 같은 산벚 꽃잎이 지는 날에도 안개가 숲을 휘감은 날에도, 사락사락 낙엽 위에 소리를 내며 눈이 오는 날에도.

　인자요산仁者樂山이라고 했지만 결코 나는 어진 성품을 가지지 못했다. 어진 사람이 숲을 좋아한다는 것은 잘못된 말이 아니기도 할 것이다. 하지만 나를 기준으로 보면 어진 성품을 지녀 숲을 좋아한다는 것보다 숲이 나를 어질게 만들어주기 때문에 생겨난 말이라고 생각한다. 심신이 허한 사람은 당연히 더 많은 화를 내게 되기 때문이다. 어진 마음을 가지려고 숲을 좋아하게 된 것은 아니지만 숲의 기운은 마음을 어질게 만들어 준다.

　그리고 숲은 넉넉함을 준다. 한 모금의 물이나 막걸리도 지나는 이와 나눠먹을 수 있게 해 주고, 낯선 이에게도 마음을 열게 한다.

　숲의 아침은 투명하고 엄숙하며 경건하기까지도 하다. 비록 누추하게 살아가더라도 내가 살아있음을 찬양하게 하고 절대자처럼 삶의 의미를 부여하기도 한다. 숲의 아침은 기도하게도 하고 달디단 마음의 양식을 내려주기도 한다. 그리고 지난날을 참회하게 한다.

　숲은 늘 그 자리에서 넉넉하게 받아준다. 단단히 움켜진 것들도, 단단히 매듭져 쉽게 풀어낼 수 없는 마음의 갈등도 조용히 내려놓아 주기를 바란다. 육신에 걸머진 짐을 내려놓고, 허기지고 가엾은 편린들도 비우고 지나가기를 바란다. 그러면서도 징소리를 울리거나 거룩한 말씀을 하는 법이 없다.

나는 숲을 좋아한다. 언젠가 몸도 마음도 너무나 지치고 아파서 병원에 가야겠다며 조퇴를 하고 사무실을 나온 적이 있었다. 상처받은 가엾은 영혼을 치유해줄 수 있는 곳은 세상의 병원이 아니었다. 나는 병원 대신 숲으로 갔다.

날이면 날마다 이른 아침에 숲으로 난 길을 지나고 싶다. 봄에도 여름에도 가을에도 겨울에도 나분나분 봄비가 오는 날에도 안개가 숲을 휘감아가는 날에도 나는 숲으로 난 길을 지나고 싶다.

야한 사람이 좋다

달력이란 것이 귀하던 시절이었다. 머슴이라도 한둘 부리는 웬만큼 사는 집이라야 읍내에 있는 양조장이나 한의원 이름을 박은, 하루를 지날 때마다 떼어내는 일력을 걸 수 있었다.

그 외 대부분의 가정에서는 연말이면 동네 이장이 한 장씩 나눠주던 일년 열두 달이 한 장으로 되어 있는 달력을 걸었다. 이른바 국회의원 달력이었다. 근엄한 모습의 국회의원 사진이 커다랗게 박혀 있고 열두 달이 둘러서 있는 달력을 사람들은 안방의 황토가 드러나는 벼름빡에 붙였다.

우리는 한 장쯤 여분으로 남은 것을 몰래 숨겨두었다가 방패연을 만들기도 했다. 그리고 벼름빡에 붙어 있는 큼지막한 사진의 주인공을 대단한 분이라고 우러러보기도 했던 것 같다. 나도 훗날 그런 사람이 되어야겠다고 다짐하며 씹던 껌을 달력에 붙여놓기도 했다.

어려운 환경 속에서 자랐지만 지금은 젊은 나이에 개천에서 난 용이 된 낯선 이름의 국회의원이 요즘 세간의 입방아에 찧기고 있다. 그가 여럿이

모인 자리에서 여대생들에게 던진 말이 천지가 통탄할 '성희롱'이라는 것
이다. 무슨 사연이 있기라도 한 것처럼 특정 지면과 인터넷을 통해 그 내
용이 알려지기 시작했다.

예나 지금이나 대단한 지위를 가졌다는 이가 여대생들에게 던졌다는
그 말은 그저 듣기에도 부끄러웠다. 그 일로 세상이 시끄러워지면서 까닭
없이 오래전에 읽었던 책이 생각났다.

1980년대 말이었으니 꽤 오래전인데 그 당시 화제가 되었던《나는 야한
여자가 좋다》라는 제목의 책이었다. '책머리에' 중간쯤에 적힌 글을 옮겨
보면 아래와 같다.

"나는 야한 여자를 좋아한다. 아니 야한 사람을 좋아한다. '야하다'는
말이 지금은 천박하다는 뜻으로 쓰이는 경우가 많지만, 나는 야하다는 말
의 의미를 '야野하다'로 생각하여 자주 거리낌 없이 사용하고 있다. 말하
자면 보다 솔직하게 스스로의 본능을 드러내는 사람, 자연의 본성을 거스
르지 않는 사람, 자기 자신의 아름다움을 천진난만하게 원시적인 정열을
가지고 가꿔가는 사람이 '야한 사람'이다. 아프리카의 원주민들이 온몸에
울긋불긋 채색을 하며 아주 자연스럽게 벌거벗고 살듯이 말이다."

나도 다른 이들처럼 통탄하며 그 국회의원에게 돌을 던졌는데, 문득 오
래전에 읽었던 그 책이 생각난 것이다. 그 저자 또한 외설스럽고 야하다는
소설 때문에 법의 심판을 받고 선생의 자리에서 밀려나야 했다.

그 글의 내용이 법의 잣대를 들이대야 할 사안인지는 제쳐두고, 법의 잣
대를 든 분들의 행태가 공개적으로 드러나 사람들을 당혹스럽게 한 일도

있었다. 비싸다는 술집에 들어가 '영계'를 불러댔던, 그렇고 그런 인간들의 이중적인 위선에 대해 사람들의 분노가 들끓었다.

이런 일도 있었다. 절대 감추어져야 할 개인의 은밀한 영상이 어떤 경로를 통해서인지 흘러나왔다. 그럴 때 사람들은 공인으로서 그럴 수 없는 일이라며 손가락질을 하면서도 관음증 환자처럼 그 영상을 훔쳐보고 싶어 안달이다. 그런 현상을 통해 이중적이고 위선적인 우리네 삶의 한 행태를 되돌아보게 된다.

우리는 이런저런 모임에서 김삿갓 류의 풍류와 해학이 깃든 풍자나 저속한 음담을 즐기기도 한다. 유머나 풍자는 우리네 삶을 여유롭게 혹은 멋스럽게 만들어준다. 옳고 그름의 문제를 떠나 누군가를 화제로 웃음을 불러일으켜 또 다른 배설의 즐거움을 갖게 해주는 것이다.

그러나 그런 것은 때와 장소를 가려야 한다. 최소한 대상을 구분하기라도 해야 한다. '정치가 모든 것은 아니지만 모든 것은 정치적이다'라는 말이 있다. 역설처럼 정치인이라는 국회의원은 정치적이지 못했고, 순수해야 할 대학생들이 결과적으로는 정치적이었다.

요즘 젊은이들은 당돌한 모습을 보여주기도 한다. 서로 호의를 가지고 만나기도 했을 자리에서 분명히 문제를 제기했어야 하는 나쁜 말들이었다. 그러나 그 나쁜 말들이 모임 밖으로 흘러나와 오염되고 버무려지게 된 것 같았다.

유년시절이었지만 대단한 사람이라고 생각하기도 했던, 그래서 선량善良이라고 부르기도 하는 이를 손가락질하며 돌을 던지고 있는 현실에 안타까운 마음이 든다. 마녀사냥과 같기도 하고, 그 속에 설핏 내가 보이는 것 같기 때문이다. 아무튼 나 또한 야한 사람이 좋다. 야하다는 표현은 동물적이거나 육체적인 것을 포함하며, 이중적이거나 위선이 아닌 원시의 야성이 스며있는 것이라고 생각한다.

꼴값을 하며 살고 싶다

　불행하다거나 자기연민처럼 이런저런 비애를 갖게 되는 것은 어디에 기인하는 것인가. 인간의 능력이라는 표현이 적절할지 모르지만, 타인과 비교할 수 있는 능력을 가지게 되면서부터가 아닐까 라는 생각을 해본다.

　그리고 방어본능처럼 자신을 끌어내리는 것에 익숙해지기도 한다. 이솝 우화 '여우와 신포도 이야기'에서 높아서 따먹을 수 없는 포도를 '너무 시어서 따먹지 않았다'는 여우의 생뚱맞은 변명처럼……. 그러나 그러한 인간의 행태는 자신을 더 깊은 궁지로 몰아넣기도 한다.

　옛말에 '꼴값 한다'라는 말이 있다. 외모와 연관되어진 말이기도 하지만, 사람들이 살아가는 일반적인 기준이나 자신이 가진 주관적인 관점에서 비켜나 있을 때 빈정거리는 표현이다. 그러나 나는 꼴값을 하며 사는 것은 대단히 바람직한 사람의 모습이라고 생각하는데, 대부분의 사람들은 그런 삶을 두려워하거나 피하려는 것 같다.

　신약성서를 처음부터 읽다 보면 산상수훈으로 이어진다. 그 구절은 주기도문과 더불어 신약 메시지의 또 다른 줄기로, 여덟 가지 복을 인간이 구원에 다다를 수 있는 구도의 자세와 모습을 통해 이야기하고 있다. 그 시작 말씀은 이렇다.

"심령이 가난한 자는 복이 있나니 천국이 저희 것임이요"이다. 그러면 심령이 가난한 모습은 어떤 모습인가. 일견 물질적인 가난을 말하는가 싶기도 하다. "부자가 천국에 가는 것은 낙타가 바늘구멍을 지나는 것처럼 어렵다"는 말처럼. 그리고 여러 가지 해석을 불러올 수 있겠지만 그런 모습만이 아닌 영성의 가난, 즉 '절대자에게 의지하려는 마음이기도 하다' 라는 것이다. 어쩌면 마음이 가난하다는 것은 자신의 모습을 숨기거나 가리지 않고 절대자에게 의지하려는 마음을 그대로 드러내는 것일지도 모른다.

사람들은 처음 만남을 시작하면서 자신의 본 모습을 다 보여주지 않는다. 좀 더 좋은 상품이라고 느껴지도록 포장을 하거나, 여유나 아량을 베풀기도 한다. 물론 이내 바닥이 드러나기도 하지만 일정한 시간까지는 가려지기도 한다.

언젠가 동학사 근처에서 열리는 모임에 참석한 적이 있다. 모임이 끝나고 근처 산장에서 하룻밤을 묵은 후 다음 날 아침, 일찍 산에 올라가 남매탑까지 가서 탑돌이를 다섯 마당쯤 하고 곁에 있는 상원암으로 내려갔다. 전날 일부러 갑사에서 시작해 지나온 곳이지만 이곳에서 내려다보는 풍경은 참으로 깊은 울림 같은 것이 느껴지게 했다. 절 마당으로 내려갔을 때 한 젊은이가 천막을 개고 있었다. 아마도 어젯밤에 이곳에서 야영을 한 것 같았다. 왠지 하산 길은 그 젊은이와 같이 내려가고 싶다는 생각이 들었다. 젊은이는 그곳 암자의 주지스님과 구면인 듯, 스님께서 어젯밤에 이어지는 이런저런 메시지를 전해주시는 것 같았다. 생각했던 것보다 한참을 더 기다리고 나서야 합장으로 이별을 한 후 나와 동행이 되었다.

우리는 이런저런 이야기를 나누었다. 외모가 수려한 그 젊은이는 나름 대로 깊은 아픔을 가진 젊은이였다. 결혼생활을 이 년쯤 했으며 몇 개월 전에 헤어졌다고 했다. 젊은이는 의미 있는 얘기를 내게 던졌다.

"연애할 때는 여자 친구가 투정을 부려 내 마음에 거슬려도 배려라든지 하는 여유로 가볍게 치부하거나 부드럽게 지나갔답니다. 그런데 결혼한 후에 아내가 그런 행동을 하니 결혼 전에 가졌던 여유나 배려심이 생겨나지 않았어요."

서점에 가면 처세술이나 남보다 빨리 출세할 수 있는 방법론에 관한 책들이 많다. 그러나 그런 류의 책들을 여러 번, 아니 달달 외울 정도로 읽는다고 해도 그리되지 못 하는 경우가 대부분이다. 그보다는 오히려 자신의 모습을 잘 드러내는 것이 더 쉽게 원하는 곳에 이르는 길인지도 모른다.

남녀 간의 관계에서 우리는 관습처럼 결혼이라는 틀을 만든 후 '상대방에 대해 너무나 잘 알지 못 했다' 라며 돌이킬 수 없는 절망이라도 되는 것처럼 푸념을 늘어놓는다. 이때 '나를 잘 알지 못 했다' 라고 말하는 경우는 아주 드물다.

결국 상대방이 나를 제대로 알아주지 못했거나, 내가 내 모습을 제대로 드러내지 못 한 탓이라고 생각한다. '내 모습을 제대로 드러내는 것' 이 참으로 중요하다고는 생각하는데, 그것은 쉽지 않은 일이다.

누군가를 만나 나누는 이야기들은 이런저런 관계에 관한 이야기가 대부분이다. '인간人間'이라는 한자어는 의미가 깊은 말이다. 시작이거나 끝이거나 인생사는 관계라는 고리에 연결되어 있다는 것이다. 늪에 빠져 허우적거리게도 하고, 삶을 윤기 있게 만드는 것이 다 '관계' 때문이다.

필연적인, 혹은 필요에 의해 관계를 맺고 이어가는 것도 중요하지만 만들어진 관계를 부수는 것은 더 중요하다는 것을 살면서 더 깊이 깨닫게 된다. 그리고 나의 잣대가 아니라, 상대방을 있는 그대로 보아주는 것이 참으로 중요한데도 아내나 자식들에게조차 그런 오류를 범하곤 한다. 그래서 숱한 갈등들이 생겨난다.

아이들이 잘못됐을 때 어른들은 이렇게 이야기한다. '친구를 잘못 만나거나 사귀어서 그런 거야'라고. 그런 말은 핑계에 불과하다는 생각이 든다. 결국 나를 드러내는 것이 중요하고, 나를 드러내는 것은 꼴값을 하며 사는 것이다.

몇 해 전《천생 촌놈인 스물두 가지 이유》라는 책을 펴낸 적이 있다. 의식이나 정서 속에 녹아 있는 나의 정체성을 얼마간 드러내 보인 것이었다. 철학자 탈레스는 '자신을 아는 것이 가장 어렵고 다른 이에게 충고하는 일이 가장 쉽다'고 말했다.

언젠가 어려운 일들이 한꺼번에 몰려온 적이 있다. 절망스럽고 고통스럽기도 했지만 '세상에는 내가 알지 못하는 일들이 너무나 많구나'라는 생각이 들었다. 그리고 그 순간이 지나자 작은 희열 같은 것이 몰려왔다.

오래전부터 나는 서점의 매장을 점령한 자기계발서의 허구에 관해 생각을 해보곤 했다. 그리고 그 책들이 인간의 어리석은 탐욕을 부추기는 게 아닌가 하는 허튼 생각도 해보았다.

가난한 집의 장남으로 자라면서 소갈머리는 간장 종지나 밴댕이 콧구멍 같고, 도대체 배짱이라는 것은 찾아볼 수가 없어서 《배짱으로 삽시다》라는 책을 여러 번 읽기도 했다. 그리고 성공을 꿈꾸며 처세술에 관한 책을 찾아보기도 했다. 하지만 배짱을 가질 수도 없었고, 성공에 도달할 수도 없었다. 본래의 꼴을 바꾸어야 배짱이 생기고 성공도 할 수 있다는데, 그렇게 하지 못하는 자의 항변일지도 모른다.

감동하거나 감동을 줄 수 있는 능력은, 인간이 할 수 있는 최고의 정신작용일 것이다. 타인에게 혹은 자신에게조차 감동하지 못하는 자는, 정녕 자신은 물론 세상 누구도 변화시키거나 모습을 바꾸게 할 수 없다는 생각이 든다.

세상 사는 것이 서툴고, 때로는 비겁하다는 생각이 든다. 어떤 할아버지가 당신 손자를 무릎에 앉히고 하셨다는 말씀을 옮겨본다.

"사람은 꼴값을 해야 하는겨. 제 생긴대로도 제 복을 다 받지 못하고 죽는 것이 사람이여. 세상을 봐라. 제 꼴이 어떤 줄도 모르고 위로 뛰고 아래로 뛰는 것들이 얼마나 많아. 눈뜨고 봐줄 수도 없을 만큼이여. 그렇게 꼴값을 떨어뜨리는 것을 보고 꼴값을 떤다고 하는겨."

꼴값을 하는 것도 어려운데 꼴을 바꾸겠다고 성형외과는 날로 번창한다. 외모가 가장 영향력 있는 이데올로기처럼 되어버린 세상이다. 그래도 나는 나만의 꼴값을 하며 살아가고 싶다. 그것이 세상을 편하고 여유롭게 살아가는 내 방식의 잘난 처세라는 허튼 생각이나 하면서 말이다.

2부

마음에 깃든 풍경

❋
천수만

바다는 보이지 않았다. 바다는 늘 떠나고 돌아오는 것에 익숙해져 있었다. 어디까지 흘렀다가 왜 다시 돌아오곤 하는지 알 수 없었다. 미처 떠나지 못한 빈약한 물줄기만이 골과 골을 이으며 돌아올 바다를 기다리고 있었다. 하루에 두 번씩 들물과 날물이 흐르는 뻘은 그래서 언제나 질척거리며 젖어 있거나 바다에 묻혀 있었다. 그러나 그 흐르는 것은 태초에 육일 동안 이미 끝냈다는 창조와 영속으로 길게 이어져 흐르는 것이며 위대한 생명체의 생성과 닿아 있다.

생성의 본질은 소통이었다. 늘 젖어있는 그래서 질척거리는 뻘이 바다와 소통을 하는 사이, 숱한 생명들이 잉태되어 바다로 나가기도 했다. 뻘은 스스로 존재하는 것이었고 각각의 생명들을 더불어 존재하게 하는 모체이기도 했다. 그 뻘에 집을 두고, 뻘을 밥이라 먹고, 짝짓기를 하고, 동무들과 놀이를 하는 삶의 터전이었다.

뻘에 사는 모든 생명들, 특히 게나 고동 같은 것들은 뻘을 밥처럼 먹기도 했지만 그 뻘을 더럽히거나 오물을 만들지 않았다. 오히려 뻘을 찰지고 걸지게 했다. 짠물을 먹고 자라는 풀들도 그랬다.

그래서 날짐승들과 갯사람들은 늘 채워지는 생명의 창고인양 가꾸는 수고로움도 없이, 뻘이 존재하므로 더불어 존재하며 일용할 양식을 뻘에서 구했다. 그래서 뻘은 연장을 바꾸고 고무신을 바꾸고 철따라 옷을 바꾸며 인간을 존재하게 한 위대한 터전이었다.

그리고 오가는 짠물을 가두어 말리면 사금파리 밭에 소금 꽃으로 피어나서 풋것들의 숨을 죽이고 싱거움을 가져주면서 생명으로 존재하게 했다.

처음 그 뻘에 빠져 본 적이 언제였던가. 아마도 초등학교 이 학년쯤 봄 소풍이었던 것 같다. 주변에 변변한 유적지나 절집도 없었던지라 봄에는 바다로 가을에는 우리 동네 뒷산인 은하봉으로 소풍을 가곤 했다.

소풍이라는 말보다는 어머니의 '원족' 이라는 말이 적합하다 느껴질 만큼 이십 리쯤을 걸어가서 처음으로 바다를 보았다. 그러나 그곳에 바다는 없었다. 사나운 큰 물이 거칠게 지나고 난 황량한 들판처럼 살아있는 것들은 모두 묻혀버린 그래서 죽음처럼 검은빛으로 살갗을 드러내고 빈약한 물줄기만 남긴 채 바다는 어디론가 가버리고 없었다.

죽음처럼 검은빛으로 널브러져 있던 뻘을 보면서 소년이 처음 느꼈던 것은 두려움이었다. 아득히 뻘 끝으로 보이던 지평선은 달무리처럼 어두워져 있었다. 그리고 그것은 마치 악마의 주둥이 같아서 그 어두운 곳으로 빨려들어 갈 것 같았다.

하나 둘 고무신을 벗어두고 질척거리면서 살갗을 간질이는 그 뻘로 들어갔다. 뻘에는 추수가 끝난 논에서 동면을 준비하던 우렁이 집이나 미꾸라지 집처럼 셀 수도 없을 만큼 작은 동그라미로 집들이 만들어져 있었다.

　수많은 동그라미 집에는 예외 없이 주인이 존재했고, 그 집에서 나온 황발이거나 능쟁이거나 귀망둥어가 뻘을 기어 다니고 있었다. 아이들도 게처럼 그 뻘을 기어 다녔다.

　한나절이 지나고 게도 아이들도 지쳐갈 무렵 바다는 기별처럼 돌아오고 있었다. 뻘을 지나 밀려온 바다는 흐린 빛이었지만 멀리 지평선으로 보이던 곳은 하늘과 가까워 물들었는지 푸른 물이 풀어져 있었다.

　원족遠足이라고 어머니가 차려 입혀준 옷과 얼굴이며 살갗이 뻘로 질척거렸다. 선생님께 선물로 드리라며 있는 집 아이들이 모아준 아리랑 담배 몇 갑도 가방 속에서 질척거리고 있었다. 그래도 사이다병 안에 갇힌, 능쟁이 몇 마리와 귀망둥어 한 마리가 전리품처럼 설레게 했다.

　한동안 바다를 잊고 지내다가 고등학생이 되었을 때 처음으로 가까운 대천에 있는 해수욕장이라는 곳에 갔다. 그해 초여름에 거둔 겉보리 세 되쯤을 어머니는 아낌없이 퍼내 주셨다. 그곳은 유년시절 소풍날 봤던, 뻘로 이어진 어딘가로 여행을 떠난 것 같던 바다와는 전혀 다른 새로운 바다였다.

　처음 그 바다를 보았던 날을 잊지 못한다. 그 형언할 수 없었던 그 희열을. 그리고 긴 세월이 흐르고 난 후 지난해인가 그곳의 겨울 바다에 다시 다녀왔다. 그 여름날이 바다처럼 되돌아오는 듯했다. 그리고 그때 처음으로 대면했던 희열을 추억하며 짧게 시상詩想을 이어갔다.

　　겉보리 두 됫박쯤으로 바꾼

장항선 대천행 열차표를 받아들었던 날은
마음도 팔월의 태양처럼 뜨겁게 이글거려야 했다

봄 소풍에 질척거리던 뻘을
능쟁이 게처럼 기어 다녔다지만
그 바다를 처음 보았던 날은
날선 도끼날에 장작처럼 가슴이 일시에 뽀개어져
그 푸른 바다가 일시에 뽀개진 가슴으로 밀물처럼 밀려들었다
팔월의 태양처럼 뜨거운 젊은 날
가슴으로 치댄 밀물에 퍼렇게 멍이 들자
뜨겁게 달구어진 백사장에 몸을 문대고
소라게처럼 기어야 했다
썰물처럼 그 바다를 떠나던 날은
배어든 소금기에 짜건 눈물도 훔쳐야 했고
바다도 퍼렇게 멍이 들어 하얀 포말로 손사래 치듯
다시 여행을 떠나고 있었다.

　천수만에 다녀오겠다며 용산역으로 나갔던 날, 출발시간이 다 되도록
타야 할 장항행 열차를 찾지 못해 당황했다. 누군가에게 묻고서야 가까스
로 이름도 낯선 익산행 열차에 오르면서 모처럼의 귀향길 설렘이 흐트러
져, 터덜터덜 소리를 내며 한강을 건넜다.

장항이 종점이었을 때였는데 가끔은 굽고 휘어진 길을 가며, 후미 칸을 보여주기도 했고 오가역, 화양역 같은 한가롭고 정겨운 간이역을 지나기도 했다. 손님처럼 깃들었다가 돌아가는 자식들을 떠나보내는 어미가 손사래질 하는 정겨운 모습이 창밖으로 보였다.

세월이 지날수록 시간의 부피도 작아져 가는 것인지……. 일용할 양식을 키워내던 논밭, 철따라 들꽃이 피던 한가로운 들길을 허물어내고, 시간에 더 많이 쫓기며 살아 갈 수밖에 없도록 터널로 반듯해지고 삭막해진 쓸쓸한 길을 달린다.

그래도 설렘처럼 광천역이었다. 숱한 사람들이 이곳을 떠나거나 돌아오면서 남긴 애환과 사연들이 녹슨 철길에 절절히 배어 있는 곳. 전국에서 처음으로 오일장이 시작되었다는 곳인데, 어린 시절 역전이었던 버스 차부는 장날이 아닌 무싯날에도 오가던 사람들이 넘쳐났는데, 이제는 마치 민방공훈련을 하는 날이기라도 한 것처럼 오가는 차도 인적도 없이 한가롭기만 하다.

예전 포목전 골목을 지나면, 한낮에도 백열등을 밝히고 드럼통에 삭아진 새우젓이 비린내로 다가든다. 폐광처럼 어두워진 쓸쓸해진 버스정류장을 지나고 철길을 건너면 옹암포. 안면도 등 주변의 섬과 뱃길이 이어지고 그곳에서 나는 농산물과 해산물이 배로 들어와 옹암포로 풀어낼 때는 그래도 장항선 일대에서 알아주던 장이었다.

그래서 장 흥정소리와 뱃사람들의 젓가락 장단이 니나놋집 주전자를 멍들게 하며 사람들을 불러들였던 곳이다. 그러나 느려진 갯물이 흘러온 흙을 쌓아갔고 뱃길이 막히고부터는 폐경이 된 한물간 여인처럼, 뻘밭에서 삭아가는 폐선처럼 쓸쓸해진 풍경으로 남아 있었다.

흘러 흘러 넓은 바다와 만나던 곳은 산을 허물어 길을 내며 막히게 되었다. 그렇게 막아 뭍이 되고 그래서 천수만을 포함한 서해안의 해안선은 많은 곳이 곧게 펴지면서 줄어만 갔다.

다시 터벅거리며 해변 길을 걷다가 지나는 차를 세워가며 간월도로 갔다. 그 옛날 수라상에 올랐다는 이곳의 어리굴젓은 유명하다. 서남해의 두텁한 김과는 달리 이곳에서 났던 김은 가실거리며 맛도 달랐는데, 이제 한쪽도 아닌 양쪽으로 뭍과 연결되어 뭍이 되어버렸다.

막혀진 길로 소통하지 못하는 바다와 건너편으로 끝이 보이지 않는 호수와, 비행기로 나락을 뿌리고 농약을 친다는 대규모 농경지, 호수는 페인트를 쏟아 부은 듯 녹조가 번져가고 호숫가로 배를 들어내고 썩어가던 숭어 몇 마리만 남아있는 풍경.

책상 위에서 지도에 금을 그어 그대로 견고한 둑이 생겼고 성처럼 견고한 둑이 소통을 막으면서 호수는 흐려지다 못해 썩어가고, 건너편 바다 또한 물길이 느려지게 되자 뻘도 썩어가고 있었다.

뻘로 밥을 해먹고 살아가던 게나 고동, 귀망둥어들이 뻘이 사라지면서 사라져갔듯이 뻘을 파내고 뒤집으며 갯것들로 살아가던 사람들 또한 그 갯가를 떠났다. 그 들물과 날물이 흐르던 뻘을 막아 그 위로 난 길을 지나면서 나는 존 레넌의 'Let it be'를 처량하게 흥얼거렸다.

사과갈비

노랗게 탱자가 익어가고 있었다. 나는 탱자 꽃을 좋아했고 탱자 꽃 피는 봄이 좋았다. 이른 봄이면 탱자나무는 물을 길어 올렸다. 그러면 가시 끝으로 푸른 물이 배어들었다. 가시 끝으로 푸른 물이 넘실거리듯 배어들면 사나운 가시가 순해 보여지기도 했다.

순백의 꽃숭어리가 싸락눈같이 가시 사이로 내려앉기도 했고 내려앉은 꽃숭어리는 화사한 봄볕에 별 모양으로 환하게 꽃으로 피어났다. 탱자 꽃이 피면 그 푸른 가시에 찔리기까지 하면서 그 순한 향기를 가까이서 보다가, 아픔도 잊은 채 향기를 삼키기도 했다. 탱자 꽃이 피고 지면서 낸 길을 따라 오돌오돌한 작은 탱자 열매들이 세상 밖으로 나왔고 작은 잎들도 피어났다.

그러나 탱자가 익어가는 계절이 오면 탱자나무가 미워졌다. 읍내로 중학교를 다니던 길가에 과수원이 있었다. 수령이 삼십 년도 넘어 뵈는 사과나무 과수원이었다. 지금이야 수종도 다양해지고 키를 키우지도 않지만, '국광'이라는 사과나무는 우람하게 덩치가 크기만 했지, 열리는 사과 열매는 아주 작았다.

노랗게 탱자가 익으면 사과도 익어 가는지, 사과가 익으면 탱자도 익어 가는지 이젠 기억이 흐릿하지만 에덴에서 이브가 가졌다던 그 유혹만큼이나 탱자나무 울타리 안의 사과에 대한 유혹은 강렬했다.

요즘에야 사과를 그 시절의 무만큼이나 흔하게 먹을 수 있지만 당시는 어림도 없는 이야기였다. 장날이면 어머니가 집에 돌아오시면서 가끔 사과를 사오시기도 했지만 반쯤은 썩은 작은 국광 사과였다. 그것도 형제들 몫으로 하나씩 돌아갈 정도는 아니어서 반쪽씩 나눠 갖곤 했다. 그리고 한 입 베어 물면 입안에 달콤하게 번지던 향긋한 사과 향을 음미하며, 베어 문 자국이 갈색이 되도록 아끼면서 먹었다.

이제는 보기 힘든 모습이지만, 탱자가 익어가는 무렵 길을 지나다가 탱자나무는커녕 제대로 울타리도 두르지 않은 채 사과가 익어가는 것을 보게 될 때가 있다. 그럴 때면 그 시절 속내를 들켜버리기라도 한 것처럼 제풀에 머쓱해지곤 한다. 이제 사과는 그 시절 흔하게 먹던 무 맛이 되어가는 것 같다.

탱자나무 울타리를 지나며 투명한 가을 햇살에 붉게 익어가는 사과를 그저 바라볼 수밖에 없었다. 울타리로 심어진 탱자나무는 작은 주먹 하나 들어갈 틈새도 없이 촘촘했다. 그래서 그 유혹이 더 강렬했는지도 모른다. 위로든 아래로든 탱자나무 울타리를 통과할 수 있는 방법이 없었다. 작은 참새들도 지나다니지 못하고, 바람만이 간신히 지나다닐 수 있을 것 같았다. 탱자나무 울타리는 결코 누구도 범접할 수 없는 견고한 성곽 같았다.

동무들 몇이 과수원 옆으로 난 길을 돌아오던 하굣길이었다. 누군가 사과서리 얘기를 꺼냈다. 유혹은 사과 향만큼이나 달콤했다.

그믐이 지난 때였다. 가마니를 다섯 장이나 준비했다. 탱자나무의 사나운 가시를 무력화할 수 있는 유일한 방법이었다. 어둠처럼 외진 곳, 탱자나무 위로 가마니를 던졌고 무등을 타고 가마니 위로 올라갔다. 탱자나무 줄기가 촘촘했지만 몸이 흔들렸다.

그런데 두 번째 가마니 위로 옮겨가며 몸이 기울더니 가마니를 벗어나 사나운 가시와 스치더니 과수원 안으로 굴러떨어졌다. 온몸이 탱자나무 가시로 상처가 나서 핏물이 배어났다.

깜깜한 밤에도 사과는 불을 밝히듯이 흔들리고 있었지만 그저 바라만 봐야 했다. 멀리서 불빛은 흔들리며 다가오고 달콤한 사과는 한입 베어 물지도 못했는데, 슬프도록 치욕스럽기도 하던 가을밤은 길게 지나갔다.

작은 아이는 사과를 좋아한다. 얼마 전까지만 해도 칼질이 익숙하지 못하니 아비에게 깎아 달라고 해서 먹더니, 이제 스스로 깎아 먹기도 하는데 껍질과 함께 남겨지는 것이 있다. 씨가 박혀있는 가운데 부분이다.

"왜 맛있는 갈비는 이렇게 남겨놨어?"

"맛있는 갈비는 아빠가 잡수세요."

아이는 아마도 아비의 슬프도록 치욕스럽던 그 가을밤 일을 알고 있는가 보다. 아이가 남겨두는 그리고 하루가 지나면 역시 붉게 자국이 남는 맛있는 사과갈비는 이제 내 몫이었다.

* 축제

　초가마다 아침밥 짓는 굴뚝 연기가 피어오르다가 산을 내려오던 안개에 묻혀 내리면서 마을은 물에 잠겨가듯이 안개에 떠다니고 있었다. 떠다니는 안개더미 속에는 묘한 흥분과 비릿한 설렘 같은 것이 섞여 있었다. 늦게 겨울 산을 넘어온 해가 점령군처럼 진주한 마을의 안개더미를 밀어내고 나서야 마을은 물이 빠지듯이 모습을 드러내 가고 있었지만 묘한 흥분과 비릿한 설렘은 차가운 바람 속에 그대로 떠다니고 있었다.

　설을 앞두고 돼지를 잡는 날이었다. 집집마다 한두 마리씩 부엌에서 나오는 구정물로 돼지를 키우던 시절이었다. 명절을 앞두거나, 시집장가를 가거나, 회갑잔치를 앞두고 집에서 키우던 돼지를 잡았다.

　설이나 추석 등을 앞두고 마을에서 돼지를 잡고 집집마다 한두 근씩의 돼지고기를 샀다. 연중 유일하게 고기냄새를 맡을 수 있는 드문 기회였다. 요즘에는 돼지고기로 국을 끓이지도 않지만 그 시절에는 소고기는 아주 귀한 것이었고 돼지고기도 마찬가지였다.

　숫돌에서 갈리는 부엌칼이 퍼런 날을 세워가고 가마솥 가득 물이 데워지고 있었다. 우리 안의 돼지가 평소에는 늘 밖으로 나오려고 몸 비딤을 하고는 하였지만, 그날은 닫혀있던 문이 열렸는데도 나오지 않고 어떤 절망처럼 무심하게 두엄더미를 헤집고 있었다. 우리 밖으로 나가지 못해 늘 안달도 하더니 나름 얼마 후의 무시무시한 현실을 예감이라도 한 것 같았다.

누군가 우리 안으로 들어가자 돼지는 체념하듯 문을 나서고 다시 흙을 헤집었다. 잠시 긴장의 시간이 지나고 있었다. 그러나 몸부림 속에 굵은 새끼줄로 발이 묶여지고 등이 땅에 닿으며 고꾸라졌다.

여러 번 성화에 아이들은 등을 돌리고 장작 패던 도끼가 허공을 돌았다. 둔탁하면서도 처절한 마찰음에 길게 갈라지는 비명 같은 것이 마을을 한 바퀴 돌았다. 그리고 다시 처음보다 힘이 빠진 비명이 마을을 한 바퀴 더 돌았을 때 날선 식칼이 찬 햇살에 번득였다.

돼지 몸에서 피가 다 빠져나와야 고기에 피가 배어들지 않는다며 고통스럽게 버둥거리는 짐승의 목을 다시 겨누었다. 붉다기보다는 먹처럼 검은빛이 나던 뜨거운 피가 가파른 숨소리에 토하듯 쏟아져 내리며 양동이를 채워가고 있었고, 그 피를 양푼에 퍼 물 마시듯 넘기는 이도 있었다.

가마솥에서 데워진 물이 돼지 몸에 뿌려지고, 죽어서야 목욕이라는 것을 하는 듯 돼지는 뜨거운 물에 불려졌다. 거칠게 삽으로 한번 털을 밀어낸 다음 밭에서 잡초를 뽑아내듯 손으로 뽑아내어 칼로 마무리했다.

혀를 빼물고 늘어진 돼지의 모습, 늘 지저분하고 거칠어 뵈던 돼지의 살갗은 잘 익은 백도 복숭아처럼 말갛게 살갗이 드러나 있었다. 다시 항문에 칼을 꽂고 조심스럽게 배를 갈랐다. 불룩 채워진 주머니처럼 밥통이 드러나고 줄 풍선처럼 대장과 작은창자들이 배를 가득 채우고 있었다.

쓸개주머니가 터지지 않도록 조심스럽게 떼어내고 내장을 걷어내 함지박에 옮겨 담았다. 아직 식지 않은 피가 뚝뚝 떨어지는 심장이며 허파, 간이 썰어져 개다리소반에 오르고 파리 떼처럼 사람들이 모여들어 막소주 한 잔에 그 날고기들을 씹어 삼키고 있었다.

오줌보는 아이들에게 던져졌다. 아이들은 밀짚대로 그 오줌보에 바람을 불어넣고 묶은 다음 마당에서 냄새나는 공을 차고 놀았다.

날고기를 먹고 난 이들은 개울로 옮겨 내장을 뒤집어 아직 배설되지 못한 것들을 털어내고 소금을 집어넣어 그것들을 빨아대고 있었다.

가득 물을 끓이던 가마솥에 채 식지 않은 선지와 손질한 내장, 비계 살에 쉰 김치를 넣고, 다시 끓였다. 다시 차가운 바람이 불어와 창자 속에 회가 동하면서 달큰한 냄새가 마을을 떠다니고 있었다.

마을 사람들과 아이들이 안마당 멍석에 모여 앉으면 그 내장탕이 한 그릇씩 돌려졌다. 한 숟갈 국물을 떠넘겼을 때의 그 황홀함! 기억조차 희미해진 잊힌 혀의 감각기능이 살아나 온몸에 그 희열을 전하고 진한 허기의 끝처럼 잠시 어지럼증이 일다가 돌아오고 있었다.

살아오면서 좋다는 음식을 탐해보기도 했지만, 그 시절 그 맛과 비교할 수 있는 것은 아무것도 없을 것이다. 오랜만의 포만감에 행복하기도 했던 날, 외상으로 산 돼지고기 두 근을 짚으로 꿰어 들고 집으로 돌아가면서 그 시절 한바탕 축제는 짧은 겨울날처럼 저물어가고 있었다.

수종사 은행나무

가끔 두물머리를 넉넉하게 내려다볼 수 있는 수종사에 오르곤 한다. 절 집으로 오르는 길이 다소 거칠기도 하고, 산비탈의 작은 터가 다소 궁색해 보이기도 하지만 소박한 모습이 정감이 간다. 일찍이 서거정이 '동방의 사찰 중 전망이 제일'이라 말했다는 이곳이다.

북에서 발원하여 흘러온 북한강과 내륙을 적시며 흘러온 남한강이 만 나는 호사스런 풍광을 내려다볼 수 있는 곳인데, 절에서 조금 비켜나면 우 람하게 서 있는 은행나무 한 그루가 보인다. 아니 정확히 말하면 두 그루 가 있다.

마의태자가 심은 후 천 년 동안 나이가 든 용문사의 화석과 같은 거대한 은행나무와 비교해보면, 용문사 은행나무보다 오백 년쯤 지난 후 세조가 심었을 듯한데, 그렇다면 절반의 나이밖에 안 되는 셈이지만 또 다른 풍모 를 느끼게 한다.

은행나무 앞에는 은행나무를 소개하는 표지판이 서 있는데 그 나이가 작년에도 오백년이었는데 올해도 오백년이다. 귀찮더라도 좀 바꾸어놓지,

은행나무도 나이를 먹을 건데 하는 생각이 든다.

'사랑은 눈물의 씨앗'이라며 청승맞은 노래도 있지만 인생은 그 궤적처럼 그리움 같은 것을 씨앗으로 만들어내는지도 모른다. 가끔 고향 집을 생각할 때마다 나와 같이 자라던 나무들과 돌담이 떠오른다. 고향을 떠난 지 삼십 년이나 되었지만 고향 집은 빈집인 채로 그대로 남아 있다. 지금은 퇴색된 채로 함석이 덮여 있는데, 내가 어린 시절엔 가난한 소년처럼 웅크리고 있던 초가였다.

한때는 꽤 넓은 땅을 가진 부자이기도 했다는데 이런저런 이유로 다 남의 손에 넘어가고, 조부는 근동에서 지금의 위치로 옮겨와 터전을 마련하셨고 나의 태를 묻었다고 한다. 집을 세울 터조차 마련하지 못한 채 남의 땅에 집을 세웠으니 그야말로 초가 삼간 집이었고, 빈한한 살림에 일 년에 콩 닷 말씩을 도지로 물기도 했다.

그래도 고향 집에는 동무처럼 나와 같이 자라던 나무들이 있었다. 사립문 옆으로 사철나무가 있었고 사립문을 들어서면 매화나무가 한 그루 있었다. 뒤꼍 울타리로 탱자나무 한 그루와 밤나무, 참나무가 각각 한 그루씩 있었다. 언젠가 내가 불을 낸 적이 있는 뒷간 아래로 미루나무도 한 그루 있었다.

사철나무는 겨울이면 연하게 붉은 빛을 띤 열매를 매달기도 했고, 마당가 매화나무는 봄이면 햇솜처럼 포근한 꽃을 피워내기도 했다. 매화나무는 작은 관목인데, 남쪽지방에서만 살았으나 이제는 서울까지 올라와 살기도 하는 매실 열매가 열리는 나무를 매화나무라고 해서 혼란스러웠다.

뒤꼍으로 있던 탱자나무는 봄이면 사나운 가시로 푸른 물을 길어 올리고 싸락눈 같은 꽃을 피워냈으며 가을이면 노란 탱자 열매를 주렁주렁 매달았다. 밤나무는 내가 초등학교 오 학년 무렵에 심었는데 고등학교에 가서야 밤을 매달았다. 마당이 있는 곳으로는 돌담이 있었고, 뒤꼍에는 나뭇가지나 수숫대로 얽은 울이 있었다.

생살이 베어진 것처럼 지독한 아픔일지라도 세월과 버무려지면 그리움으로 풍화되기도 하는 것처럼, 늘 떠나기를 꿈꾸었던 어린 시절이 이제는 그리움 속에 남아 있다. '돌담에 속삭이는 햇살같이'라며 시인은 봄을 속삭였는데, 돌담도 아득한 그리움이 되어버렸다.

'담'은 순수한 우리말이다. 돌이나 벽돌 등으로 쌓은 것은 담이 되고 나뭇가지나 수숫대 등으로 엮은 것은 울타리가 된다.

봄이 오면 제일 먼저 돌담 아래로 보라색 제비꽃이 언제나 그 자리에 피어나곤 했다. 푸르고 싱싱한 빛으로 봄이 피어나면 어머니는 돌담 아래로 강낭콩을 심고 호박씨며 수세미, 오이씨를 묻고 작은 비닐집을 지어주었다. 언젠가는 구렁이가 돌담 위에서 똬리를 틀고 햇빛보기를 할 때도 있었다. 어른들은 집을 지켜주는 업구렁이라며 해치지도 않았다. 여름이면 돌담 위로 호박이며 박들이 푸르게 자라서 올라와 돌담마저 화려해 보이기도 했다.

돌담은 생명들을 품고 키워내어 스스로 생명력을 가지고 있는 듯한 존재였다. 옥수수며 해바라기는 돌담과 키 재기를 하듯 놀라운 생명력으로 키를 키워갔다. 예전의 담이나 울타리는 결코 도둑을 막기 위한 벽이 아니었으며, 여유 있는 경계로 존재하고 있었다.

그런데 언젠가부터 새마을을 만든다며 돌담을 허물어냈고 블록이 벽을 만들어냈다. 담이나 울타리는 살아있는 것들과 어우러져 스스로 생명력을 갖기도 한다. 하지만 블록은 벽으로만 존재할 뿐, 스스로 생명력을 가지지는 못했다.

덕수궁 가로 난 길을 돌담길이라고 노래했지만 엄밀히 그건 돌담이 아니다. 틈이 없다면 돌담이 아니다. 돌은 담의 재료에 불과할 뿐이다. 담은 틈을 가지고 있다. 제주에는 무덤가에도, 밀깡 밭가에도, 구불구불 이어지는 울도 돌담이다. 돌이 많은 곳이라는 척박한 생존의 흔적이기도 하지만, 돌처럼 많다는 제주의 바람도 그 돌담을 허물지는 못했다. 그곳의 돌담은 돌 그 자체가 틈을 가지고 있기 때문이리라.

별스런 음식을 만들었다며 돌담 너머로 음식이 담긴 그릇들이 전해졌고 이런저런 세상일들이 넘나들며 옮겨 다니기도 했다. 늦게 밤마실을 다녀올 때면 고양이처럼 담을 넘어들어왔다. 그리고 늦가을이면 무를 썰어 채반에 얹어 돌담 너머로 주고받았다.

애호박이나 누런 호박들이 익어가고 그중간쯤에는 참나무가 한그루 있었다. 연초록 잎이 피기 시작하면 풍뎅이는 잎을 갉아 먹기 시작했다. 바닥은 초록물이 배든 풍뎅이 똥들이 파랗게 쌓여갔다. 가을이 지나 겨울인데도 나무는 잎을 떨어뜨리지 못하고 긴 겨울밤 시린 바람에 소란스러운 소리를 냈다.

뒷간 아래 서 있던 미루나무에서는 까치들이 해마다 집을 짓고 새끼를 키워 내보내곤 했다. 그런데 새마을운동이 시작되면서 초가지붕의 이엉을 걷어내고 함석을 덮게 되자 베어져야 했다. 미루나무를 베던 때는 봄날이어서, 한참 까치들이 집을 짓던 시기였다. 한나절을 울부짖듯 하던 까치처럼 마음이 쓰라렸다.

어린 시절을 함께 했거나 같이 자란 나무들은 식구들처럼 추억의 대상이 된다. 그리고 집 밖으로 서 있던 나무들은 어린 시절을 함께했던 동무들과 같은 존재였다.

보리를 베어내고 장마가 시작되면 늦둥이네 뒤꼍에 있는 고목 살구나무에 살구가 노랗게 익어갔다. 우리는 고무신이나 돌을 던져 살구를 떨어뜨리곤 했다. 집 앞 개울가에 있던 소태나무는 아우를 보고난 뒤에도 어미의 젖을 탐하는 아이에게 그 쓴 맛을 보여줬다.

유신이네 바깥마당에 있던 가죽나무는 넓게 그늘을 만들어주었다. 여름이면 아이들이며 어른들의 쉼터가 되기도 했고, 가지에 그네를 늘어뜨려 타기도 했다.

쏘내기 아저씨라며 놀리기도 했던, 그러나 본명은 '선학'이었던 아저씨네 바깥마당에는 모과나무가 있었다. 늦가을이면 껍질이 맨들맨들한 나무를 타고 올라가 모과를 땄다. 그리고 떫거나 신 맛이 도는 단단한 과육을 씹기도 했다. 그리고 한입 베어내어 나뭇가지로 이를 닦던 아프리카 어느 종족처럼 누런 이를 닦아내기도 했다.

보리를 베어내는 초여름에 남수네 뒤꼍에서 익어가던 빨간 앵두는 별미였다. 선운이네 밭 아래로 있던 고욤나무는 겨울이 시작되면 나무에 매달려 고욤을 따먹기도 했는데, 그날 밤은 밤새 지린내 나는 요강 앞에 쭈그리고 앉아 생목으로 넘어오던 침을 뱉어내야 했다.

귀하게 여겼던 감나무 생각도 난다. 초가을부터 먼저 일어나 떨어진 감을 주울 생각에 새벽잠을 설쳤다. 먹을 것이 귀하던 시절, 철이 바뀔 때마다 나무 한 그루 한 그루가 귀한 열매로 입을 즐겁게 해주었다. 그 각각의 맛처럼 추억이 남아 있다는 것이 신기하다.

여행을 다니며 낯선 풍광과 함께 나무들을 만나게 된다. 시간이 지나면 나무도 풍경처럼 추억으로 남겨지리라. 삼천포에서 바다를 건너 남해에 가다보면 고기떼를 불러들이고 바람을 막기 위해 심었다는 물건리 방조어부림이 있다. 지리산 뱀사골 위에 있는 와운리에서 보았던 할아버지 할머니 소나무는 마치 살아있는 황소가 뒷발을 차내며 콧김을 토해내는 듯이 보였다.

지난해 초에 울진 응봉산 능선의 울울창창한 소나무들을 만났을 때는 말로나 글로나 그 감동을 표현하기가 어려웠다. 그 소나무들을 보면서, 이 시대를 살아가며 아이를 키우는 부모들의 모습을 생각해보기도 했다. 내 아이가 뒤처지지 않아야 한다는 위기감 같은 것이 이 시대를 살아가는 이들의 공통된 슬픔이기도 할 것이다. 궁극으로 아이를 위한다는 것이기도 하지만 남들 눈에 보일 모습 때문에 사는 게 더 위태로워지고 있다는 서글픔도 마찬가지일 것이다.

소나무들은 다툼과 시기가 없으며, 서 있는 곳에 대해 한마디 불평도 하지 않는다. 너와 나는 별개로 존재하기도 하지만, 더불어 살아가는 우리 모습이기도 하다. 나도 그렇게 저들과 더불어 한 그루 나무로 존재하고 싶다는 허튼 생각이 잠시 스쳐 지나간다.

은행나무는 산중에서는 보기 드물고 사람들 주변에서 산다. 그래서 척박한 곳에서는 잘 자라지 않는 습성을 지닌 것이라 생각했다. 그러나 수종사 은행나무는 절이 세워지지 않았더라면 인적없고 가파른 비탈의 척박한 땅에 뿌리를 내리고 오백 년이나 나이테를 불려온 것이다.

그 나이에도 나무는 혈기왕성하고 강인한 풍모를 보여주고 있다. 거칠고 척박한 곳에 뿌리를 내린 채, 넉넉하게 산과 들을 지나 흘러내려 온 두 강이 하나가 되는 풍광의 사계를 내려다볼 수 있기 때문이 아닐까 하는 생각이 든다.

몇 해 전에는 세종로에 중앙분리대처럼 줄지어 서 있던 은행나무들 뿌리가 뽑혀졌다. 날이면 날마다 소음과 공해에 찌들었을 터인데 의연하게 버티고 서 있던 나무들이었다. 나무들은 그 거리에서 있었던 영욕의 역사를 기억하고 있었을 것이다. 질곡의 세월을 흘러온 현대사와 함께 봄이면 푸른 싹을 틔워 희망의 상징이 되어 주었고, 가을이면 노랗게 물들며 가을의 정취를 느끼게 해주었다. 그 은행나무들은 현대사와 함께하며 우리가 지향하는 자존을 상징하는 것이었다.

결코 쉽지 않아 보이는 이식 작업을 목도하면서 나는 안타까움으로 아침저녁 지날 때마다 발을 굴렀다. 다시 수종사 은행나무를 생각한다.

* 풍경과 인연

   사랑이 눈물의 씨앗이라고 했지만 인생은 그 궤적대로 그리움을 씨앗처럼 만들어내는지 모른다. 생살이 베어진 것처럼 지독한 아픔일지라도 세월과 버무려지면 그리움으로 풍화되기도 하는데, 그 그리움 속에는 풍경과 인연들이 섞여져 있다.

   풍경과 인연은 누구나가 바라보는 시각이 각각 다르기도 하고, 설렘을 동반하기도 한다. 풍경과 인연은 과거도 현재도 미래도 순환하며 존재한다. 풍경과 인연은 나와 전혀 의미 없음으로 존재하기도 하고, 내 삶에 엉겨들기도 한다. 풍경과 인연은 우연처럼 존재하고 필연으로 다가온다.

   '여행의 가치는 두려움을 불러들이는 것' 이라는 카뮈의 말을 공감하고 좋아하게 되면서 그 두려움은 설렘으로 바뀌었다. 지금 보이는 것이나 만나는 이가 추억으로 남아 있는 것이 시간으로 곰삭아지면, 풍경과 인연으로 남아 있게 된다. 그래서 풍경이나 인연이란 말을 떠올리면 숲 속의 호수처럼 설렘 같은 엷은 파문이 일기도 하고, 낡은 고향 집 부엌의 어머니 모습처럼 그립고 아릿한 것으로 다가온다.

마음에 깃든 풍경을 찾아 나서는 여행길. 마음에 깃든 '풍경'과 절집 추녀에 매달린 '풍경'은 닮았다는 생각이 언뜻 든다. 남도의 섬으로 가는 길은 언제나 길고도 멀다.

'가도 가도 붉은 황톳길 숨 막히는 더위뿐이더라.' '소록도 가는 길'이라는 부제로 설움이 주절주절 그 여름날 땀처럼 번져나는 한하운의 시 구절대로, 가도 가도 붉은 황톳길을 지나 땅끝에 가까워지면 해풍에 실려 온 비릿한 바다 냄새가 스며들고 하현달 모습으로 바다에 누운 '달도'라는 작은 섬을 지나게 된다. 해풍은 긴 시간을 썰물처럼 흘려보냈지만, 아직도 작은 떨림 같은 설렘을 비릿한 짠내와 버무려 달뜨게 했다.

그 미세한 설렘은 추억으로 저장된 풍경과 인연 때문이었다. 사나운 폭풍이 불어 회색이거나 검은빛이던 날들을 빼고는 늘 푸르던 바다와 그보다 더 짙푸르던 숲. 바다이거나 숲처럼 푸른 제복으로 그 젊던 삼 년쯤의 시절을 흘려보냈던 섬. 갓 감아낸 여인의 머릿결처럼 윤기 나는 잎 사이로 핏빛으로 붉게 피었다가 처절하게 떨어지던 동백 꽃숭어리 같은 외로움이거나 절망이거나 일탈이었거나 사랑이었거나 하는 것들. 그곳의 아름다운 풍광과 버무려지고, 흘러간 세월만큼 곰삭아져 작은 설렘 같은 풍경이 되기도 하였을 것이다.

산천의구는 이제 옛 시인의 허사처럼 되어졌다. 상록수림의 아름다운 산을 허물어 길을 만들고, 바다는 메워져 아파트가 세워진 탓에 낯설기만 하다. 그래도 아직 추억 같은 골목길은 남아 있었다. 멀리 고향을 두고 온 터라 외로움 같은 허기를 채워주던 밥집의 곱던 아지매는 이제 초로의 여인네가 되어 있었다. 늘 자연만이 풍경이 된다고 생각했는데 자연만이 아닌 사람도 풍경이 될 수 있다는 또 다른 신선한 느낌이 들었다. 태어나서 죽는 날까지 숱한 사람들을 만나고 헤어지기도 하겠지만 누군가에게 '풍경으로 남게 되는 것은 얼마나 될 것인지' 생각해 보았다.

살아온 날도 살아갈 날도 일상처럼 다가선다. '너 때문이야'라는 손가락질은 그 손가락 끝에 한 움큼의 화를 묻혀오고, 손가락을 거두는 순간 그 묻혀온 화는 독이 되어 몸 안으로 흘러들어 피에 섞여 온몸을 흐르며 휘청거리게 한다.

만났던 누군가를 미워하거나 원망하거나 하는 마음이 깃들어있다면 결코 풍경이 아닌, 초라한 모습으로 남아있게 될 것이다. 그래서 이런저런 풍경으로 채워진 가슴을 가진 사람이 진정한 부자가 아닐까.

현실은 어떻더라도 살아져 갈 날이 가끔은 행복해질 수 있을지 모르겠다는 생각이 든다. 이제 풍경으로 남아있는 그 여인네에게 준비해간 작은 선물을 건네주었다. 그리고 그곳에 오래도록 풍경으로 남아주시라는 소원도 함께 드리면서.

그 시절 구보와 함께 부르던 군가소리가 환청처럼 들리는 해변으로 이어진 길을 돌았다. 이곳 출신으로 '바다의 신'으로 추앙되는 그래서 드라마에도 나왔던 세트장에서 오랜만에 만난 지기와 회포를 풀기도 했다. 철 지난 퍼릇한 매생이 부침개에 동동주로 보이는 술을 두고 있으니 쓸쓸한 시간이 여기서 멈춰진 것 같다.

장맛비가 몰려오기라도 하려는지 흐려지는 해변을 나와 또 다른 그리운 풍경을 찾아가기로 했다. 짙은 운무로 가려진 원숙한 여인처럼 짙푸른 산을 오르기 시작했다. 해풍과 온몸으로 번지는 땀이 뿜어내는 짠내를 느끼며 한 마리 산짐승처럼 무심하게 산을 올랐다.

정상이었다. 푸른 바다가 점점이 잡혀지는 섬과 섬 사이를 흐르고 그 건너 한라산이 아득히 섬처럼 떠있는 모습이 보였다. 하늘에서 떨어져도 그저 굴러 내려갈 것 같은 융단을 펼쳐놓은 듯 흡사 아마존의 밀림 같아 보이더니 점차 짙은 운무로 가려진다.

칠월의 뜨거워지는 태양 아래 원추리는 산정으로 흐르는 거센 바람에도 가녀린 꽃대를 올리고 그리움 같은 풍경으로 피어 있었다. 외로움에 수줍음도 많을 것 같은 섬 소녀처럼 피어난 그 꽃술에 오랜 기다림의 해후처럼 입을 맞추었다. 그리고 돌단으로 봉수대를 재현한 정상에서 무릎을 꿇고 잠시 소원을 빌었다.

마음 안에 깃든 풍경은 흐르는 현실에 흔들려 소리를 내고, 절집 추녀에 매달린 풍경은 흐르는 바람에 소리를 내고 있다. 풍경과 풍경은 서로 닮아 있었다. 수행자를 깨우치는 설법처럼 절집 추녀의 풍경은 소리를 내고 현실의 누추함과 치욕을 가르면서 마음 안에 깃든 풍경도 소리를 낸다.

그래서 가끔은 풍경이 내는 청아한 소리에 마음을 비워 본다. 살아가야 할 남은 날들도, 더 많이 그립고 아련해지는 풍경으로 채우고 싶다. 그리고 그러한 인연들에 대한 설렘으로 현실의 누추함과 치욕이라거나 비겁함 같은 것도 가리고 깨트리며 살아가고 싶다.

소리가 불러다 주던 그리움

자정에 서울역을 출발하는 밤차를 탄 적이 있다. 목적지는 구례구역, 동행도 없이 혼자였다. 단순히 산을 오르기 위하여 그것도 혼자 밤차를 탄다는 것은 얼마간 두려움을 불러들이는 일이었다. 예정된 것은 없다. 바람처럼 떠도는 자에게 축복처럼 주어질 바람과 햇빛과 달빛과 낯선 풍광이 있을 뿐이었다.

구례구역에 도착한 시간은 다섯 시가 가까운 시각, 열차에서 내린 손님을 기다리는 택시기사에게 멋쩍게 화엄사까지의 거리를 물었다. 14km쯤이란다. 타지도 않을 거면서 말품을 팔게 하는 것이 쑥스러웠다.

섬진강도 흐르다 깊이 잠이 든 것 같은 시각, 목적지는 일단 화엄사라 잡고 출발을 했다. 어둠 속에 가려져 보이지 않은 산으로 다가가기 위한 의식처럼, 시린 남도의 바람을 맞으며 내를 건너고 들길을 걸었다.

돌담 너머로 서걱이는 시누대가 내는 소리를 들으며 화엄사 매표소를 지났다. 매표소가 잠겨 있는 걸 보니 일곱 시가 지나지 않은 시각이었다. 수런대는 개울물 소리에 얼마간 지친 숨을 고르고, 푸르게 윤기를 내는 동백 잎에 밤길을 달려온 피곤한 눈을 씻어내며 한갓진 경내를 지났다.

'번뇌는 버리고 가십시오!' 라고 적혀진 정랑에서 배낭에 담아온 번뇌도 얼마간 같이 내려놓고 정랑을 돌아 나왔을 때 그리운 소리들이 바람처럼 지나고 있었다.

스님들이 여나믓 절 마당을 비질하는 소리였다. 그 아침에 절 마당에서 들었던 비질소리는 세상 어느 소리보다 아름답고 맑고 차가우면서 그리움이 달려들게 했다. 광활한 우주 안에서 아니, 화엄의 세계에 인간이 존재한다는 것을 알려주는 소리 같았다. 그 비질하는 소리 속에서 그리움 속의 풍경이 떠올랐다.

짧은 겨울 해가 저물어가면서 저녁밥은 늘 이른 시간이었다. 전기도 없던 시절이었으니 초저녁이면 호롱불 심지를 비틀고 잠자리에 들었다. '민족의 태양이시며…' 로 시작되는 모난 소리가 끼어들곤 하던 음질도 좋지 않은 연속극을 들으면서 잠이나 자야겠다고 생각했다.

저녁밥을 지으며 데워진 방구들은 새벽이 되어 가자 차갑게 식어갔다. 외풍이 방안을 떠다니며 윗목에 떠다 놓은 숭늉 대접에 살얼음을 얼리면 무거운 솜이불로 얼굴을 가리곤 했다. 그러나 다시 잠들지 못해 새우처럼 몸을 웅크리고 문풍지 떠는 소리를 들어야 했다.

얼마나 시간이 지났을까. 빗장을 풀고 부엌문을 여는 소리가 나며 어머니가 가마솥에 물 붓는 소리에 이어 둔탁한 생솔가지 꺾는 소리가 매캐한 연기 한 모금과 함께 방안으로 스며든다. 그리고 방바닥이 이내 훈훈해지면서 설핏 잠이 들고, 토방을 쓸어내는 어머니의 비질소리에 잠을 깨곤 했다.

부엌에선 어머니가 내는 도마소리가 경쾌하다. 가마솥 뚜껑이 들썩이며 밥물이 넘치는 소리가 들리더니 얼마간 지난 후에는 놋쇠주걱 손잡이로 가마솥 바닥이 긁히는 쇳소리가 난다. 누룽지 긁는 소리는 고소하기도 했다. 그 새벽에 어머니가 내던 소리가 얼마나 아름다웠는지.

그 아침, 절 마당에서 비질소리를 들으며 참으로 오랜만에 문고리에 손가락이 붙던 차가운 겨울날 어머니가 내주던 그 소리가 생각났다. 이제는 다시 들을 수도 없겠지만 악성이라는 음악가도 그 어떤 훌륭한 악기도 흉내낼 수 없는 천상의 소리였다는 생각이 들었다.

그 그리운 소리들이 사라져가는 세상, 그러면서 마음의 풍요와 따뜻함도 사라져가는 세상. 그래도 언제나처럼 봄밤에 마곡사를 휘돌아 천천히 흐르는 그 개울물 소리는 그대로겠지. 그 절 마당 벚꽃이야 아직 멀었지만, 깊어가는 밤에 홀로 수런대는 마곡사 절 아래 그 물소리라도 들으면 내 마음에도 봄이 오려나!

마곡사 가는 길

요즘에야 과일 같은 먹을거리도 철이 없어진 지 오래지만, 철이 바뀌면 입으로 만나고 싶은 과일들이 있다. 초여름에 익기 시작하는 앵두나 살구처럼. 요즘과는 달리 사계절의 뚜렷한 변화 속에 제철이 아니면 입에 넣을 수 없었다.

그렇듯이 가끔은 눈과 마음으로 만나고 싶은 풍경들이 있다. 그것은 마치 습관처럼 오랜 시간에 걸쳐 만들어지기도 하고 어느 날 갑자기 다가오기도 한다. 화사한 봄바람이 불면 산수유며 생강나무 꽃이 봄을 알리고 백목련 벚꽃 진달래 개나리가 봄의 절정을 피워낸다.

만나는 사람들도 나이에 따라 좋아지는 기준이 변하고 달라진다. 전에는 좋아하는 봄꽃이 벚꽃이나 백목련 같은 화려하고 무리를 이루는 꽃이었으나 이제는 낮게 엎드려 피는 들꽃들이 더 좋다. 고향 집 돌담 아래 늘 그 자리에 피던 제비꽃이나 들판에 지천으로 피어나던 민들레꽃이나 연못가에서 수줍게 피어나던 꽃창포 등에 더 마음이 간다.

언젠가부터 봄이 되면 눈으로 만나고 싶은 곳이 두 군데 생겨났다. 오랜

시간 만들어진 것이 아닌 어느 순간 다가온 곳이었다.

두 곳 중 한 곳은 강원도 춘천의 소양 댐 근처이다. 사월이 되면 길가의 벚꽃도 아름답지만, 그보다 주차장에서 호수가 보이는 곳으로 오르는 길 안쪽 눈부신 연초록 녹음이 짙어져 가고 숲 안쪽으로 복숭아꽃이 피면 마치 여기가 무릉도원일 거라는 생각이 들곤 했다. 춘천의 우리말 '봄내' 처럼. 특히 인적이 없는 이른 아침 투명한 새소리와 물소리가 어우러진 풍경이라니!

그리고 다른 한 곳은 서울에서 가까운 곳, 마치 국민 관광지의 상징과 같은 에버랜드 인근에 있다. 에버랜드 주차장에 이르기 전 호암미술관 입구가 나온다. 산 아래로 고즈넉한 호수가 있고 한국 전통정원 '희원' 과 그 안에 미술관이 있다.

여의도의 벚꽃축제가 끝나면 뒤이어 그곳에 벚꽃이 피기 시작한다. 벚꽃은 대부분 가로수로 열을 지어 심어져 있어서 바라보는 데 한계가 있다.

미술관에 이르는 길가의 벚꽃도 보기 좋지만 그보다 호수 건너편 야트막한 산에 피어나는 벚꽃이 장관이다. 연초록빛 물결처럼 흐르는 숲 사이로 자란 벚꽃은 호수에도 피어난다. 그 모습은 주변의 풍광과 어울려 마치 '선경 같다' 는 상투적인 표현만으로는 부족하다. 한낮에는 교통량이 번잡하기 때문에 이른 아침이 더 좋다. 자연의 풍경은 해가 떠오르기 전의 아침풍경이 제일이라는 생각이 든다. 그해에는 꼭 부모님께 보여 드리고 싶어서 모시고 갔는데, 예상외로 개화가 늦어져 보여 드리지 못했고 대신 계획에 없던 에버랜드를 보여 드렸다.

튤립이 화려한 여인처럼 치장하듯 무리로 피어났지만 이내 지루해졌다. 튤립은 조금 먼발치로 스치듯 보아야 제 멋이 나는 것 같다. 그러나 앞의 두 곳은 눈으로만 만나는 곳으로의 한계를 지니고 있다. 그 외에도 봄이 되면 마음으로도 만나고 싶은 곳이 한군데 있다. 그곳은 공주에 있다.

해마다 벚꽃 철이면 유성을 지나 공주로 가는 박정자 삼거리에서 계룡산 동학사까지 상춘객과 상인들이 북새통을 이룬다. 그러나 벚꽃은 채 일주일을 견디지 못한다. 바람 불고 봄비에 하염없이 꽃잎이 져버리고 꽃잎이 진 자리에 푸릇한 새순들이 돋아나면 다시 한가해지고 만다.

그런데 그 무렵 공주 땅 다른 곳에서도 봄이 시작되니 바로 마곡사이다.

'춘마곡春摩谷 추갑사秋甲寺.'

마곡사麻谷寺는 충남 공주시 사곡면 운암리, 태화산 아래 태극천 양쪽으로 자리잡고 있다. 조계종 25개 본사 중 제6교구 본사로, 신라 선덕여왕 9년(640년)에 자장율사에 의해 창건되었다.

마곡사麻谷寺란 이름은 자장율사가 사찰을 개산開山하고 보철화상普徹和尙이 설법할 때 그 설법을 들으려 몰려드는 사람들이 마치 삼(麻)밭에 삼이 선 것과 같이 골짜기(谷)를 가득 메웠다고 하여 붙여진 이름이라고 한다.

주변에 높은 산이 있거나 골이 깊지는 않지만 예전에는 접근하기가 쉽지 않았던 곳으로 〈정감록〉, 〈택리지〉 등에서도 기근이나 전란의 염려가 없는 삼재팔난불입三災八難不入의 십승지지十勝之地 중 한 곳으로 꼽히고 있다.

실제로 마곡사를 가로지르는 태극천이 활처럼 휘어져 태극 모양을 하고 있는 것을 볼 수 있으며, 그래서 그런지 마곡사는 임란과 병란을 거치면서도 전혀 피해를 입지 않았다고 한다.

그러면 왜 옛사람들은 봄엔 마곡사라 했을까? 여느 곳처럼 벚꽃이나 백목련이 군데군데 피어나기는 하지만 현란하게 눈에 들어오는 풍경도 아닌데 말이다.

마곡사에 갈 때마다 느끼는 것이지만 마곡사의 풍경을 그림으로 친다면 수묵화와 같다는 생각이다. 그것은 바로 마곡사 가운데를 휘감아 돌아가는 태극천이 주는 풍경 때문이다. 그 모습은 한지에 짙게 배어든 먹빛이라야 제대로 그려낼 수 있을 것 같은 태극천.

마곡사를 품은 태화산은 물론, 여러 골짜기에서 시작된 물이 모아져 흐르는 태극천 덕분에 아마 봄엔 마곡사라 부르지 않았나 싶다. 언제부턴가 봄이 되면 꼭 한번 다녀와야 할 곳이 된 곳. 이 봄에도 꼭 한번 다녀와야 하겠다고 마음은 먹었는데, 다행히 대전에 출장갈 일이 생겼고 겸사하여 마곡사에도 다녀오게 되었다.

공주에서 저녁을 먹고 마곡사에 도착하니 늦은 밤이었다. 그곳에 사는 친구와 오랜만에 회포를 풀고 소쩍새 울음소리를 들으며 태극천을 따라 난 길을 올라갔다.

언제나 이곳에 오면 물소리가 좋다. 특히 밤에 듣는 물소리가 더 좋은 것은 물론이고, 자다가 깨어 듣는 물소리는 더욱더 좋다. 잠을 잘 때는 현실에서 이런저런 욕망과 번뇌로 흐르던 의식이 멈추어지고 무의식으로 흐른다고 한다. 그런데 물소리는 현실로 흐르는 의식을 멈추게도 하고, 가려주기도 하는 것 같다. 그래서 내면의 나를 지긋이 바라볼 수도 있는 것 같다. 물소리와 함께 봄밤의 공기가 이곳에서 나는 산나물처럼 쌉싸름하다.

물소리에 잠이 깨었는지, 깨어나서 물소리를 들었는지 모르겠다. 물소리를 듣는 것만으로는 성이 차지 않아 밖으로 나왔다. 열이레 하현달이 구름에 가렸다가 다시 개울을 비추고, 사위는 말 그대로 적막강산인 채 물소리를 보면서 들었다.

한참을 걷다가 다시 방으로 들어왔다. 다시 자리에 누워 물소리를 듣다가 잠이 들었고, 투명한 새소리에 잠을 깨니 아침이 와 있었다. 자리에서 일어나 다시 마곡사에 오른다.

전엔 주차장에서 매표소에 이르는 길에 추녀를 맞대고 이어져 있던 토산품점과 음식점들이 공원정비 계획에 따라 모두 이전되고 가로공원으로 가꾸어졌으나 그전 같은 아기자기한 정감은 사라졌다.

태극천을 옆으로 끼고, 연초록 잎들이 싱그러움을 더해가는 아름드리 나무들의 열병을 받으며 혼자 산사에 올랐다. 한낮에는 사람들이 번잡스럽고 주위가 산만하니 이른 새벽이 좋다.

원앙 한쌍이 물가에서 봄날 아침을 즐기고 있다. 원앙은 언제나 암수 한쌍이 함께 있다. 그런데 원앙도 매년 짝을 바꾸기도 한단다. 물길 따라 굽이친 길을 돌아서면 몇 그루의 만개한 벚꽃 사이로 해탈문과 천왕문, 극락교가 눈에 들어온다.

이곳에 오면 절에 들르기 전 먼저 다녀오는 곳이 있다. 대부분 절 아래에 마을이 있기 마련이지만 이곳은 절 위로 마을이 있다. 그래서 절 아래 있는 마을을 특별히 '사하촌'이라 부르기도 한다. '사하촌', 오래전에 고인이 되셨지만 부산의 향토작가 김정한의 단편소설 제목이다. 1936년 조선일보 신춘문예에 당선된 작품으로 주요 내용은 이랬다.

'성동리 농민들은 보광사라는 절 소유의 땅을 소작하여 생계를 유지하고. 어느 해 봄 가뭄이 여름 가뭄으로 이어지고 결국 제때에 모를 내지 못해 농사를 망치게 된다. 마을 인심은 한없이 흉흉해지는데 절에서는 흉작에도 불구하고 예전과 다름없는 소작료를 요구하고 마침내 입도차압立稻差押의 팻말이 나붙는다. 더 이상 잃을 것이 없게 된 극한적인 상황에 처하자 장정들은 차압 취소와 소작료 면제를 탄원해보려고 마을을 떠난다' 는 내용이다. 가뭄이라는 자연적 재난과 맞서기에 앞서 가혹한 소작제도 및 일제의 통제에 시달리는 소작농민들의 상황을 예리하게 묘사한 작품으로 민족운동의 계몽성을 표방하는 단계에서 한 걸음 나아간 농민소설로 평가받고 있다.

몇 해 전, 서울 소재 모 사찰에서 도난당했다던 물품 목록은 사바세계에서보다 더 욕심을 품은 화려함이었다는 보도 내용을 보며 씁쓸해했던 기억이 떠올랐다. 그러나 이곳은 그런 욕심을 버리지 못한 곳이 아닐 거라는 생각을 해 본다.

소나무 숲 사이로 난 개울가를 길을 따라 오르면 분지처럼 넓은 마을이 나타난다. 정겨운 논과 밭들이 이어지고 산 아래 낮게 엎드린 집들이 모여 있다. 일찍 들에 나온 촌로 몇을 제외하고는 지나는 차도 사람도 없으니 새소리와 개울물 소리가 맑고 투명하게 다가선다. 대지는 푸름으로 가득하고 매혹적인 복숭아꽃이 환하다. 한가롭게 마을을 한 바퀴 돌려면 한 시간 가까이 걸린다.

처음 오르던 길을 다시 만나 내려오니 다시 절 마당이다. 익살스러운 금강역사와 두 동자상이 서 있는 해탈문을 지나 당당한 풍채의 사천왕이 동서남북으로 자리하고 있는 천왕문을 지나면 다시 태극천을 만나고 절에 들어가려면 극락교를 건너야 한다. 마치 속세를 벗어나 극락에 이르기라도 하는 것처럼. 그리고 그 극락교 다리 밑 태극천에는 비단잉어를 포함한 물고기들이 평화롭고 한가한 아침을 연출한다.

극락교를 지나 절 마당에 이르면 약수터가 있고 라마교풍의 오층석탑, 그 뒤로 대광보전, 대웅보전 등이 모습을 드러낸다. 오층석탑 위 청동제의 복발로 장식된 상륜부를 가진 특이한 양식의 석탑을 돌아보고 대광보전 앞에 이른다.

풍부한 불화로 장엄한 대광보전은 불사의 배치가 부석사 무량수전과 비슷하고 그 안에 모셔진 비로자나불의 모습과 후불벽화로 그려진 바닥에서 천정에 이르는 '백의수월관음도白衣水月觀音圖'가 시선을 멈추게 한다. 그리고 대광보전 바닥에 깔려 있는 삿자리에 대한 전설에 귀기울여본다.

'그 옛날 앉은뱅이 하나가 이곳에 와서 참나무로 정성을 다해 자리를 짜 드리겠으니 다리를 낮게 해 달라 하며 비로자나 부처님께 백일기도를 드리기 시작했고 기도를 드리며 참나무 껍질로 정성스레 자리를 짜다 보니 마침내 백일이 되었고 그 날 앉은뱅이는 자리 짜기를 완성했으며 자리에서 일어나 걸어나갔다' 는 이야기가 전해지고 있단다.

대광보전 오른쪽으로 계단을 오르다 보면 조선중기 목조건축인 중층의 대웅보전이 다가온다. 다포계 팔작지붕의 유려함이 느껴지고 주불전의 위엄을 느끼게 한다. 대광보전을 바라보는 방향에서 좌측으로 낮게 엎드린 고목의 소나무를 앞에 둔 웅진전이 있고 우측으로 종루와 심검당, 고방, 요사 등 멋진 당우들이 마곡사 북원의 너른 터에 모여 있다.

오층석탑 앞에는 향나무 한그루가 서 있다. 김구선생이 명성황후 시해범을 처단한 후 이곳에서 은거하며 지낸 적이 있는데, 해방 후 은거하던 시절을 회상하며 심은 나무라 한다.

다시 극락교를 건너 속세로 돌아왔다. 그리고 물길을 따라 흘러내려와 아침을 먹었다. 떠나려니 아쉬운 마음이 든다. 태화산을 올려다보고 아쉽지만 다음을 기약하며 태극천의 물소리를 많이 담아가려고 천천히 걸었다. 봄 햇살이 느릿느릿 태화산을 오르고 있었다.

들밥

"낼 모 싱구러 와."

이른 아침부터 긴 봄날 해가 저물 때까지 하루 종일 무논에 모내기를 하는 일은 대단한 노역이었다. 육신은 소금에 절여진 겉절이용 배추처럼 늘어졌다. 아직 맛도 모르며 한두 잔 건네받은 막걸리에 취해 나는 빙빙 돌아가던 대청마루 서까래 아래 널브러졌다. 그때 아랫말 천돌 씨가 그렇게 한마디 던져놓고 갔다.

그해 오월, 흐드러지게 피었다가 한바탕 꿈처럼 봄꽃들이 진 대지에 푸르고 싱싱한 빛이 채워져 가던 교정에 어둠이 드리워졌다. 점령군처럼 장갑차가 교문을 막아서는 바람에 나는 고향으로 돌아왔다. 현실과 이상이 온통 헝클어졌다. 나는 시작과 끝을 볼 수 없는 청맹과니 같은 모습으로 고향에 돌아와 모를 심고 보리를 벴다.

하루 일당 사천 원, 모 심는 일은 이른 새벽 모판에서 모를 뽑아내 묶는 일에서부터 시작되었다. 일정한 묶음으로 지게에 져 옮겨져 써레질한 논에 던져놓고는 모를 심었다. 못줄에 일정한 간격으로 꽃이 피어나듯 꽃자리로 이어진 간격이 숫자처럼 일꾼들마다 정해졌다.

못줄이 넘겨질 때마다 정해진 그 꽃자리 아래 모를 심어야 했다. 아무도 대신 심어주지 않았다. 내내 허리를 구부리고 있다가 못줄이 넘겨질 때 잠깐씩 허리를 폈다. 그러나 "애덜이 허리가 오딧써"라는 핀잔을 들어야 했다.

거머리는 거머리대로 장딴지 심줄에 꼬리인지 머리인지를 붙이고 몸을 부풀리는 바람에, 셀 수 없이 떼어내야 했다. 흐르다가 멈춘 피는 검붉게 변색이 돼가고 있었다. 태양이 대지에 열기를 더하며 한나절이 되어가고 있었다.

그런데 못줄이 넘어가면 신작로를 힐끔거리며 기다리는 것이 있다. 머리에 이고 지게에 지고 물과 막걸리 주전자를 들고 논둑길을 오는, 오전 새참이었다. 물비늘처럼 오월의 눈부신 햇살이 부서지는 대지에 느릿느릿 보이던 풍경. 논물에 휘휘 손을 씻어내고 논둑으로 모여들자 들밥이 차려졌다. 가파른 보릿고개를 넘어가던 때이지만 그날만은 기름기가 번들거리는 흰 쌀밥과 열무김치에 머위나물, 구수한 아욱 된장국에 실치구이, 갑오징어 볶음, 간장게장까지 군침이 돈다.

먼저 막걸리 한잔씩이 돌려졌다. 그중 제일 연장자가 음식을 먹기 전에 '고수레'를 외치며 음식을 조금씩 떼어내어 대지의 정령들에게 제물처럼 뿌리고 난 다음에 다들 음식을 먹기 시작했다.

들밥은 모내기 철 들밥이 제일이었다. 토끼풀 꽃에 민들레, 엉겅퀴가 흐드러진 봄이 무르익어가는 들녘의 향기로움, 나비들의 한가로운 몸짓, 이른 새벽부터 일을 시작한 고된 육신에 휴식이 주어지고 세상의 그 어떤 사치스럽고 비싸다는 식사가 이보다 더 호사스러울 수 있을까 싶던 민족감과 포만감. 지나는 방물장수도 엿장수도 건너 논에서 써레질하던 사람도 모두 불러 모아 동네잔치처럼 수선스럽고 풍요롭던 들밥 먹던 풍경.

그 들밥은 단순히 배를 채우는 것이 아니라 서로의 마음을 나누고 정을 나누는 음식이었다. 그리고 대지의 정령에게 풍년을 간구하는 성스러운 자리이기도 했다. 가끔 서로 서운해하고 괘씸했던 것들도, 가뭄으로 아침저녁 물꼬싸움을 하며 난 생채기들도 그 매끄러운 아욱국에 말아 삼켜버리는 자리였다.

그래서 잘난 것도 못난 것도 부자도 가난한 것도 그 자리에는 존재하지 않았다. 그곳은 풋내기 일꾼의 얼굴을 멋쩍게 물들이며, 고된 육신을 풀어내듯 질펀한 해학이 담긴 농담으로 웃음을 피워내던 곳이었다.

막 옮겨 심어 지금은 시들시들 하지만 이제 비가 오면 뿌리를 내리고 뜨거운 햇살로 벼를 키워내어 일용할 양식이 되어줄 감사함을 대지의 정령들에게 표시하는 자리이기도 했다.

들밥을 먹은 후에는 부드러운 대지를 베고 누워 흰 뭉게구름을 이불삼아 청하는 한 줄금의 토막잠은 그 들밥만큼이나 맛나고 달콤한 것이었다.

예전처럼 그 들에 모가 심어지겠지만 모를 심던 이들은 대부분 떠났을 것이고 그래서 이앙기가 사람의 손을 대신할 것이다. 역시 그 들밥을 나눠 먹던 풍경도 추억의 풍경화처럼 마음에나 남아있는 쓸쓸한 들녘이 되었을 것이다.

이제 시골에 가도 음식점에 주문해 들밥을 해결한다고 했다. 점심나절

이면 그렇고 그런 밥집들을 기웃거리며 가끔은 그 들밥 먹던 풍경이 사무
치게 그립기도 하다. 그런 자리가 있다면 꼭 끼어들고 싶다는 생각은 이제
포기해야 하는 것이겠지.

그렇게 세월은 무심하게 흘러갔고 사람들도 흘러갔다.

대지의 주인은 누구인가

열여섯 청순한 소녀가 찬물로 세수를 한 모습 같던 오월이 가고 있다. 오월에는 푸르러지는 대지와 구별이 되어야 한다는 절실함으로 벌과 나비들을 부르며 풋풋한 향기를 두른 흰 꽃들이 피어난다. 숲으로 난 길가로 뭉게구름처럼 찔레꽃이 피어나면서 아까시 꽃이 피는 사이 봄날은 간다.

보리 타밥 같은 동무들로 촘촘히 모여 피어난 송화는 꽃가루도 날려보지 못하고, 외롭고 허기진 산지기 외딴집 소녀가 문설주에 기대고 뻐꾸기 울음소리를 듣던 지금쯤이 보릿고개를 힘들게 넘어가던 때라며 이팝나무는 서럽디 서럽게 흰 쌀밥 같은 꽃들을 길 위로 져 내리고, 때죽나무는 초롱처럼 줄을 세워 꽃을 피워내더니 차마 밟을 수 없을 청순한 꽃으로 져 내린다.

숲이 끝나는 산 아랫집 앞마당으로 추억처럼 감꽃이 피고 뒤꼍으로 앵두가 익어가고 이제 밤꽃이 피어난다. 머슴 저녁밥상에 고봉밥처럼 토끼풀 꽃이 피고 향기로운 인동초꽃 피는 개울가를 지나며 징검다리를 건너던 아침. 어미 쇠오리 한 마리를 따라 까만 새끼오리 여섯이 개울을 거슬러 오른다.

어미쇠오리의 긴장한 눈빛, 그리고 날벌레를 쫓으며 소풍이라도 나온 것 같은 새끼 오리들의 신난 몸짓들. 그 모습들을 보며 이맘때쯤이면 산새 집을 찾아다니던 저 새끼 오리 같던 어린 시절은 징검다리 아래 흐르는 개울물로 흘러갔다.

그 시절 아이들은 산과 들을 쏘다니며 산새 집을 찾아다녔다. 그리고 어디서 박새나 딱새, 멧비둘기 같은 산새 집을 발견하면 동무들에게 다짐을 주곤 했다.

새 중에서 최고는 산 아래 절벽에 구멍으로 집을 짓던 물총새였다. 검푸른 빛이 나던 물총새가 날갯짓을 하면 눈이 부실 정도였다. 수직에 가까운 절벽을 오르다 떨어지기도 하였으나 물총새 집을 접수하는 동무는 요즘 말로 '짱'이 될 수 있었다.

새알은 대부분 메추리알 모습이었으나 푸른 옥빛이 나는 듯한 것도 있었다. 멧비둘기는 알을 두 개씩만 낳았고, 할머니는 멧비둘기 알을 먹어선 안 된다고 엄명하시곤 했다. '후에 장가가면 아이를 둘밖에 낳지 못한다'는 이유였다.

가끔 누렇게 익어가던 보리밭 가에서 꿩알이라도 보게 되면 얼른 알 자체를 주워오기도 했지만, 산새 알은 부화하기를 기다렸다. 그리고 새끼 새의 붉은 살 기운이 돌던 몸에 털이 나기를 기다려 집으로 가져왔다. 누군가는 가끔 둥지에 올가미를 놓아 어미 새를 잡아내기도 했다. 그 새끼 새를 가지러 갔던 날, 어미 새는 둥지 주변을 날며 처절하게 몸부림치며 울었다. 산 까치거나 직박구리는 제 목숨은 문제가 아니라며 온몸을 쪼아대곤 했다.

간혹 아이들 손을 탄 새끼들을 어미 새가 둥지 밖으로 굴리기도 했다. 아이들은 그런 어미 새의 이해 못할 행동을 '부정 탔다'고 표현하기도 했다.보송보송한 솜털, 민들레 꽃 같은 부리, 까만 눈을 한 새끼 새에게 어미 새처럼 이틀이나 벌레를 잡아다 주곤 했지만 학교에 다녀오면 차갑게 굳어 있었다. 앞마당 화단에 묻어주긴 했지만, 그 시절에 죄의식 같은 것은 희미했다.

머문 듯 가는 세월을 보내고 새끼 오리들의 천진스런 몸짓을 본 이 아침에 대지의 주인은 누구인지 생각해보았다. 아무리 사소한 생명이라도 이 대지는 각각의 모든 생명을 가진 우주이어서 서로 공존해야 하는 것이거늘……. 한때의 철없음으로 돌려버리기에는 마음 한구석이 편하지 않다. 어미 쇠오리의 무탈을 기원하며 징검다리를 천천히 건넜다.

토끼풀꽃

퇴근길, 현관문을 열고 집에 들어섰을 때 아내는 주방에서 고개도 돌리지 않고 퉁명스런 목소리로 한마디 던졌다.

"토끼집 당장 치우래!"

화가 난 모습에다 다짜고짜 토끼집을 당장 치우라는 말도 도대체 무슨 영문인지 알 수가 없었다. 아내는 그다음 말을 망설이고 있었다.

"왜 치우라는 거야? 그리고 뜬금없이 화는 내고 그러신대유."

뜨악한 표정으로 그래도 여유를 갖고 물었다. 아내는 제풀에 무안해졌는지 다음 말을 잇지 못했다. 퇴근하는 사람을 문 앞에 세워놓고 몰아세우다가 제풀에 무안해하다니 도무지 이해가 되지 않았다.

춘천에서 근무하던 시절이었다. 소양강댐이 만들어지면서 심었을 벚나무 고목이 봄이면 꽃을 화사하게 피워내는, 댐이 올려다보이는 군인아파트에 살고 있을 때였다. 지금도 이런저런 촌티를 내고 있는데, 그때 텃밭을 일구는 것은 기본이었다. 그리고 주변에 풀밭이 있으니 토끼를 키우고 싶어졌다.

추억보다는 과거로 회귀하고 싶은 퇴행의 몸짓이었는지도 모른다. 오고 가며 풀을 뜯어다 주고 닭을 키웠을 때처럼 냄새가 심하지 않으니 무리가 아닐 거라는 생각이었다. 고향에 다녀오며 축사 옆에 토끼를 키우던 친구가 있어서 한 마리 얻어와 토끼를 키우기 시작한 것이다.

초등학교에 들어가기 전부터 토끼를 키우기 시작했으니 토끼와의 인연은 오래된 추억 같은 것이었다. 당시에는 집집마다 토끼를 키웠다. 겨울에는 시래기를 엮어 시렁에 걸어두었다가 먹이로 주었고 이른 봄부터는 들로 토끼풀을 뜯으러 다녔다.

뜯어 온 토끼풀을 넣어주면 토끼들이 오물오물 먹는 모습이 보기 좋았다. 배가 고프다고 서로 싸우거나 급하게 서두르며 먹는 경우도 없었다. 토끼는 한 달 만에 새끼를 낳았다. 작은 새끼토끼들이 먹이를 먹고 난 후 앞발로 세수를 하듯 하는 모습이 얼마나 귀엽고 예뻤던지.

어느 해 봄이었다. 집집마다 토끼를 키웠지만 수토끼를 키우는 집은 따로 있었다. 대바구니에 토끼를 넣어 수토끼가 있는 동무네 집으로 갔다. 마침 동무의 어머니가 집에 있었다. 수토끼가 있는 우리에 내가 가져간 토끼를 넣어주었을 때 수토끼는 추호의 머뭇거림도 없이 내가 가져다 넣은 암토끼에게 다가갔다. 그리고 구애하는 모습처럼 진한 애정표현이 시작되었다. 동무의 어머니도 같이 보고 있었는데, 어린 나이였지만 능청맞게도 눈을 어디에다 두어야 하는지 민망스럽기만 했던 기억이 난다.

저녁을 먹고 나서 아내는 다시 쑥스러운 표정을 짓더니 어색하게 말을 이었다. 오늘 아침 아파트에 사는 아줌마들이 몰려와 '토끼들 애정표현이 너무 심한 것은 물론, 야하기도 해서 아이들 교육에 문제가 있다'며 항의를 했다는 것이었다.

토끼를 키우던 어린 시절에도 짝짓기를 하는 특별한 경우 수놈의 행태를 보고, 스스로 얼굴이 화끈거릴 정도로 그런 생각을 하지 않은 것은 아니지만 아이들 교육에 해가 된다는 말에는 실소가 나왔다.

"아이들이 그런 말을 했대?" 아내에게 말도 안 되는 질문을 던졌다.

"다시 그런 항의를 하러 오면 이렇게 말해주면 좋겠는데, '따라서 해보든지, 아니면 해달라고 하시지요'라고."

아내는 조금 머쓱한 표정을 지으며 말했다.

"정말 말도 안 되는 소리 하지 말고 내일 당장 치워버려요!"

동양에서는 토끼가 '풍요'나 '번창'을 상징하기도 하지만 서양에서는 음란함의 상징으로 표현되기도 한다. 플레이보이지의 로고가 토끼이듯이. 그리고 양처럼 순한 동물의 반열에 토끼를 올리기도 하지만 토끼의 무시무시한 폭력성을 직접 목격한 적도 있었다.

근무하던 부대에도 토끼를 키우고 있었다. 내가 키우던 토끼가 자라자 새끼를 갖게 하겠다며 부대에 있던 토끼 우리에 넣어 준 적이 있었다. 퇴근길에 토끼를 가지러 갔을 때 내가 넣어주었던 토끼가 완전히 피투성이가 되어 있었다. 순한 동물의 상징인 토끼가 그런 싸움을 한다는 것도 이해가 되지 않았지만, 이유가 너무나 막연했다.

한참 고민하고 나서 토끼를 꺼내 다시 성별을 확인했다. 세상에! 수놈이었다. 아침에 당연히 두 마리 중 수놈을 확인하고 꺼내왔는데, 제대로 확인하지 못했던 모양이다. 무리로 생활하는 동물들이 사는 곳에는 당연히 텃세라는 것이 존재한다. 하지만 그것보다는 무리 중에 제일 강한 수놈이 다수의 암놈을 거느리는 습성상 외부에서 들어 온 녀석을 경쟁자라 생각하고 피를 보는 싸움을 했다는 생각이 들었다.

모든 동물이 강한 모성애를 가지고 있지만, 토끼는 또 다른 모성애의 특성을 가지고 있었다. 토끼는 새끼를 낳고 난 후 자기 몸의 털을 뽑아 새끼들을 보호한다. 자기 몸의 털을 뽑아내는 것이 결코 쉽지 않은 일일 텐데 말이다.

언젠가 새끼를 낳았을 때 그렇게 토끼털로 덮여 있으니 몇 마리를 낳았는지 궁금했다. 흰 털로 덮여진 것을 손으로 걷어내고, 털도 나지 않은 채 꼬무락거리는 작고 붉은빛이 나는 새끼 수를 헤아렸다. 모두 일곱 마리였다.

그 날 저녁 먹이를 주기 위해 토끼집을 열었을 때 내 눈을 의심 할 참담한 일이 벌어져 있었다. 어미의 사나운 발톱 자국이 작은 핏덩이의 살갗에 번져 있었고 모두 죽어 있었다. 그때의 황당함이라니.

그러한 어미의 행동을 어른들은 '부정 탔다' 고 말씀하시기도 했다. 심지어는 새끼를 먹어치우는 경우도 있었는데, 누군가는 그렇게 말했다. 철저히 초식동물인 토끼는 위기상황이 닥치면 적에게 먹이를 내주지 않기 위해 그런 행동을 한다는 것이었다. 그토록 순한 모습 속에 야생에서 생존하던 습성이 남아있는지도 모른다는 생각이 들었다.

토끼풀 꽃이 피는 이맘때쯤이면, 오물오물 천천히 토끼풀을 맛있게 먹어내던 그 모습이 더 그리워진다. 아니 그보다는 저녁나절마다 누렇게 보리가 익어가던 들길가로 대바구니 가득 토끼풀을 채워오던 그 유년의 봄날이 더 그리운지도 모른다. 그리고 아내를 당황스럽게 했던 그 봄날을 생각하기도 한다. 막연하게 머뭇거리던 그 모습을……

불편한 동거

종례시간에 담임선생님이 말씀하셨다.

"내일 아침 등교할 때 꼭 리본을 달고 오도록 해라!"

그리고 리본의 규격과 내용을 칠판에 붉은 백묵으로 적으셨다. '쥐를 잡자'였다.

쥐들이 일 년에 먹어치우는 곡식이 엄청나게 많다, 모레 아침 전국적으로 사이렌이 불면 마을 이장이 나눠주는 쥐약을 놓아야 한다, 그래서 집에 가면 꼭 부모님께 말씀드려야 한다, 그 다음 날부터 죽은 쥐의 꼬리를 낫으로 잘라내 가져오라는 것까지 여러 가지를 말씀하셨다. 세상사도 아이들 일도 야만스러움이 배여 있던 세월이었다.

오래전에 쥐 때문에 가슴 아픈 이별이 시작되었던 일이 있었다. 사월의 대지는 눈이 부시도록 푸르고 싱싱한 빛으로 피어나고 있었다. 학교를 마치고 집으로 돌아오는 길이었다.

어머니는 아지랑이 피어오르는 긴 보리밭 이랑 사이를 호미자루를 쥐고 한나절 기다시피 김을 매고 있으실 테니 집안은 텅 비어 있었다. 그래도 내가 돌아왔을 때 늘 달려 나오던 깜씨가 보이지 않았다. 묶어두었던 가는 쇠줄은 깜씨 집 앞에 그대로인데 어디로 갔지 대수롭지 않게 생각하며 뒤꼍으로 돌아가며 깜씨를 불렀다.

"깜씨, 깜씨!" 온몸이 검은 털이라 내가 지어준 이름이었다. 장독대를 돌아 굴뚝 옆을 지나는데 이상한 소리가 났다. 볕도 들지 않는 구석진 곳에 깜씨가 입에 거품을 흘리며 사지를 뒤틀며 버둥거리고 있었다.

'웬일이지?' 깜씨 옆에는 죽은 쥐 한 마리가 내장을 드러내고 있었다. 사태를 파악한 나는 순간 정신이 혼미해졌다. 깜씨를 안고 부엌으로 달렸다. 억지로 입을 벌리고 구정물을 입안으로 흘렸다.

그러나 깜씨는 기도를 열지 못했고 구정물은 그대로 부엌바닥에 흘러 아궁이로 흘러들고 있었다. 알고 있는 상식은 그것뿐이었고 가쁜 숨이 들고 나는 깜씨의 작은 몸을 두들기며 필사적으로 구정물을 넘기려했지만 허사였다.

봄방학이 끝나갈 무렵 이웃집에서 키우던 발바리 메리가 새끼를 다섯 마리 낳았다. 언젠가부터 꼭 강아지를 하나 갖고 싶었다. 그러나 그 강아지를 돈 주고 살 수 있는 형편은 아니었고 다른 방법을 찾아야했다.

마침 그 집에 돼지도 새끼를 낳았고 개구리가 필요할 것 같았다. 당시엔 새끼 돼지가 어느 정도 자라면 개구리를 삶아주었다. 그래서 이웃집 아저씨에게 스무 꿰미 정도 개구리를 잡아다 주고 강아지 한 마리를 얻어오기로 어렵게 약속을 받아냈던 것이다.

지금 생각해보면 잔인했다는 생각이 들기도 한다. 하지만 둑새풀이 피기 시작하는 물 논에서 개구리를 잡는 것이 어려운 일은 아니었다. 그리고 약속한 수만큼 물 논에 들고났을 때 강아지들은 젖을 뗄 만큼 자라 었고 제일 똘망한 깜씨를 집으로 데려올 수 있었다.

그 깜씨를 데려오던 날을 잊지 못한다. 얼마나 갖고 싶던 강아지였던 가. 아침에 일어나면 먼저 화장실에 가는 것도 참고 깜씨를 먼저 찾았고, 비린 갈치구이가 나오면 어머니 몰래 한 쪽을 숨겨두었다가 깜씨에게 줄 눌은밥에 섞어 주기도 했다. 그리고 싸움을 잘하라고 된장이며 고추장도 어머니 몰래 섞어주기도 했다. 학교에 다녀와서는 깜씨를 데리고 온 동네 를 돌아다니기도 했다. 된장이며 고추장을 먹인 깜씨를 언젠가는 동네에 서 제일 싸움 잘하는 개로 키우고 싶었다.

깜씨는 눈자위는 물론 목덜미까지 눈물로 젖은 채 입 주변에 거품이 말 라가며 숨을 멈추었다. 헌옷 하나를 깜씨 집 바닥에 깔고 깜씨를 뉘어두었 고 날이 저물도록 깜씨 집 앞에 쪼그리고 앉아 있었다. 어두워져서야 어머 니는 돌아오셨고 엉엉 울면서 어머니를 원망해야 했다.

"쥐약 놓지 말라고 그랬잖유, 다 엄마 때문이야."

어머니의 마른 먼지 날리는 무명 치맛자락을 잡아흔들며 서럽게 울었 다. 어머니도 답답하셨는지 부엌으로 들어가셨다. 저녁도 먹지 않았다.

누워있다가도 일어나 밖으로 나와 깜씨 집안을 들여다보았다. 다시 살 아날지 모른다는 기대감이 있었다. 몸을 만져보았다. 깜씨의 몸은 차갑게 굳어가고 있었다. 배도 고프고 너무 슬퍼서 잠도 오지 않았다. 아침에 일 어나 습관처럼 깜씨 집 앞으로 갔을 때 헌 옷은 그대로인 채 깜씨가 보이지 않았다.

"엄마, 깜씨 오디갔대유?"

어머니는 눈길을 외면하시며 말씀하셨다.

"감나무 밑에 묻어주었다."

너무나 가슴 아팠던, 태어나서 처음 겪은 슬픈 이별의 시작이었다.

도대체 어느 것 하나 정이 가는 놈들이 아니었다. 같은 밥상머리에 앉지 않았을 뿐이지, 음식도 나누어 먹어야 했고 한 이불 속에 들지 않을 뿐이지 같은 생활공간을 공유하는 동거자 같은 존재이기도 했다. 어머니가 숨겨놓은 음식을 용케 잘도 찾아내던 막내를 '곰쥐'라며 그놈들과 같은 반열에 끼우기도 했었으니 말이다.

그놈들은 정말 지겨운 존재였다. 긴 겨울철, 밤이 되면 잠도 안 자고 천정에서 달리기 시합을 했고 '쥐오줌 만큼'이라며 아주 작은 양의 비유로 표현되기도 하던 그놈들의 배설물이 흘러내려 신문지로 바른 벽지에 얼룩을 만들기도 했다. 곡식이 담겨있는 곳마다 구멍을 냈고 우물가에 있는 빨랫비누며 세숫비누를 물어가기도 했다. 그래서 한 지붕 아래 동거하는 존재라는 것을 끊임없이 각인시켜 주어야 직성이 풀리는 놈들이었다.

언젠가는 겨울날 아침에 무거운 솜이불을 쳐들고 일어났을 때 내 잠자리 옆에 강아지만한 커다란 놈 하나가 천연덕스럽게도 눈까지 지그시 감고 누워 있었다. 기겁을 한 나는 어찌할 줄 모르고 당황했다. 그래서 무언가로 두드려 잡아야 한다는 생각은 하지 못한 채 집어던져야 한다는 생각만 했다.

그놈의 꼬리를 잡았을 때 그놈은 바로 몸을 세워 내 엄지손가락을 물었다. 바로 꽁지를 놓아야 했고 이내 그놈은 달아나고 없었다. 그놈이 깨문 상처 난 엄지손가락은 피가 멈추지 않고 흘러내렸다. 그리고 그 흉터는 지금도 선연하게 남아 있어 그 신란스럽던 아침을 떠올리게 했다. 그날 아침 그놈의 눈빛을 가까이에서 보았다. 모습은 징그러웠지만 그 눈빛이 조금은 얄미운 듯하면서 천진스러워 보였던 기억이 난다.

주방 뒤쪽으로 다용도실이 있고 지난겨울 시골에 사는 친구가 고구마를 한 박스 부쳐 주었다. 어느 날 고구마를 꺼내려고 박스를 여니 쥐가 드나든 흔적이 있었다. 쥐가 들어올 곳이 없다며 다른 생각을 하지 않았는데, 다용도실 문을 열 때마다 부스럭거리는 소리가 났고 모아둔 음식물 쓰레기통 주위가 어지럽혀 있었다.

언젠가부터 그놈이 동거하는 것이 분명했다. 서울 쥐를 따라온 시골 쥐처럼 고구마를 넣어온 박스에 따라왔을지도 모른다는 생각이 들었다. 그런데 이상하게도 웬일인지 적의가 생겨나지 않았다. 그저 오랜만에 동무를 만났다는 생각이 들어 아이들에게는 비밀로 했다.

그런데 어느 날인가 작은 아이가 호들갑을 떨며 달려왔다.

"아빠 다용도실에 쥐가 있어, 빨리 잡아. 방안으로 들어오면 어떡해?" 라며 소리쳤다.

"무슨 쥐가 있어?"

시치미를 떼며 나가보았지만 당연히 보이지 않았다. 분명히 조치를 취해야 할 것 같다고 아침마다 생각하면서 어쩌지 못하고 시간이 지났다.

그렇게 두 달쯤 지났다. 아침에 출근할 때마다 덫을 사오든지 해야겠다며 마음을 다잡고 나갔다가, 퇴근하며 그대로 집에 들어서곤 했다.

그놈은 몸집을 불려 가는지 날이 지날수록 다용도실은 엉망진창이 되어갔다. 음식물 쓰레기통을 부엌으로 들여놓으면 쓰레기봉투를 개봉해 바닥에 분해를 하여 늘어놓았고 선풍기 커버를 갉아놓기도 했다.

이제 불편한 동거를 끝내고 나가주었으면 싶은데, 아니 쫓아내고 싶은데 그러지 못했다. 이래저래 야만스럽다고 생각했지만, 그래도 덜 야만스러운 방법을 택한답시고 덫 대신 끈끈이를 사왔다.

그날 잠결에 무언가 떨어지는 소리가 들렸다. 끈끈이에 붙었을지도 모른다는 생각이 들었다. 아침에 일어나 다용도실 문을 열었을 때 끈끈이 각대기는 선반 아래로 들어가 있었다. 그러나 밤새 발버둥을 쳤을 그 눈빛을 볼 수 없을 것 같았다.

마음이 불편해 그대로 출근한 후, 저녁에 돌아와 꺼내보았을 때 그놈은 달아났는지 보이지 않았다. 다행이라는 생각이 들기도 했지만 머리가 복잡해졌다. 이제 한번 겁을 먹었으니 영리한 놈이 그걸 피할 거라는 생각이 들었다. 그래도 다시 그 각대기를 원위치로 옮겨놓았다.

퇴근 후 집에 돌아오니 둘째가 반갑게 나를 맞았다.

"아빠, 쥐가 붙었어요!"

한편으로 안도하기도 했지만, 이제 '어떻게 처리해야 하나' 라는 고민이 다가왔다. 아이가 그랬는지 화장지가 한 장 덮여 있었고 하루 종일 버둥거렸을 테니 놈도 지친 것 같았다.

그놈의 눈을 마주치기 싫어 불도 켜지 않았다. 그리고 그 각대기를 들고 뒷산으로 가 떡갈나무 밑에 놓고 낙엽을 덮어주었다. 아직 살아있는 놈이니 다음 날 와서 묻어주기로 하고.

학교에서 돌아온 아이가 다시 물었다.

"아빠 쥐 어떻게 했어요?"

"뒷산에다 놓아주었어."

"그 붙어있던 다리는 어떻게 하고요?"

"응, 칼로 다리가 붙어있는 각대기를 오려냈지"라며 거짓말을 했다.

"아빠, 어제 그 쥐의 눈빛이 너무 슬퍼 보이더라."

"응, 그랬어."

그리고 나는 속으로 혼잣말처럼 중얼거렸다.

'가끔 사는 게 서툴거나 물색이 없는 것도, 그리고 공부에 크게 취미가 없어 뵈는 것이 아비의 유전자를 얼마간 내려받은 것 같아 미안하기도 하다. 체육시간이면 짐승 같다는 소리를 듣기도 한다는데, 그 불편했던 동거자한테서도 연민 같은 슬픔을 읽어낼 수 있는 아들이어서 아비는 위안이 된다' 라고…….

밤길에 꽃삽을 들고 진달래가 얼굴을 붉힌 뒷산으로 가는 발걸음이 무겁기만 했다.

장마

'광에서 인심 난다' 라는 말이 있다. 이제 '광' 이라는 단어조차 낯설어져 가는 세상. 얼마 전에 쌀 소비량에 대한 변화 추이가 발표되었다.

1990년에는 국민 1인당 쌀 소비량이 한 가마니 반(120kg)이었는데, 십칠년이 지난 2007년 기준으로는 한 가마니가 채 되지 않는 77kg으로, 하루에 먹는 소비량이 330g이었다가 210g로 줄어 쌀값이 내려갔는데도, 소비가 줄어들고 있다고 한다.

보약처럼 밥을 먹었던 때가 오래지 않은데, 그저 찬밥 더운밥 보리밥 쌀밥 가리지 않고 배만 채울 수 있어도 좋았던 때가 엊그제 같은데, 배가 나와야 돈이 좀 있다는 표시였는데, 무엇을 먹어야 몸에 좋은지, 무엇을 먹어야 정력에 보탤 수 있는지, 어떻게 하면 적게 먹을 수 있는지 고민하는 세상이 도래하였으니 좋은 세상은 좋은 세상이다.

사월 초파일이 지나면서 한차례 비가 내리기는 했지만 겨우 땅거죽만 적실 정도로 감질나게 비가 내린 후 봄 가뭄이 이어지고 있었다. 논 가운데 둠벙을 두었거나 개울물과 이어지는 논은 그래도 모를 내고 뿌리를 잡아가고 있었지만 산비탈 다랭이 논이나 개울가에서 멀리 있는 논은 허연 배를 드러내며 먼지만 풀썩풀썩 날리고 있었다.

한갓지게 뻐꾸기가 울고 찔레꽃이 구름처럼 피어나기 시작하면, 봄 가 뭄은 연례행사처럼 이어졌다. 장마는 빠르면 유월 초순이지만 늦으면 칠 월을 넘기도 했으니 하늘을 올려다봐야 답답하고 지루하기만 했다.

보리를 베고 난 밭에 고구마, 콩, 들깨 모종도 심어야 하지만, 그보다는 아직 모를 내지 못한 논에 모를 심는 일이 더 급했다. 대지도 타들어가고 농부들의 속도 얼굴도 까맣게 타들어갔다.

그저 아이들만 철없이 실처럼 흐르는 개울가에서 막 알에서 깨어나 꽁 댕이에 매달려가는 가재를 잡아내고, 짱어라 불리던 뱀장어를 잡느라 한 나절 개울가에서 살았다. 그때는 민물고기가 흔했는데, 뱀장어도 개울이 나 방죽마다 지천이었다.

석축용 연장으로 쓰이던 철장으로 뱀장어가 숨어 있을만한 곳의 돌을 들어올리기도 하고 아마존의 인디오처럼 독성이 있다는 풀을 찧어 물에 흘려 내리기도 했다. 그리고 가끔은 '싸이나' 라 불리던 탁구공 반 크기의 청산가리를 물에 풀어 흘려 내리면 숱한 민물고기들이 배를 들어내며 맥 없이 떠다니게 되고 뒤늦게 뱀장어들이 돌에서 나와 뱀처럼 머리를 들고 물위를 떠다니곤 했다.

청산가리는 지독하게 실연을 했거나 죽을 만큼 구박을 받았다는 사람 들이 목에 넘기기도 했다. 일찍 발견하면 구정물을 먹이거나 오리 생피를 흘려 넣기도 했지만 절명하면서 입안이 까맣게 타들어갈 정도로 독성이 강했다. 내장을 다 빼냈다고는 하지만 매운탕이나 회로 먹기도 했으니 그 시절을 산 사람들의 몸에는 대부분 그 무시무시한 독성이 남아있을 거란 생각이 든다.

장맛비가 시작되면 기억나는 것 중에 하나는 당시 지독했던 물싸움이었다. 위뜸에 사는 영복이네는 마을에서 손가락 안에 드는 부잣집이었다. 다들 보리밥을 먹을 때도 영복이는 노릿노릿 각진 쌀 누룽지를 주머니에 넣고 다니며 먹고 다녔다. 깔깔한 보리 누룽지도 마음대로 먹을 수도 없었으니 영국이의 그 쌀 누룽지는 선망의 대상이었다.

영복이는 얄밉게도 제 편이 되는 아이들에게만 한쪽씩 나눠줬는데, 가끔씩 모시밭으로 불러들여 '고추를 보여주면 한쪽씩 주겠다' 고 유혹하곤 했다. 마을에서 유일하게 '표준전과' 를 가지고 있었던 아이도 영복이었다. 국어 시간에 '대강의 줄거리' 를 적어 오라는 숙제를 받으면 다음 날 학교에서 영복이 전과를 빌려 숙제를 하기도 하였다. 그것도 아무에게나 빌려주지는 않았고 그에게 고분고분해야만 가능한 일이었다.

영복이 아버지는 펄 벅의 소설 《대지》에 나오는 '왕룽' 처럼 농사일에 있어서는 마을의 그 누구도 따라갈 수 없는 독보적인 존재였다. 언제나 논둑은 팔월 추석 전, 벌초 끝낸 묘처럼 반들반들했고 논두렁에 심은 서리태는 한 배미에서 한 말씩 나온다는 소문이 날 정도였다. 한 가지 흠이 있다면, 욕심이 많다는 것이었다. 마을에 들어온 거지가 사정을 모르고 영복이네 집에 들렀다가 대빗자루나 작대기로 얻어맞으며 쫓겨나기 일쑤였다. 어려서부터 염소를 길렀던 나도 감히 영복이네 논둑에 염소를 맬 엄두는 내지 못했다. 그러나 영복이 아버지도 할아버지도 가끔 나를 특별대우 해주시곤 했다.

몇 해 전 동창회에서 영복이를 만났을 때 가슴속에 묻어 두었던 서운한 얘기를 농담처럼 하였다. 나와 늘 비교되었던 서운한 감정에 대한 것이었다. 해마다 치루는 물싸움이었지만 유난히 가뭄이 심했던 그 해, 예외 없이 영복이 아버지와 수꿀댁의 물싸움이 시작되고 있었다.

수꿀댁은 재 넘어 숯골에서 시집왔다고 붙여진 이름이었다. 몽당 빗자루처럼 작은 키에 청상으로 네 아이를 키운 억척스런 여자였다. 수꿀댁네 논은 영복이네 논을 통해서만 물을 댈 수 있었고 늘 두 사람 간에 물싸움은 필연적이었다.

"웠뜨케, 사람이 그렇게 경우가 없대유. 어제 그만큼 댓스면 오늘은 아랫논으로 물꼬를 터 주어야지 그러면 쓴대유~." 점잖은 시작이었다.

"이 여편네가 지금 뭔 소릴 하는겨, 개울 창 옆 논이 우선이지 별 지랄을 다 하구 있네 그랴."

영복이 아버지는 그나마 서방도 없는 수꿀댁을 우습게 생각하는 경우가 많았다. 수꿀댁 눈에서는 핏발이 섰다. 괭이로 물길을 텄다, 막았다, 악다구니를 써가며 그렇게 또 하루해가 저물어가고 있었다.

저녁으로는 제법 거무스름한 구름이 모여들었다가 아침이면 언제 그랬냐 싶게 청명했다. 이제 모를 내도 소출을 기대할 수 없는 형국이었고 대파작물로 심은 메밀도 워낙 가물어 싹을 틔우지 못하고 있었다. 메밀은 생육기간이 짧아 가뭄이 심할 때 벼 대신 심는 대파작물이었다.

그렇게 대지가 타들어가던 날, 다시 개울가에서 영복이 아버지와 수꿀댁의 물싸움이 시작되었다. 어젯밤, 야심한 시각에 수꿀댁이 물꼬를 튼 모양이었다. 영복이 아버지는 동네가 다 떠나가도록 악다구니를 썼다.

"이 싸가지 없는 여편네, 되질려고 환장을 했구먼. 누구 맘대로 물꼬를 터, 트기를…… 날 벼락을 맞을 년!"

수꿀댁도 작은 키에 발돋움을 하며 바락바락 대들었다.

"그래 쥑여 봐라, 쥑여 봐."

흰 눈자위가 뒤집어지고 머리는 온통 풀어헤쳐지고, 누구 하나 말리려드는 사람도 없었다. 대청마루에서 얼마나 낮잠을 잤을까? 후드득후드득 함석지붕의 요란한 소리에 잠이 깼다. 소나기였다. 조금 전만 하더라도 구름 한 점 없는 청명한 날씨였는데 저 아래 수꿀 쪽에서부터 하얗게 쳐들어오고 있었다.

소나기는 그냥 하늘에서 내리는 비가 아니었다. 언제나 저 아래 수꿀 쪽에서부터 하얗게 시야를 가리며 군대처럼 쳐들어왔다. 잠이 덜 깨었는데도 뒤꼍 장독대로 뛰고 멍석에 널어놓은 보리를 들여 놓느라 정신이 하나 없었다.

집 앞 널따란 감나무 잎에 빗소리가 유난히 크게 들렸고 온 대지는 환희의 노래를 부르고 있었다. 텁텁한 흙냄새는 이내 사라지고 추녀에서 떨어진 물은 작은 개울이 되어 흐르고 있었다. 온몸에 으슬으슬 한기가 느껴졌다. 그렇게 소나기는 저녁참까지 내렸다.

점심참에 더 이상 갈 수 없을 데까지 갔던 영복이 아버지와 수꿀댁 생각이 났다. 혼자 웃었다. 두 양반의 당시 심정이 어땠을까? 사실은 사십여 년이 지난 지금까지도 궁금하기도 했다. 긴 가뭄에 시작되던 장맛비는 대지를 키우는 생명수였고 억만금으로도 살 수 없는 귀한 것이었다. 때로는 물난리로 큰 피해가 있기도 했지만 장마는 타들어가던 대지에 구원의 메시지 같은 위대한 것이었다.

학교에서 돌아오다가 수꿀 쪽에서 쳐들어오는 소나기를 보면, 집에까지 누가 먼저 도착할 수 있는지 달음박질도 했다. 소나기가 그치고 동쪽하늘에 무지개가 뜨기라도 하면 얼마나 기분이 좋았던가.

늘 먹는 문제에 목을 매야 했던 이 땅의 민초들, 그렇게 해마다 우리 아버지 어머니들은 지독한 가뭄을 맞고 장마를 치렀다. 농사를 한다는 것은 육신의 고달픔은 물론, 철따라 해따라 속앓이를 해야 하는 것이었다. 그러면서 하나도 아니고, 둘도 아닌 자식들을 낳고 길러냈던 것이다.

시장을 지나면서 노랗게 익은 살구를 보았다. 해마다 장마가 시작되면 익던 살구였다. 흔하게 있던 살구나무가 아니었기에 장맛비에 하나 둘 떨어지던 그 달콤한 살구를 동무들과 다투며 주웠던 기억들. 고구마 줄기를 잘라 옮겨 심고 들깨 모종을 하고 축축한 주머니에서 알록달록한 강낭콩을 까면서 뜨거워지던 태양을 기다리고 그렇게 봄 가뭄이 오고 장마를 치르고 살아온 세월이었다.

장마가 시작되면 늘 가슴 한쪽이 아리도록 당시 참담하기까지 했던 일들이 떠오르기도 하는데, 예외 없이 장맛비가 시작되던 아침 출근길, 비에 젖는 한강을 건너며 가슴이 답답해지던 날이 있었다.

장맛비가 사납게 온 다음 날엔 장독대가 있던 뒤꼍 돌담이 무너져 내리기도 했고, 아름드리 미루나무가 벼락을 맞아 쓰러지고, 하늘에서 비를 타고 내려온 미꾸라지가 마당에서 꼬물거리고, 사흘 동안 비에 젖은 풀을 먹은 토끼는 시커먼 배를 들어내며 눈을 감고 죽어 있기도 했다.

어른들은 비옷처럼 비닐을 잘라 몸에 걸치고 천수답에 늦모를 심고 고구마 순을 잘라 이식하고 들깨 모종을 하느라 바쁜 일상이었지만, 불어난 개울물에 아이들만 신나게 하루를 보냈다.

물레방아를 만들어 돌리고 멱을 감고 개울가 풀숲을 훑어 고기를 잡고 고무신 뒤축을 뒤집어 뱃놀이도 했는데 순간 고무신 한 짝이 빠른 물살에 사라져버렸다. 신나게 놀던 것도 아득한 옛일처럼 느껴졌다.

물살을 쫓아 개울을 따라 달렸는데 물살보다 빨리 달려내려 갔다고 생각하며 검정고무신 한 짝을 데리고 올 물살을 기다렸지만 그 검정고무신은 오지 않았다. 마음이 다급해 다시 물살을 거슬러 오르느라 수없이 돌에 찧인 발등이 아픈 줄도 몰랐다. 풀숲을 뒤지고 돌을 들어 올리고 그래서 떠내려 보낸 곳까지 올라오고, 동무들은 모두 집에 돌아가고, 날이 저물도록 오르내린 것이 몇 번이었던지.

애호박 한 광주리를 주고 지난 광천 장날 어머니가 사다 주신 타이어 표 검정고무신이었다. 신발 바닥 가운데 타이어 무늬를 떼어내 굴리면 바로 굴러가기도 할 것 같던 선명한 타이어 표 검정고무신이었다. 그러나 그 검정고무신은 끝내 보이지 않았다.

어둔 밤길을 짝 잃은 한쪽 고무신을 손에 쥐고 맨발로 집으로 돌아가던 그 소년의 심정이 사십 년이 더 지났는데도 지금 생각해도 막막하기만 하다. 사막을 한 개도 아니고 두 개씩이나 마주선 것 같은 한없는 절망과 낭패, 참담함 그 자체였다. 살아오면서 이런저런 참담해지는 일들도 많이 있었지만 그때만큼은 아니었다.

주로 설이니 추석빔처럼 명절 때마다 신발 문수를 바꾸어가며 고무신에서 운동화로 바뀌고 구두로 바뀌었다. 그리고 더 이상 커지지 않는 문수대로 나이를 보태어왔지만, 불어난 개울물에 떠내려 보냈던 검정고무신 한 짝은 지금도 마음속에서 떠내려가지 않고 있다.

장맛비에 불어나기 시작하는 한강을 다 건너도록 한동안 잊고 살았던 떠내려간 검정고무신의 야속함에 가슴이 다시 답답해졌다. 제풀에 신발을 제대로 신고 있는지 발을 내려다보다가 설핏 잠이 들었던가.

아득한 꿈길처럼 그 개울물에서 같이 놀던 동무들이 그리워지고, 잠깐 드러난 햇살에 세워진 무지개를 따라 언덕을 넘던 그 소년으로 돌아가고 싶은 장맛비 내리는 아침나절이었다.

＊

막대사탕

부엌 주방에 설탕 봉지가 자리를 잡은 것은 언제쯤일까. 요즘에는 이러니저러니 해서 기피 첨가물같이 되었고 중독성 같은 것으로 육체와 정신을 망가뜨리는 '독약'이라는 극단적인 말을 듣기도 한다.

그러나 어린 시절 설탕은 먹는 것은 물론, 구경도 할 수 없는 것이었다. 대신 사카린이거나 둘씬을 원료로 하는 당원이나 뉴슈가가 단맛을 내주었다. 당원은 각 성냥갑처럼 생기고 비닐봉지 안에 작은 알들이 50개쯤이나 들어 있었고 한 갑에 십원 정도, 뉴슈가는 좀 더 후에 분말로 시장에 나오기도 했다.

설탕보다 몇백 배나 높은 단맛을 내는 사카린은 인공첨가물이다. 발암물질이라며 몸에 그다지 좋을 게 없다고 하지만, 그 시절 당원이나 뉴슈가는 주방에서 빼놓을 수 없는 맛을 내는 첨가물이었다. 심지어 현대인들이 즐겨 마시는 드링크제처럼 선호하기도 했다.

사카린하면 떠오르는 이야기 하나. 1960년대 중반, 당시 국내굴지의 재벌기업이 건설자재로 위장해 일본에서 사카린을 대량 수입했다. 그리고 통관 도중 적발이 되어 정치뿐만 아니라 사회적으로도 큰 문제가 되었다. 결국 국회에서도 큰 이슈가 되었고 '장군의 아들' 김두한 의원이 국회에서 오물을 뿌리는 전무후무한 사건이 발생했다.

"똥이나 처먹어, 이 새끼들아!" 하는 일갈과 함께 당시 정일권 총리 등 국무위원들은 미처 피할 틈도 없이 인분을 뒤집어쓰고 말았다. 그리고 그 후유증으로 장군의 아들은 금배지를 반납하였다는 전설 같은 이야기.

칠월 폭염에 콩밭을 매는 어머니를 위해 하현달처럼 닳아진 놋수저로 감자를 까서 가마솥에 당원 물을 치고 감자를 삶고, 두레박으로 맨 아래 찬물을 길어 올려 역시 당원을 숟가락으로 으깨어 양은주전자에 담고 쑥 잎으로 틀어막아 푸른 들길을 지나 콩밭으로 가곤 했다.

차가운 물이 담긴 주전자에서는 더위에 땀을 흘리듯 물방울이 맺혔다. 어머니는 그늘도 없는 밭고랑에 앉아 그 당원 물을 달게 넘기시곤 하셨다. 지금을 기준으로 한다면 영양가는 물론 오히려 몸에 해로운 거라고 할지도 모르겠다. 하지만 그때는 몰래 숨겨두고 아껴 먹어야 했던 귀한 것이 당원이었다.

물이나 막걸리를 담아 나르던 용기는 이곳저곳 듬성듬성 멍 자국이 있던 양은주전자가 대부분이었다. 쑥을 뜯어 주둥이를 틀어막기도 했지만 밭에 도착하고 보면 반쯤은 흘러내리고 없었다.

들길을 가다가 돌에 걸려 넘어지기라도 하면, 쏟아버린 당원 물을 아쉬워하며 터덜터덜 집으로 다시 돌아가야 했다. 지금이야 페트병류가 흔하지만 그 당시야 구경도 할 수 없는 물건이었다. 요즘 마구 버려지는 페트

병들을 보면 저 가볍고 휴대도 간편한 것들이 그때 있었으면 얼마나 좋았을까 하고 궁상맞은 생각을 하기도 한다.

그리고 그 시절 개떡을 찌거나 늙은 호박을 삶거나 술을 거르고 난 텁텁하고 거친 지게미를 먹어야 할 때도 사카린이나 당원이나 뉴슈가는 그 텁텁함을 매끄럽게 하고 맛을 내주는 귀한 것이었다. 늘 부뚜막 한견을 자랑스럽게 차지하고 있던 조미료 '미원' 만큼은 아니지만 부엌에서 없어서는 안 될 귀한 조미료였다.

그 시절 애나 어른이나 모두 단맛에 굶주려 하기는 마찬가지였다. 아이들은 일 원 동전 하나만 생기면 점방으로 달려가 '누가' 나 '젤리' 와 바꿨고 오 원이면 둥글고 검누릿한 막대사탕을 사들었다.

그 시절 아이들 선물의 주류는 사탕류였다. 지금이야 이가 썩느니 걱정을 하면서도 사탕보다 더 자극적이고 강한 단맛들이 배인 주전부리들이 많다. 하지만 그때는 사탕이 애나 어른에게나 최고의 기호품이었다.

그리고 유월이 지나면 하늘색 파란 사각 통에 '아이스깨끼' 를 파는 젊은이들이 돌아다니기 시작했다. 혀가 얼음에 말리면서 느껴지는 시원함과 달달한 맛은 여름에 세상 어느 것과도 비교할 상대가 없었다. 몰래 마늘 다섯 뿌리를 떼어다주고 아이스깨끼로 바꿔온 바람에 장딴지가 시퍼렇게 멍이 들도록 맞았지만 그 맛을 물리칠 수는 없었다.

깨끼는 오 원, 팥이 들어있던 하드는 십 원이었는데 겉보리나 마늘, 고무신, 빈 병도 깨끼와 맞바꿀 수 있었다. 물론 그 깨끼가 주던 달달한 맛 역시 사카린이 내는 맛이었다.

옥수수가 익어가면 그 옥수숫대에 단맛이 배어들었다. 그러면 우리는 다발로 묶어 갖고 다니면서 입술이 베어지는 위험을 감수하고서라도 껍질을 벗겨 내고 단물을 빨아대곤 했다. 그래도 형편이 나은 집은 밭가로 단수수를 심었다. 단 수수는 수수와 똑같아 보였지만 수수 알을 얻을 수는 없었고 단지 주전부리용이었다.

여름이 지나면 산밭에 목화 꽃이 피고 목화 다래가 쑥 송편같이 익어 가면 껍질을 벗겨 후에 솜꽃으로 피기도 할 과육을 씹으며 달큰한 맛을 즐겼다.

가을이면 온 산으로 들로 머루나 다래, 보리수를 훑으며 단맛을 찾아다녀야 했다. 제사 때나 돼야 먹을 수 있던 식혜나 설이 가까워지면 엿을 고면서 단맛을 보기도 했는데, 이래저래 단맛을 멀리하는 게 좋다지만 어린 시절이나 지금이나 어려운 것 중에 하나인 것 같다.

장마가 지나면 태양은 뜨거워지고 하현달처럼 기운 놋수저로 하지감자 껍질을 벗겨 내고 무쇠솥에 삶았다. 그 시절에는 사내아이라도 그 정도는 기본으로 해냈다. 들길을 가면 숱한 개구리며 고추잠자리들이 앞장을 서곤 했다. 뜨거운 태양과 짙푸른 대지로 난 들길을 가던, 가난했지만 행복했던 그 소년의 모습이 달큰한 맛의 추억으로 사무치게 그립다.

3부

길에서 길을 묻다

오솔길

입춘이 지나면서 아침은 일찍 오기 시작한다. 겨우내 웅크리고 있던 농부들도, 나무들도 한 해 준비를 서두르라는 자연의 이치일 것이다. 겨울 아침이면 어두운 숲길이었는데, 엷은 아침 안개가 숲을 떠다니는 윤곽이 드러나도록 어둠의 입자가 흐려져 사위가 훤히 밝아진다.

숲에서 봄은 생강나무 꽃이 피며 시작된다. 밤과 아침으로 차가운 기운이 남아있지만 숲은 생강나무 꽃을 피우며 스스로 설렌다.

나는 오솔길을 좋아한다. 산을 좋아하게 되면서 오솔길을 좋아한 것 같은데, 산을 좋아하는 것인지 오솔길을 더 좋아하는지 구분이 애매하다. 그렇다고 숲으로 난 오솔길만을 좋아하는 것은 아니다. 이른 아침 이슬에 젖어 물소리를 내는 논과 밭 사이로 나 있는 오솔길도 좋아한다. 요즘은 보기 힘들지만 개구리가 '첨벙' 소리를 내며 논으로 뛰어들고, 토기풀꽃과 노란 민들레가 피어나는 싱싱한 봄의 들길을 걷노라면 싱싱한 생명의 기운이 넘실거리는 것을 온몸으로 느낄 수 있다.

이제는 한적한 시골에나 가야 만날 수 있는 길이지만 낮은 돌담을 타고 담쟁이덩굴이 손을 뻗는 고샅길도 좋아한다. 돌담 너머로 별스러운 음식이라며 이웃들과 주고받던 어린 시절의 정겨운 추억을 떠올리며 걸을 수 있기 때문이다.

학교를 가기 위해 서낭당 고개를 넘어 십 리가 넘는 길을 다니던 어린 시절도 아니고, 나무를 하려고 산길을 오르내리던 시절도 아니며, 숱한 행군으로 익숙하던 군 시절도 아니었으니 오솔길을 좋아하게 된 것은 사실 그리 오래되지 않았다.

오솔길은 포장되지 않은 길이다. 오솔길 중에서도 두 사람이 마주치면 한 사람이 비켜서야 하는 좁은 오솔길이 더 정감이 간다. 예전에는 이웃 마을에 사는 동무를 만나러 가거나 소금장수가 지게에 소금을 지고 이 마을 저 마을 다닐 때, 또 과거를 보러 가거나, 아니면 기쁘거나 슬픈 소식을 전해주어야 할 때 오솔길을 다녔다.

그러나 지금은 오로지 걷는 재미와 호젓함을 즐기기 위해 오솔길을 찾는다. 주말이면 많은 사람이 산을 찾는 것도 오솔길이 있기 때문이리라. 옛말에 '군자 대로행'이라 했지만 이제는 그 말을 바꿔야 할지도 모른다. 군자는 오솔길로 다니는 것이라고.

요즘에는 집집마다 대부분 승용차를 가지고 있고, 집은 없어도 차는 있어야 한다는 젊은이들도 많아지면서 주말과 평일 가릴 것 없이 도로는 차들로 넘쳐난다.

차가 많아지니 산을 허물어, 들꽃이 피고 일용할 양식을 키워내던 들판을 가로질러 새로운 도로를 만들거나 넓히고 있지만 여전히 사람들은 더

바쁘고 여유 없는, 그야말로 각박한 삶을 살고 있다.

게다가 이런저런 궂은일들이 필연처럼 자동차로 인해 생겨나고, 도로마다 넘쳐나는 차들로 인해 오염된 공기는 도시를 회색빛으로 물들이고 우리의 건강까지 위협한다.

지난 연말부터 차를 계속 가지고 있을 것인지 없앨 것인지를 두고 고민했다. 주말에나 가끔 운행하고 있지만, 결정하기가 쉽지 않았다. 큰아이는 적극적인 의사 표현을 하지 않았고, 작은아이는 극력 반대했다. 그래서 한참 고민을 하긴 했지만, 결국 차를 넘겼다.

그러나 마음은 아직도 제대로 정리되지 않았다. 없이 지내도 되는 물건을 치웠다는 홀가분함보다는 마치 시대의 낙오자가 된 듯한 자괴감이 일었던 것이다. 그러면서 아이들이 걷는 즐거움을 알게 하려는 것은 내 욕심일 테고, 아이들이 때론 버려야 할 것을 버릴 줄 아는 용기를 가져주었으면 하는 바람은 그 흔들리는 마음속에서 위안을 찾기 위한 것인지도 모른다는 생각이 들었다.

오래전으로 거슬러 올라갈 필요도 없이 과거 농경사회에서 걷는 것은 일상이고 생존 그 자체였다. 사냥을 하고 밭을 갈고 씨 뿌리고 김매고 수확하는 것 모두 걷거나 달리는 등 몸을 움직여서 해야 하는 일이었다.

겨울방학에 한나절 보리밭을 달리며 연을 날리다가 때도 찾아먹지 못하고 집 안에 들어서면 어머니는 "넌 연 날리는 걸 일을 삼냐?"며 구박하시곤 했다.

일손이 많이 필요했던 농경사회에서 '일을 삼는다' 라는 표현은 생산 활동과 관계없는 행동을 지칭하는 것이었다. 궁핍했던 어린 시절, 어른들은 쓸데없이 뛰어다니거나 돌아다니는 것을 '배 꺼진다'며 금하곤 했다.

예전에는 먹을거리를 구하고 생계를 잇기 위해 달리고 걸었다면, 이제 우리는 건강을 생각해 걷고 달린다. '건전한 정신은 건전한 육체에 깃들 수 있다'는 말이 있다. 그러나 몸이 건강하다고 해서 건전한 정신이 저절로 따라오지는 않기 때문에 부단한 자기수련이 필요하다. 육체적으로 건강한 사람이 오히려 더 불건전한 정신을 가질 수도 있다.

몸이 아프거나 불편한 적이 있었다. 그렇게 몸에 조금만 이상이 있어도 시시때때로 판단하고 결심해야 하는 많은 일이 흐려지기도 한다는 것을 경험했다. 누군가 나를 질타하거나 빈정거릴 때, 몸이 괜찮았다면 아무렇지도 않았을 말이 몸이 좋지 않으면 사소한 말에도 상처를 받고 오해하기도 해 상대방에게 상처를 되돌려주었던 기억이 있다. 그래서 건전한 정신은 건강한 신체에 생길 수 있다는 생각을 하게 된다.

얼마 전, 사무실 근처에 사는 친구에게 가까운 산에나 오르자고 오랜만에 전화를 했다. 등산에 동행한 친구는 한 시간도 지나지 않아 '쉬었다 가자'며 멈추었다. 뒤돌아보니 얼굴이 창백하고 식은땀이 흐르고 있었다.

몇 해 전, 미국 질병통제센터CDC는 예방 가능한 사망 원인 1위인 흡연을 제치고 비만이 가장 중요한 사망 원인으로 급부상할 것이라는 내용의 보고서를 발표한 적이 있다. '비만 관리', 즉 몸 관리가 생존의 문제로 대두된 것이다. 친구는 '바쁜 회사 일로 인해 몸을 제대로 돌보지 못했다'면서 처진 뱃살을 내보이며 쑥스러운 듯 웃었다.

걷는 것 자체가 생존이었던 생활방식은 산업화 이후 점차 바뀌기 시작했다. 이제 생활에서 떼려야 뗄 수 없는 필수품처럼 돼버린 자가용을 가지게 되면서 걷는 것은 경쟁에서 뒤떨어지고 비효율적인 것으로 치부되었다. 사무실이나 공장에서도 효율성을 추구해 걷는 것을 최소화하도록 건물을 배치하고 엘리베이터를 설치한다.

더욱이 정보화 시대가 되면서 걷는 일은 더 드물어졌다. 예전에는 발품을 팔아야 해결할 수 있었던 일들이 이제는 인터넷으로 금방 해결할 수 있다. 심지어 각종 제품의 구매도 안방에 앉아 손끝 하나로 해결되는 편리한 세상이다.

인간은 누구나 행복을 추구한다. 그런데 이 간편하고 편리한 세상에서 인간이 과연 행복을 마음껏 누리고 있는가 하는 의문이 든다. 행복을 얻을 수 있는 중요한 조건 가운데 하나가 바로 몸을 가볍게 하는 것, 즉 자기의 몸 관리가 되고 있다.

그래서 요즘 사람들은 예전엔 '일' 도 아니었던 걷는 것을 '일' 로 만들었다. 우리나라와 같이 여가 문화가 발달하지 못한 나라에서는 노는 것을 금기시했다. 그래서 생산적인 일이 아닌 취미나 여가 생활에 대해 우리 부모님들은 '일을 삼는다' 고 표현했던 것이다.

예전에는 걷는 것이 우리가 숨을 쉬듯 너무나 자연스런 일상생활이었지만, 이제는 '일' 을 삼아야 하는 것이다. 예전에는 먹기 위해서 하루 종일 걸어야 했다면 이제는 건강하게 살기 위해서 걸어야 하는 세상이 되었다. 행복을 누리고 건전한 정신을 갖기 위해서 걷는 것을 중요한 일로 삼아야 하는 세상이 된 것이다.

인간의 평균수명은 엄청나게 늘어났고, 앞으로 더 늘어날 것이다. 그러나 의학의 발달이 단순히 수명 연장의 수단이라면 큰 의미가 없을 것이다. '건강한 상태에서 수명이 늘고 있는가' 가 관건이라는 생각을 한다.

게다가 환경파괴와 과다한 탄소 배출로 인한 지구온난화 등 심각한 기후변화는 서서히 우리 삶 전반을 옥죄고 있다. 사계절의 변화가 뚜렷한 날씨에 익숙했던 우리지만 이제는 '장마' 라는 말 대신 '우기' 라는 말을 받아들여야 할지 모른다.

'철들다' 라는 말에서 '철' 의 어원은 날씨에서 비롯되었다고 한다. 저 사람이 '철이 있다', '없다' 는 것은 분별력이 '있다', '없다' 라는 뜻이다. 눈이 와야 할 때 눈이 오고 더워야 할 때 더워야 되는데, 그렇지 못하면 말 그대로 철이 없는 것이다.

이제 우려하던 철없는 세상이 우리 곁에 와 있다. 그렇다고 에어컨을 떼어내고 자가용을 팔아치우겠다는 사람은 드물다. 그저 남의 일처럼 막연히 두려워하고 있는 것은 아닐까. 그렇다고 이 바쁜 세상에 걷는 것을 마냥 일로 삼기도 어렵다. 가까운 거리는 걸어 다녀야 하는 것을 너무나 잘 알고 있는데도 실천하기가 쉽지 않다.

내가 일하는 곳은 시내에 있는데, 나는 집에서 나와 한 시간쯤 오솔길을 걸어 출근한다. 교통비 천 원을 아끼는 의미도 있지만 오솔길을 걸으면서 생각을 정리한다. 잠시 숲을 지나 들길을 걷기도 한다. 가끔은 어린 시절 소풍가던 날의 느낌이 되돌아오기도 하고 철따라 피어나는 꽃을 기다리기도 한다. 아침잠에서 깨어나 나온 청솔모와 다람쥐도 만나고, 새로 만나는 사람들과 인사도 나눈다.

처음에 시작하기가 어려웠지만, 습관이 되니 몸도 마음도 편해지는 것 같다. 교통비도 아끼고, 따로 걷기 위해 시간을 투자할 필요도 없다. 일이 있어 차를 타고 출근한 날은 뭔가가 불편하다.

습관이란 좋은 것은 좋게, 나쁜 것은 나쁘게 인간을 지배하고 얽어매는 무서운 것이라는 생각이 든다. 아리스토텔레스는 '습관이란 반복되는 운동이고, 습관이란 사람의 성격이나 품성을 만든다'고 했다. 습관을 건강과 연결시키면 좋을 것 같다.

이 바쁜 세상, 걷는 것이 '일'이 되지 않도록 하고 싶다. '일'이 되면 지루하고 부담이 되어 거부 반응이 일어난다. 하지만 몸이 가벼워지면 마음도 가벼워진다. 퇴근할 때도 지하철에서 내려서 마을버스를 타지 않고 걸어서 집으로 온다. 이렇게 절약하는 교통비가 하루에 천이백 원 정도, 한 달이면 삼만 원가량 된다. 그렇게 아낀 돈으로 주위에 있는 어려운 누군가를 돕는 일에 쓰기도 한다.

오늘도 오솔길을 걸으며 세상을 배우고 행복을 배운다.

내 친구, 병문 씨

병문 씨는 지리산 자락 백무동 아래 만수천 넓은 개울 건넛마을에 사는 내 친구다. 그를 부를 때마다 이름 뒤에 '씨' 자를 붙이는데, 막역한 친구라기보다는 아직은 그저 친구 같은 느낌이 강해서일 것이다.

몇 해 전, 화엄사를 출발해 지리산을 종주하고 백무동으로 하산하여 마천에서 남원으로 가려던 길이었다. 기다리는 버스가 오지 않아 긴 산행에 지친 나는 길가에 주저앉아 있었다. 그때 멀리서 트럭이 한 대 다가오고 있었다. 나는 간절한 마음에 벌떡 일어나 손을 흔들었다. 애타는 내 마음을 알기라도 하듯 내 앞에 차를 세워준 사람. 그와의 인연은 그렇게 시작되었다. 그는 농자재를 사기 위해 남원으로 가던 길이었다.

우리는 이런저런 이야기를 나누었다. 그는 고향에서 중학교를 마치고 부산에 있는 신발공장에서 첫 직장 생활을 시작한 뒤 도시를 전전하다 마흔이 되어 고향으로 돌아온 사내였다.

지리산을 다니면서 가끔 그의 집에 묵었다. 그 뒤 세월이 흘러 다시 만났을 때 그는 여전히 미혼이었다. 노모를 모시고 고사리 같은 산나물을 따고 꿀벌을 치며 고향에서 살고 있었다.

"못난 나무가 선산을 지킨다더니 병문 씨가 그런 것 같네."

칭찬할 요량으로 던진 말인데, 그가 불편한 심기를 드러냈다. 자신을 비하하거나 빈정거리는 말이라고 생각한 모양이었다. 대처에서 성공하지 못하고 고향으로 돌아온 자신을 비하하는 마음이 스스로 배어 있을지도 모른다는 생각이 들었다. 그런 생각을 하며 보니 처음 그를 만났을 때보다 성격이 괴팍해진 듯했다.

'못난 나무가 선산을 지킨다'는 것은 일찌감치 미끈한 모습을 보이면 먼저 베어져 부지깽이로나 쓰이지만, 못나 보이는 나무가 잘 자라 훗날 대들보로 크게 쓰인다는 뜻을 담고 있다. 또한 나무에 빗대어 세상에 자신을 드러내지 못하고 이름 없이 사는 사람을 위로하거나 훗날을 기약하며, 어려운 현실을 이겨나가라는 격려의 뜻으로 하는 말이라고 생각한다.

고향에 가면 농사일을 하며 부모님을 모시고 사는 이들을 본다. 공부 많이 하고 잘난 자식들은 명절 때나 손님처럼 다녀갈 뿐인데…….

요즘엔 신문 면면을 자세히 읽지 않는데, 어느 날인가 천천히 신문을 넘기다가 눈에 띄는 기사가 있었다. '소나무 역전극', 한 편의 수필 같은 기사였다. 그 기사를 읽으면서 오랫동안 지녔던 의문이 풀리는 듯했다. '리기다소나무가 고향 뒷산의 권력을 장악했다'는 것과 '동네 사람들은 굵은 몸통을 채우며 숲을 가득 채워 가는 먼 나라에서 온 리기다소나무를 그 어떤 나무보다 귀하게 대접했다'는 내용이었다.

우리 국토 4분의 3이 산지이다. 지난 시절, 호랑이며 반달곰이 살았다는 울창했던 숲은 일제강점기와 한국전쟁을 겪으면서 황폐화되었다. 게다가 취사와 난방을 위한 땔나무로 쓰기 위해 마구 벌목하면서 수많은 산이 민둥산이 되어버렸다.

1960년대 초 서독을 방문한 박정희 대통령은 산림녹화의 필요성을 절감하고 1965년부터 대대적인 녹화사업을 추진했다. 이때 나온 표어 중 하나가 '청산 밑에 쌀이 나고, 적산 밑에 홍수 난다' 는 것이었다. 다행히 대대적인 녹화사업과 철저한 감시 덕분에 1970년대 중반을 넘기면서부터 많은 민둥산이 메아리가 들리도록 숲의 모양새를 갖추어갔다.

지금은 비록 공휴일에서 제외되었지만 나무를 심기 적당한 4월 5일을 식목일로 정하고, 그날은 모든 공무원과 학생들을 동원하여 대대적으로 나무를 심었다. 이때 동원된 사람들에게는 미국이 원조한 밀가루를 배급했는데, 그 시절 질리도록 먹었던 수제비를 기억하는 이들이 있을 것이다.

완전히 헐벗은 산은 비가 조금만 내려도 토사가 흘러내리는 바람에 단순히 나무를 심는 것만으로는 산림녹화를 추진할 수 없어 사방공사를 병행해야 했다. 이때 외국에서 들여온 대표적인 수종이 아까시나무와 오리나무였다. 이런 나무들은 왕성한 번식력으로 사방 임무를 훌륭하게 수행했다. 하지만 목재로서의 가치가 떨어지고, 번식력이 너무 왕성해 잘못 식재된 수종으로 치부되었다.

그러나 리기다소나무는 달랐다. 대부분의 산지 5부 능선 이상 고지대에는 대부분 이 땅에 자생하던 소나무가 차지하고 있었고, 그 아래로는 산림녹화로 식재된 리기다소나무가 자라고 있었다. '왜소나무' 라고 부르기도 하여 일본이 원산지라고 생각하기도 했던 리기다소나무는 사실 북아메리카가 원산지로, 재래종 소나무와는 비교가 안 될 정도의 속성수여서 각광을 받았다. 우리 땅에서 오래전부터 자라던 소나무들은 곧게 자라지도 않고 성장 속도도 늦었으니 말 그대로 못난 소나무였다.

늦가을이 되면 리기다소나무 하단부가 노랗게 물들곤 하는데, 바람이라도 불면 떨어진 낙엽으로 바닥이 노랗게 덮였다. 이것 또한 유용한 땔감으로 쓰였고, 솔방울 또한 재래 소나무와 비교가 되지 않을 정도로 화력이 좋았다.

당시만 해도 설이 되면 집집마다 방앗간에서 가래떡을 뽑았다. 가래떡을 만들려고 물에 불리던 쌀의 양으로 살림 규모를 짐작할 수 있었다. 오늘날처럼 가스를 이용하는 것이 아니라 솔방울을 때 떡쌀을 찌기도 했다. 그래서 방앗간에서는 솔방울을 가마니로 사들였는데, 재래종이 아닌 리기다소나무의 솔방울만 사는 경우가 많았다. 화력이 월등히 좋았기 때문이다.

재래종 소나무와 달리 리기다소나무의 솔방울은 대부분 높은 가지에 달려 있는 데다 억세고 작은 가시들이 있어 좌우로 여러 번 비틀어야 딸 수 있었다. 그러니 대단한 공력이 들었다.

그러나 이 땅에 뿌리 내린 지 삼십 년이 지나고 왕성한 성장으로 숲을 이루어가던 리기다소나무는 언젠가부터 그 빛을 잃어가기 시작했다. 푸사리움 병으로 그 청청하고 도도한 빛을 잃기 시작한 것이다. 자연 성장 속도도 현저히 떨어졌다. 그렇다 보니 목재로서의 가치도 없다며 수종 갱신 대상이 되는 처량한 신세가 되고 말았다.

나는 리기다소나무가 왕성한 성장 속도를 자랑하다가 더 이상 성장세를 유지하지 못하는 이유를 깊이 생각해보지 않았다. 그러면서도 리기다소나무 숲을 지날 때면 그 이유가 무엇일까 늘 궁금했는데, 그날 읽은 신문기사에서 그 답을 찾을 수 있었다. 그 기사는 볼품없고 더디게 자라는 재래종 소나무가 리기다소나무를 앞지른 역전극의 까닭을 관찰하고 연구한 내용을 담고 있었기 때문이다.

그 까닭은 간단했다. 영양분을 흡수하는 생태가 다르다는 것. 재래종 소나무는 서로 비켜가면서 가지를 뻗고 땅속에서 영양분을 흡수할 때도 서로 공간을 나누어 공존한다. 반면에 리기다소나무는 햇빛을 받기 위한 가지는 물론 뿌리 또한 공간을 나누지 않고 한쪽 방향으로만 뻗어 나간다. 그래서 리기다소나무는 초기에는 맹렬한 속도로 성장하지만 일정 기간이 지나면 성장세를 유지할 수 없다.

그런데 못난 소나무로 치부되던 우리 재래종 소나무는 더디게 자라지만, 숲을 채워가며 수백 년을 살아 궁궐의 대들보가 되기도 했고, 지금도 전통 건축물을 재현하기 위한 목재로 쓰이고 있는 것이다.

우리가 살아가는 세상도 마찬가지다. 리기다소나무처럼 더불어 살아가는 삶의 지혜와 여유가 없는 사람들은 쉽고 빠르게 정상에 다다를 수는 있겠지만, 언젠가는 그 지위를 잃거나 배척당할 수도 있다.

자녀를 키우는 일도 마찬가지다. 수월성 교육이 학생의 능력이나 수준에 따라 대상을 구분해 효율적으로 교육한다는 취지를 내세우고 있지만, 그래서 논란이 되기도 한다는 생각이 든다.

소나무를 생각하며 옛사람들의 혜안에 다시 한 번 감탄한다. '못난 나무가 선산을 지킨다'는 말은 세상에 자신을 드러내지 않고 살아가는 사람들을 위로하고 격려하는 의미로 쓰이기도 하지만, 오래전부터 이 땅에 뿌리내리고 사는 소나무에게도 적용되는 말이다.

부모가 된 입장에서, 같은 방향으로 가지와 뿌리를 뻗어 결국에는 크게 자라지 못하는 리기다소나무처럼 아이들을 한 줄로 세우려는 욕심을 다 버리는 것은 쉽지 않은 일이다. 그렇지만 아이들이 우리 재래종 소나무처럼 각기 다른 방향을 보면서 서로 어우러져 살아가면 좋겠다.

내 아이들을 비롯하여 이 땅에 자라는 모든 아이들이, 소나무들이 자신이 서 있는 곳을 탓하지 않고 자라듯이 자신을 비하하지 않고, 또 비교당하지도 않으면서 각자 가진 재능과 소질을 바탕으로 자신만의 모습을 만들어 가길 바란다.

선산을 지키는 소나무처럼 고향을 지키며 사는 병문 씨가 그립다.

산하여! 내 그리움이여

*

　서남해의 한 섬에서 해안 경계 임무를 수행하며 군 생활을 하던 시절이었다. 그곳은 산도 들도 바다 빛깔처럼 사철 푸르렀고, 내가 입고 있던 제복도 푸른빛이었다. 적이 발붙일 수 없도록 경계 근무를 서면서 상록수림과 바다를 늘 바라보았다. 그러다 보니 아름다운 산하에 대한 연모의 정을 가슴 가득 품지 않을 수 없었다.

　나무 한 그루, 풀 한 포기에 이르기까지 그곳의 자연에 대한 애착뿐만이 아니라, 생명의 창고처럼 먹을거리를 채워주던 바다와 들을 터전 삼아 살아가는 순박한 사람들에 대한 친밀감이었다. 시간이 지날수록 자연스럽게 애정이 깊게 뿌리내리면서 그곳의 자연을 돌보고 아끼게 되었다.

　겨울철이면 그곳에도 산불이 자주 일어나 진화 작업에 동원되었다. 나는 불이 나면 휴일에도 자원하여 달려가곤 했다. 나무 한 그루, 풀 한 포기라도 내 손으로 지켜내고 싶었던 내 나름의 표현 방식이었다.

　그리고 그곳에서 삼 년여의 근무를 마치고 떠날 때는 언젠가 이 아름다운 산하를 두 발로 걸어 종단해보고 싶다는 염원을 품게 되었다. 그 뒤 여러 번 계획을 세웠지만 이런저런 핑계로 나서지 못하고 미루다가 포기해야겠다는 생각이 들기도 했다. 그러다가 분단된 국토 끝까지는 무리겠지만 주말에 하루 휴가를 보태 비록 미완성일지라도 시작하기로 결심했다. 동행도 없이 무전無錢으로 2박 3일 도보여행을 하기로 마음먹은 것이다.

봄꽃들이 흐드러지게 피었다 지고 라일락 향이 절정이던 오월을 여는 목요일 밤, 근무를 마치고 서둘러 호남선 열차를 탔다. 나주에 내려 버스로 갈아타고 해남읍에 도착하니 밤 11시가 가까웠다. 바로 밤길을 내달려 한반도 최남단 땅 끝, 해남군 갈두리에 도착했다. 그 길로 곧장 사자봉에 올라 토말탑 앞에서 염원을 하듯 무릎을 꿇었다. 시간은 자정을 지나 새날이 시작되고 있었다.

해송이 나에게 손을 흔들며 격려하듯 너울거리는 송호리 해변을 지나 남도의 붉은 황토밭이 끝없이 이어지는 밤길을 걷고 또 걸었다. 신작로를 벗어나 대흥사로 이르는 길이었다. 어둠이 깊게 가라앉은 산모퉁이를 돌아설 때 낮게 걸린 그믐달마저 음산한 냉기를 내뿜어 소름이 끼쳐왔다. 지금껏 경험하지 못했던 기이한 체험이었다.

새벽 예배를 드리는 시골 예배당에 잠시 들렀다. 어머니 연배로 보이는 신도 여섯을 앞에 두고 목사님은 '열매 맺지 않은 무화과나무'를 주제로 설교를 하고 있었다. 예배가 끝나고 함께 주기도문을 암송하며 문을 나설 때, 배웅하는 목사님의 아내 같은 여인을 보며 마음속으로 기원했다.

'척박한 농촌에서 거칠고 외로운 삶을 살아가는 이곳의 모든 분들에게 더 많은 사랑과 위안을 주시기를⋯⋯.'

교회를 나와 밝아오는 새벽길을 걸었다. 들길을 지날 때 참개구리 소리
는 서너 번밖에 못 들었는데 뱃고동 소리 같은 황소개구리 소리는 여러 번
들려왔다. 짧은 봄밤, 잠을 설치도록 울어대던 참개구리가 많던 어린 시절
의 고향이 뇌리에 스쳤다. 고생하던 부모님과 이웃들 생각이 나자 마음이
편치 않았다. 잠시 걸음을 멈추고 보니 이슬에 배낭과 온몸이 축축하게 젖
어 있었다.

어둠이 가실 무렵 대흥사 공양간에서 허기를 때우고, 초의선사가 머물
렀다는 일지암을 지나 두륜산을 넘어 강진으로 갔다. 귤동 마을을 지나 만
덕산 아래 다산초당으로 방향을 잡았다. 사랑하는 아내와 자식들을 고향
에 두고 그 먼 길을 내려와 머물던 곳. 거인 같은 자취를 남긴 다산을 흠모
하는 마음으로 따라 올랐다. 푸른 댓잎과 삼나무 사이로 난 오솔길을 따라
초당에 올라 마루에 걸터앉았다.

그곳은 지아비로서, 또 아버지로서의 다정함과 나라의 녹을 먹는 이들
이 감당해야 할 덕치의 근본을 문자로 새겨나간 역사적인 공간이었다. 다
산은 강진에서의 유배생활 십팔 년 중 십일 년을 이곳에서 지내며 외로움
과 그리움과 분노를 내려놓고 먹을 갈며 가슴속에 차오르는 것들을 풀어냈
을 것이다. 그리고 인간의 도리를 생각하며 한 획, 한 획을 새겼을 것이다.

바람에 구르는 가랑잎처럼 이利와 해害를 가르고, 가져야 할 것과 버려
야 할 것을 구별해내지 못하는 어리석은 나의 삶은 잠시 던져두고, 마음이
넉넉해지도록 여유로운 시간을 가져보았다. 천일각에서 바라보니 강진만
너머 보이는 낮은 산과 그 건너 산들이 한 폭의 산수화처럼 조화롭다. 만

덕산 너머 바다 건너 가형까지 가슴에 묻어야 했던 그 삶의 질곡에 가슴이 시려왔다. 그분이 걸었을 길을 사무치는 마음으로 천천히 걸어 백련사로 왔다. 그리고 윤기나는 아열대 수목들이 낯설게 다가오는 절 마당을 한가롭게 한 바퀴 돈 뒤, 아쉬움을 남기고 백련사를 돌아내려와 강진 읍내로 방향을 잡았다.

모란꽃을 보러 영랑 생가에 가니, 서럽게도 모란꽃은 뚝뚝 떨어져 봄이 여위어가고 있었다. 지나는 차를 잡아타고 영암, 나주를 거쳐 장성으로 가서 꼭 한번 가보고 싶었던 축령산에 한 마리 산새처럼 깃들었다. 그곳에는 '조림왕'이라 부르던 고 임종국 씨의 의지와 위대한 꿈이 염전에 소금 엉기듯 울창한 숲으로 자라고 있었다. 가파른 경사지에 나무를 심고 물을 길어다 주었던 한 인간의 꿈과 희망이 뿌리를 내린 울창한 긴 숲길을 열병을 받는 장군처럼 어깨를 펴고 지났다.

저마다 이런저런 꿈과 야망을 가지고 세상을 살아가지만, 내가 존재하는 현세를 뛰어넘어 후세를 위한 꿈을 가진다는 것이 얼마나 귀하고 위대한 것인지 그 숲 속에서 머리를 숙이고 나를 돌아보았다.

금곡 영화마을을 지나 고창으로 가 여유롭게 읍성에도 들르고, 변산반도 내소사 입구의 전나무 숲길도 걸었다. 어둠이 내리는 절집에 고단한 육신을 잠시 내려놓고 싶다고 읍소를 했지만 사찰 행사를 이유로 거절당하고 말았다. 할 수 없이 다시 전나무 숲길을 내려와 절 아래 마을 집의 문을 두드렸다. 어머니 같은 여인은 무례한 낯선 여행자에게 늦은 저녁상을 차려준 뒤 마을회관 문을 따주었다. 그런데 그 인심이 무안해지게 동네 이장에게 내침을 당하고 다시 서럽게 밤길을 나서야 했다.

시골 인심도 이제는 옛말이라는 생각이 들었다. 연로하신 촌로들을 상대로 온갖 사기 행각을 벌이거나 어렵게 수확한 농산물, 심지어 키우는 가축까지 손대는 일이 횡행하다 보니 낯선 이에게 경계심을 가지는 것도 무리가 아닐 것이다. 무전여행을 한다는 것은 공기가 희박해지는 히말라야 고산지대를 오르는 것과 같을지 모른다는 생각이 들었다. 물리적인 행위 없이 숨이 조여드는 듯한 압박감을 주니 자기 삶의 내공이 쌓이지 않고는 어려운 일이다. 이만 원이면 민박집에서 하루 잠을 잘 수도 있었지만 나와의 약속을 어길 수는 없었다.

그래도 창끝처럼 뾰족한 보리 꽃이 피는 남도의 밤길을 걷다가 한 농가 움막에서 새우잠을 잔 내 몰골이 행려병자 같았는지 컵라면 물을 채워주던 손길이 있었다. 채워진 물만큼이나 가슴이 따뜻해져 왔다.

그리고 먼 밤길을 달려온, 잊을 수 없는 친구가 있었다. 나를 격려하기 위해 먼 길을 달려온 고마운 친구 앞에서 마음이 잠깐 흔들렸다. 미완으로 계획한 것이지만 목적지인 내 고향 홍성이 가까워질 무렵 날은 다시 저물고 있었다.

새우젓 냄새가 짙게 다가들면서 파장 무렵이었다. 문득 까까머리 중학생 시절이 떠올랐다. 읍내에 중국 음식점이 한군데 있었는데, 학교를 오가면서 그곳 앞을 지날 때마다 늘 짜장면 한 그릇 먹고 싶다고 소원한 적이 있었다. 그러나 기회는 오지 않았다. 돈을 조금씩 모아 저금하면서 졸업하면 돌려줄 그 돈으로 꼭 한번 먹어 보리라 소박한 꿈을 꾸었지만, 결국 그

짜장면 한 그릇 먹어보지 못하고 고향을 떠나고 만 것이다.

그 소년이 이제 중년의 나이가 되어 시장 골목에 하나밖에 없던 그 중국 집에 들렀다.

"먼 길을 걸어왔는데 짜장면 한 그릇 얻어먹을 수 있겠습니까?"

주인의 대답을 기다리는 시간은 길고 길었다. 주인은 내 마음을 들여다보았는지 고개를 끄덕였다. 그렇게나 먹고 싶었던 짜장면을 사십 여 년 만에 와서 먹어본다는 사실과 내가 아직 살아 있다는 희열이 짜장면에 버무려 있을 것이라는 생각이 들었다. 짜장면을 먹으며 코를 훌쩍거리고 눈물을 훔쳐냈다. 주인에게 고마운 마음을 전하고 나중에 무엇이든 보답하겠다는 마음으로 중국집을 나왔다.

낯설지 않은 포목전 골목을 지나고 어물전을 거쳐 국토 대종단 미완성의 목적지로 정했던 고향 집으로 향했다. 읍내에 있는 중학교까지 걸어 다니면서 차가 지날 때마다 눈을 감고 먼지를 피해야 했던 신작로는 잘 포장되어 있었다. 어둠이 깃든 산길을 넘었다.

고향 집에는 나를 반겨줄 피붙이 하나 남아 있지 않지만 목적지에 도착했다는 안도감과 고향에 왔다는 것에 마음이 편안해졌다. 어린 시절을 보낸 집은 오래전부터 빈 집이 되어 있었다.

마당을 지나 부엌문을 열었다. 금세라도 어둠 속에서 어머니가 행주치마에 물 묻은 손을 훔치며 달려나오실 것만 같았다. 초가지붕 위로 달밤에 피던 박꽃처럼 고왔던 나의 어머니. 어머니는 늦가을이면 김장용으로 쓰이는 대파 다듬는 품을 하려고 십 리도 넘는 이웃 마을로 갔다가 날이 어두워져서야 집으로 돌아오시곤 했다.

　허기에 지쳐 잠든 자식들을 깨우고 호롱불 어둠 속에서 한쪽 한쪽 밀가루 수제비를 한처럼 떼어내시던 나의 어머니. 몇 번이나 독촉을 받았던 기성회비를 내지 못했다며 숟가락도 들지 않고 그렁그렁 눈물을 달고 사립문을 나서는 내 뒤통수를 바라보며 당신은 부뚜막 앞에 앉아서 눈물을 훔치셨을 것이다.

　부엌에 서서 때로는 부뚜막 앞에 쭈그리고 앉아 눌은밥 한 사발로 끼니를 때우시던 어머니의 모습과 체취를 더듬었다. 가슴 한쪽이 먹먹해졌다. 한참 동안 어린 시절의 그리움을 불러내며 눈가를 붉히고 난 뒤 부엌을 나왔다. 그리고 벽지가 다 해져 흙벽이 드러난 방에서 고단한 몸을 누이고는 단잠을 잤다.

　이튿날 아침 일찍 일어나 그리움처럼 마을을 한 바퀴 돌았다. 이맘때쯤이면 와글와글 울어대던 그 개구리들은 다 어디로 가고, 고마리 새순 피어나던 개울가에서 물장난하던 내 동무들은 다 어디로 갔는지……. 화사한 봄볕이 물비늘처럼 부서져 내리는 고향 집 마당을 두리번거리다가 고샅길을 돌아 나왔다.

　고향 마을을 돌아 나오면서 이 아름나운 산하에 깃든 내 그리움은 잠시 뒤에 두고, 언젠가는 걸어서 국토 종단을 하겠다는 설렘만 앞에 두었다. 그때는 백두산을 최종 목적지로 하고 싶다는 꿈을 꾸면서.

신新 군사부일체

"슨상님 말씀 잘 들어야 한디야."

책보를 메고 집을 나서는 내게 어머니는 말씀하시곤 했다. '공부 잘해야 한다'는 말은 별로 들어본 적이 없다. 선생님은 그 그림자도 밟을 수 없는 존재였다. 소풍날이면 딱 한 번 당시 오십 원인가 하던 아리랑 담배 한 갑을 내주시면서 "슨상님 갖다 드려라"하시기도 했다.

새마을 담배나 봉초를 신문지에 말아 피우시고, 그것마저 입술이 델 때까지 잡고 계시면서도 일 년에 한두 번 그렇게 선생님을 챙기셨다. 그 오십 원짜리 담배는 제 아이를 잘 봐달라는 촌지성 뇌물이 아닌, 부모가 아이를 통해 선생님께 부여하는 권위였다.

선생님은 가끔 우리가 싸우면 마주 세우고 서로 번갈아가며 뺨을 때리게 했는가 하면, 체육 시간에 누군가의 돈이 없어졌다고 하면 책상 위에 올라가 모두 무릎을 꿇은 채 눈을 감고 연필을 물도록 한 뒤, 그 연필이 떨리면 범인이라 지목하고 온갖 꾸중을 하시기도 했다. 가을 운동회 연습을 하다가 장딴지를 맞아 푸르게 멍이 들어도 당연한 일이었다.

저녁나절 아랫목에는 늘 주발에 덮인 밥 한 그릇이 작은 이불에 덮여 있었다. 아버지는 잠깐 통운 열차를 타셨다. 집에 불규칙하게도 오시기도 했지만 아버지가 안 들어오신다고 한 날에도 어머니는 제일 먼저 아버지 밥을 퍼 놓고 나서야 나머지 식구들 밥을 담았다. 그리고 그 밥그릇을 가장 따뜻한 아랫목에 놓고는 작은 이불로 덮어놓으셨다. 그 한 그릇의 밥은 자식들에게 보여주는, 어머니가 아버지께 부여하는 권위였다.

아이들끼리 싸우다가 더 많이 맞아 이가 흔들린다며 눈물을 훔치는 동무를 앞세우고 와서 그 동무 어머니가 대문간에 진을 치고 큰 소리를 낼 때는 방 안에 계시다가, 조용해진 뒤 나오셔서 '집에서 아이들 교육을 어떻게 시키냐?' 며 핀잔을 던져도 당연한 일이었다.

언젠가는 집집마다 자가용을 가질 수 있는 날이 온다고 했고, 초가집을 걷어내고 돌담을 허물어 새마을이 만들어지면서 선생님들도 어른들도 '각하의 위대한 영도력 덕분' 이라며 입에 침이 마르도록 칭찬했다.

초등학교에 입학해서는 너도나도 모두 예외 없이 "민족중흥의 역사적 사명을 띠고 이 땅에 태어났다"며 국민교육헌장을 달달 외웠다. 그것도 모자라 학교에 행사가 있을 때마다 긴 시간 동안 그것을 외워야 했다. 그것은 코흘리개 아이들 때부터 가지도록 했던 지엄한 권위였다.

마을에서 한 명뿐인 이웃집 대학생 형이 데모를 하다가 집에 들르지도 못한 채 전방으로 군대를 갔어도 당연한 일이었다. 통일벼 대신 아키바레 씨나락을 불리고 있다며, 시루째 들어다 쏟아내도 당연한 일이었다.

이와 같은 일들은 관행처럼 당연한 일로 여겨졌었는데, 최근 교육계 전반이 불미스런 일들로 얼룩지면서 '군사부일체' 라는 말이 새삼 떠올랐다.

언젠가 고등학교에 다니는 둘째가 "우리 선생님 ××이야" 라고 말하는 것을 듣고는 가슴이 섬뜩해졌다. 조선 중기의 학자 율곡 이이가 "임금과 스승과 부모는 일체이니 정성껏 받들어야 하며, 자기 생각대로 스승을 비난하는 것과 같은 행동은 좋지 못하다"고 한 말에서 유래했다는 '군사부일체' 의 근원은 사실 중국 남송시대 유학자인 주희朱熹가 편찬한 《소학》에서 나온 말인데, 그 중심은 다름 아닌 스승이다.

녹아내리기 시작한 북극의 빙하가 다시 제 모습을 찾을 수 없듯이 한번 무너져 내린 권위는 다시 회복할 수 없다는 생각이 든다. 기존의 규범과 가치가 예외 없이 무너지고 있다. 그리고 일견 불합리했던 그 질서에 편승해 안주했던, 권위답지 못한 것이 권위를 갖고자 요구했던 권위적인 행태는 부메랑처럼 되돌아와 그 권위를 허물어 버리거나 녹여 내리고 있다.

상징적이지만 임금이나 아비의 권위가 예외 없이 무너져가는 시대다. 시대의 흐름처럼 기존의 질서가 무너지고 새로운 질서가 만들어지기도 할 것이다. 하지만 군사부일체처럼 스스로 권위를 가져야 한다는 세 가지 대상이 그렇게 빙하처럼 한꺼번에 녹아져 내린다면 우리 사회를 지탱하는 기반이 무너져 버릴 것이라는 두려움이 일기도 한다.

온통 지구 온난화로 인한 폐해만 생각했는데, 꽃 피는 사월에도 눈이 내리고 얼음이 얼고 우리 사회를 지탱해가는 권위가 녹아내리면서 지구 온난화와 더불어 우리 사회에 다시 빙하기가 오는 것은 아닌가 두렵다.

겨울 여행

"야수의 심정으로 유신의 심장을 쏘았다."

그가 절대 충성으로 모셨던 주군에게 저주처럼 당긴 총탄이었다. 그러나 자신에게도 피할 수 없는 저주처럼 내뱉은 말이었다. 이 땅에는 화약 냄새가 진동하듯 어둠이 깃들었다. 세종로엔 일견 하늘이 무너져내린 듯한 상실감에 경향 각지에서 몰려든 백성들이 멈춰진 역사의 수레바퀴를 아쉬워하며 땅을 쳤다. 반면 새로운 광명을 갈구하던 이들에게 그 저주는 한 줄기 빛처럼 다가들었다. 그러나 이내 그 광명은 흐려지고 어둠과 광란의 시간이 흘러갔다. 시작과 끝을, 옳고 그름을 구분하는 것이 무의미한 시간도 흘러갔다.

그해 여름 이방인처럼 천리포 수목원에 한 마리 물새처럼 깃들었다가 겨울에는 한 마리 철새처럼 한라산 기슭에 깃들었다. 그리고 그해 겨울, 지금은 잊혀가는 이름이 되었지만 대전역에서 출발하는 부산행 0시 50분 비둘기호 완행열차. 굳은 결의를 나눈 동지처럼 동행하겠다던 친구는 출발하기 몇 시간 전, 떠나지 못하겠다고 알려왔다. 그렇다고 포기하고 돌아선다는 것은 비겁하다는 생각이 들었다.

돈 없이, 무전이라고 이름은 달았지만 수중에는 자취하면서 아껴둔 만원 정도가 있었다. 부산까지 가는 일곱 시간 내내 자리는 나지 않았고, 아침을 부산이라는 낯선 곳에서 맞았다.

산허리까지 집들이 들어차 빈 공간이라고는 보이지 않는 항도의 낯선 풍경, 그러나 상큼한 갯바람이 불어왔다. 성산포로 출발하는 배편은 오후 다섯 시였던가. 아침은 거르고 점심은 짜장면 곱빼기 한 그릇으로 때우고는 용두산 공원으로, 자갈치시장으로 낯선 부산 거리를 집시처럼 헤매고 다녔다.

제주로 가는 배편은 '도라지호', 뱃삯은 삼천 원이었다. 열두 시간 동안 바다는 보지도 못하고 갑판 기둥에 기대 있었다. 이제는 기억도 흐릿하지만 낯모르는 소녀가 우유 하나를 건네주었던 기억 한 자락.

그리고 낯선 땅 제주에서 아침을 맞았다. 아는 사람도 가야 할 곳도 정해지지 않은 낯선 곳이었다. 허기와 긴장 속에서도 이곳에서 얼마간 살아내야 한다는 설렘 같은 것으로 두려움을 간신히 떨쳐낼 수 있었다.

서귀포를 목적지로 잡았다. 붉게 동백이 피고 지고 제대로 먹어보지도 못한 노란 귤이 꽃처럼 지천으로 피어 있는 이국의 풍광 속으로 들어가는 길을 지나니 서귀포였다.

촌놈인 내가 찾아갈 곳은 농사일을 하는 시골집이었다. 처음 찾아간 곳은 비닐하우스가 여러 동 이어져 있으나 집은 보온덮개 같은 것으로 덮어진 허름한 농가였다. 주인을 불러내 형식도 절차도 없이 "이곳에서 일 좀 하고 싶은데요"라고 말했다.

당시에는 너무나 당연한 보리밥에, 제주도 특성상 결구도 제대로 되지 않은 대충 버무린 배추김치 한 가지만 나오던 부실한 밥상이었다. 그래도 먹어야 한다며 밥 한 그릇을 다 비우고 나니 하우스에 들어가서 토마토 순을 집으라고 했다.

비닐하우스 천장에서는 물이 뚝뚝 떨어지고, 몸에서는 땀이 뚝뚝 떨어졌다. 힘든 것은 둘째 치고 혼자 일해야 하는 것을 참아내기 힘들어 하룻밤 자고 아침밥을 먹는 자리에서 비겁하게도 '떠나겠다'고 말했다.

다시 성산포 쪽 한 군데를 더 들러 하룻밤을 지내고 그 주인이 떠민 곳이 서귀포에서 5·16도로가 지나는 토평리 법호촌이라는 마을이었다. '5·16도로'는 제주에서 처음 만들어진 횡단도로로, 다른 이름으로는 '제1횡단도로'라고 한다. 그해 '사회정화'라는 명목으로 숱한 사람들이 삼청교육대에 잡혀갔듯이, 그 전신처럼 5·16 쿠데타 후에 '국토개척단'이란 이름으로 중장비 하나 없이 순전히 인력으로 개설한 도로였다.

폭풍주의보가 내린 밤이면 서귀포항에 피항 온 어선들의 불빛들이 이국의 항구처럼 아름답게 내려다보이던 난원과 관상수, 그리고 바나나농장을 겸하던 곳에서 한 달을 머물렀다.

지금이야 바나나가 수입이 많이 되어 너무나 흔해빠진 과일이 되었지만, 당시에는 제주도 및 서남해안 일대에서만 재배되어 귤처럼 아무나 먹을 수 없었던 귀한 과일이었다. 그 하우스 안에서 자라던 바나나나무들은 수입 규제가 풀리면서 1990년대 이후에는 대부분 사라져버렸다.

농장에는 뭍에서 실습을 하느라, 혹은 개인적으로 난이며 아열대 식물을 공부하기 위해 내려온 대학생들과 농업학교 학생들이 여럿 있었다. 주로 하는 일은 난 화분용으로 쓰이는 붉은 화산 돌을 경운기로 옮겨와 네 가지 크기가 다른 체로 쳐서 구분하는 것이었다. 아침부터 하루 종일 말 그대로 삽질만 했다. '며칠이나 견디나 보자'며 같이 일하던 사내들이 빈정댔지만, 한 달을 지냈다.

주인 사내는 갈색 부츠에 랜드로버를 타고 엽총을 들고 한라산으로 꿩 사냥을 다니며 폼을 재던 사람이었다. 그런데 떠나는 날 치사하게도 거금 (?) 삼만 원을 쥐여주었다.

적응하거나 순응할 수 없었던 현실과 도달하기엔 너무 먼 곳에 있는 것 같은 이상에 저항하고 반항하며 결국은 누구와도 소통하지 못하는 몸짓으로 '이 세상에 혼자였으면 좋겠다'라며 숨을 곳을 찾아 도피처럼 떠났던 첫 번째 겨울여행이었다.

✽

그 후, 겨울 여행

"국경의 긴 터널을 빠져나오자, 설국이었다. 밤의 끝자락은 이미 희뿌여니 밝아왔다. 신호소에 기차가 멈춰 섰다."

지난 1968년 노벨문학상 수상으로 일본의 자존심을 높인 가와바타 야스나리의 《설국》이라는 소설의 시작이다. 비극적인 사랑을 다룬 애절한 작품이지만, 야스나리 특유의 문체로 온통 눈으로 뒤덮인 마을을 서정적으로 표현한 작품이다.

마음은 몸이라는 집 안에 깃들어 살고 있다. 그래서 '심신일여心身一如'라는 말이 있는지도 모른다. 그러나 한집안에 같이 산다고 부부가 결코 '일심一心' 일 수 없듯이, 몸과 마음도 하나인 듯 하지만 결코 하나일 수 없다는 생각이 든다.

이른 아침 창문을 여니 추적추적 겨울비가 내리고 있어 마음이 무거워졌다. 아침에 제주도로 출발, 한라산에 오르기로 한 날이었다. 오랫동안 미뤄뒀던, 그리고 그곳에 사는 후배가 읍소하듯이 '한번 다녀가라'고 했다는 핑계도 있었다. 늘 그랬던 것처럼 비행기 표를 예매하거나 동행이 있던 것도 아니었다.

순간 마음은 몸과 갈등을 하고 있었다. 이런저런 송년 모임으로 몸은 지쳐 있는 데다 비까지 내리니 몸은 '집에서 편히 쉬자'며 소리를 질러대고 있었다. 허나 마음은 몸과 다른 소리를 내고 있었다.

'지금 비가 오고 있으니 만약 비가 그치면 일 년에 한두 번밖에 볼 수 없는 환상적인 조망을 보여줄 거야. 그리고 폭설까지 내렸다니……'라며 어서 떠나라고 소리치고 있었다. 비나 눈이 내리다가 갠 아침의 산정에서 맞는 그 터질 듯한 희열을 바랐던 마음은 더 큰 소리를 질러댔고, 곤히 잠든 아이들 때문에 조금은 편치 않은 마음으로 집을 나섰다.

공항에 도착하니 평일이라 그런지 한산해서 쉽게 그리고 조금은 헐하게 표를 구해 비행기에 올랐다. 프로펠라를 단 비행기 기내는 관광버스가 좀 길게 이어진 모습이었고, 내 좌석은 맨 뒷자리였다. 옆자리에는 이미 자리를 잡고 눈을 감고 있는 사내가 보였다. 혹시나 하고 기대했던 것이 깨진 것 같아 혼자 무안해져 절로 웃음이 나왔다.

기내에서 내려다보는 하늘은 이미 어두워져 있었다. 충청도 내 고향쯤을 지나고 있겠다 싶어서 동쪽 창밖을 보니 멀리 요원의 불길처럼 붉은 기운이 달려오고 있었다. 순간 상황이 잘 정리되지 않았다.

얼마 후 그 불길 속에서 붉은 태양이 떠올랐다. 구름이 아닌, 마치 밀려오던 파도가 겹겹이 얼어버린 남극의 결빙된 바다 위로 뜨거운 태양이 떠오르는 것과 같은 모습이라니!

대청봉이나 향일암이나 보리암에서 삼대는커녕 당대에 쌓은 덕도 없이 일출을 보기도 했지만, 기내에서 본 일출은 지금까지 살면서 본 모습 중에서 가장 감동적이었다. 전혀 기대하거나 예상했던 일이 아니어서 더 그런지도 몰랐다.

그건 순전히 우연이었다. 기내로 들어서는 순간 느꼈던 좁은 기내에 대한 실망감에 뒤이어, 맨 뒷자리인데다 옆 좌석에 앉는 사람에 대한 약간의 기대감마저 깨어져 버리게 되자, 세 가지가 한데 버무려져 기분이 가라앉았던 터였다.

그런데 오히려 좁아서 양쪽을 다 볼 수 있었고 거기에 고도까지 낮아 조망하기에 더없이 좋은 위치였다. 게다가 옆자리 사내가 잠자고 있어 불필요한 신경을 쓰지 않아도 되었으니 행운이 아닐 수 없었다. 사진도 한 장 찍어두었다.

제주에 도착하니 아홉 시가 가까운 시각, 버스를 타고 터미널로 가서 이제 이름을 바꿔야 한다는 5·16도로를 지나는 서귀포행 버스를 탔다.

삼나무 울타리 사이로 귤밭을 지나 성판악에서 하차했다. 열 시가 가까워질 무렵, 버스에서 내리니 그곳은 설국이었다. 숲길을 들어서니 눈이 쌓여 있는 높이가 1미터도 넘었다.

상록의 비자는 무겁게 눈을 이고 있었고 그 숲으로 투명한 햇살이 비쳐들어 환상적인 광경을 연출하고 있었다. 하늘엔 구름 한 점 없었다. 떠나오면서 몸에게 미안했던 마음은 어느새 편안해졌다. 완만한 오름길에서는 가벼운 마음으로 빠른 걸음으로 걸었다. 그러나 앞서 가던 사람들에게 일일이 양해를 구하고, 그리고 치사를 했다.

온몸에 땀이 번져나고 죽어가던 세포들이 살아나고 깨어나며 소리를 지르고 있었다. 열두 시 이전까지 통과하려던 진달래밭을 여유 있게 지났다. 그러나 정상으로 오르는 길에서는 다소 지치기도 했다.

한번 뒤를 돌아보았다. 설국의 숲을 지나 푸른 바다가 내려다보이는, 앞으로 다시 볼 수 없을지도 모를 이런 풍광과 조망을 나에게 주시다니 내가 믿는 신에게 무릎이라도 꿇고 감사한 마음을 표하고 싶었다.

강한 바람이 지나갔다. 정오가 조금 지나 정상에 도착했다. 백록담엔 물 대신 눈이 쌓여 있었다. 나는 그 신령한 모습과 그 물줄기가 흘러내린 산허리를 한참 내려다보았다. 아쉬웠지만 산을 내려가야 했다. 오른 길은 다시 밟지 않는다는 나름의 원칙에 따라 관음사로 방향을 잡았다.

하산 길에 한 젊은 사내를 만나 동행했다. 후에 안 것이지만 그곳 항공사에 근무하는 사내였다.

아이젠을 이제까지 착용해 본 적이 없어서 여러 번 넘어졌다. 밋밋한 오름의 길과 달리 내려오는 길은 경사가 심했다. 하지만 말로 표현할 수 없을 정도로 환상적인 설국의 풍광을 보여주었다. 발에서 물소리가 나기 시작하고 식었던 땀이 다시 더워지면서 산을 다 내려왔다.

추억처럼 서귀포를 향하려던 마음을 접고 동행했던 사내의 차를 타고 제주로 와서 몸을 씻고 양말도 갈아 신었다. 그러나 젖은 등산화는 발에서 물소리가 나게 했다. 그렇게 걷다가 지리산에서 만나 친구가 된 후배 부부와 만났다.

그들과 저녁을 먹고, 올레 같은 밤길을 같이 걸었다. 그리고 그네들이 떠돌다가 귤꽃 피던 어느 봄날, 그곳이 좋아 깃들었다는 귤밭 가운데 세 들어 사는 집에 들었다.

"형, 산장 대피소라고 생각하고 한방에서 같이 자요."

작은 방에서 그날 밤 그네들과 함께 잠을 잤다. 대피소쯤이라고 생각하긴 했지만, 다음날 일어나니 많은 생각이 떠올랐다.

아침 일찍 일 나가는 후배와 함께 집을 나서면서 '내년 봄, 귤꽃 필 때쯤 다시 오겠다'는 말을 던져두고 완도로 가기 위해 여객선 터미널로 갔다. 아쉬움을 다시 그리움으로 남겨두고 배에 오르려는데, 그곳에 사는 분에게서 전화가 왔다.

"잠깐 기다려! 귤이라도 한 박스 가지고 가."

신협에 다니면서 직접 유기농 농사를 짓는 분이었는데, 무겁게 느껴지는 귤 한 상자를 건네주었다. 서울까지 오는 길이 버거워졌다. 다른 곳에 다녀가겠다던 발목을 그 귤이 잡는 바람에 아쉬운 마음도 들었다. 그러나 성탄 이브이기도 했으므로 다른 의미도 버무려 감사한 마음으로 집으로 돌아오는 발길을 재촉했다.

떠날 수 있다면, 현실의 치욕과 비겁함도 참고 견디어야 한다는 생각이 문득 들었다. 현실에서 벗어나고 대항하기 위해 떠나던 모습은 흐르는 세월 속에 그렇게 변해 갔나 보다.

✳
내 꿈은 꿀벌을 치는 농부

나 이제 일어나 가리, 내 고향 이니스프리로 돌아가리. 거기 외 엮어
진흙 바른 오막살이집 짓고 아홉 이랑 콩을 심고, 꿀벌통 하나 두고 벌떼
잉잉거리는 숲 속에 홀로 살리.

– 예이츠의 〈이니스프리 호도湖島〉 중에서

농부가 되겠다고, 아니 소설 《상록수》의 주인공 같은 농촌운동가가 되
고 싶다는 꿈을 가진 적이 있었다. 그래서 중학교를 마치고 내가 선택한
학교는 당연히 농업학교였다. 더러는 '똥통 학교'라고 비아냥거리던 농업
학교를 선택한 것이었다. 당시 유행하던 운동권 기질이 내게 있기도 했을
거라는 생각이 들지만, 비겁하게도 나는 아직 농부가 되지 못했다.

풋풋하면서 느끼한 향기를 내뿜던 아카시 꽃잎들이 떨어져 바닥에 쌓
일 무렵, 밤의 어둠 속에서 더 진한 향을 뿌려댄다는 것을, 그리고 아득히
기다리던 이가 있었다는 걸 기억해냈다.

초록빛으로 짙어져 가는 모습이 바다처럼 흐르는 오월의 숲에는 주로

흰 꽃들이 피어난다. 아카시 꽃, 찔레꽃, 불두화, 팥배나무, 때죽나무, 층층나무, 물푸레나무, 이팝나무, 쥐똥나무 등, 연초록 잎들이 잎맥을 진초록으로 촘촘히 채워갈 때 짙어져 가는 신록과 구별되어 벌과 나비들을 유혹하기 위한 모습일지도 모른다. 그 꽃들은 진하거나 순한 향주머니를 달고 향을 가득 채웠다가 날리곤 한다.

기다리던 이는 남녘 어딘가가 고향이라는, 벌 치는 사내였다. 그는 남녘 고향에서 아카시 꽃을 따라 칠곡과 김천을 거쳐 안성에서 얼마간 머문 다음 상경해 내가 늘 다니던 숲으로 난 오솔길 옆에서 꿀벌 식구들과 살고 있었다. 지금은 전설처럼 잊힌 이야기가 되었지만 제주에 유채꽃이 피는 춘삼월부터 양봉을 하는 이들이 꽃을 따라 북상하던 시절이었다.

몇 년 전, 숲으로 난 오솔길을 지나다가 늙은 아비와 함께 벌통을 옮기고 있는 것을 도와주다가 알게 된 사이였다. 몇 번인가 그곳을 지나다가 향긋한 아카시 꿀차를 마시며 세상 사는 이야기를 나누었다.

이제는 이름도 잊어버렸지만 오랜 친구처럼 내년에 다시 만나기로 약속도 했었다. 나이는 삼십 대 후반이고, 대부분의 농촌 총각들이 그렇듯이 그도 미혼이었다. 늙은 아비와 함께 초여름까지 강원도에서 마지막으로 벌을 치다가 고향으로 돌아간다고 했다.

향기로운 꽃을 따라 바람처럼 떠도는 그의 일상이 부럽다는 생각을 하곤 했는데, 해가 지날수록 꿀 따는 양이 줄어든다며 그의 순박한 얼굴에 짙은 그늘이 드리워지곤 시작했다.

아카시 나무는 1965년에 시작됐던 대대적인 산림녹화 때 목재로서의 가치보다는 민둥산의 토사 유실을 막기 위한 사방공사용으로 미국에서 들여와 주로 식재되었던 수종이다. 후에 왕성한 번식력으로 인해 천덕꾸러기가 되어 미움을 받기도 했지만 대표적인 밀원식물*로 자리매김했다.

하지만 지금은 밀원식물로는 수령이 절정기를 지났다고 할 수 있다. 특히 지난해 불어 닥친 사나운 태풍의 영향으로, 깊이 뿌리를 내리지 못하는 아카시 나무는 대부분 뿌리를 드러낸 채 쓰러져버렸다.

혹시나 하며 그가 작년에 머물던 곳이며 다른 여러 곳을 다녀보았지만 만날 수가 없었다. 꿀벌이 사라져간다는 것은 깊이 생각하지 않고, 다만 지구 온난화 현상이 가속화되면서 지역별로 개화 시기의 구분이 없어지고 있다는 것만 생각한 것 같다. 이제는 그의 고향보다 오히려 서울이 개화 시기가 빨라져 꿀을 채취할 수 있는 기회가 줄어들게 된 것이다. 전화번호라도 알아두었더라면 안부라도 물을 수 있을 텐데…….

아카시 꽃이 지니 찔레꽃이 절정이다. 그러나 낡아져 가는 세월처럼 향기도 흐려져 가는데, 당연히 보여야 할 모습이 보이지 않았다. 꿀벌이었다. 오래전부터 나타난 현상이었지만 확실한 원인도 규명되지 않은 채 잊고 지냈다.

꿀벌은 지구 상에 존재하는 생물 중 가장 조직적이고 부지런한, 인간의 기준으로 보면 훌륭한 농사꾼이다. 이맘때면 꿀 따는 일벌들의 웅웅거리는 날갯짓 소리가 귀가 따가웠다. 그리고 산 아랫집 벌통은 꿀을 따서 집에 토해내기 위해 들고나는 벌들로 미어지곤 했는데, 도대체 그곳에도 벌들이 보이지 않았다.

아인슈타인은 오래전에 이미 이러한 미래를 알고 있었던 것처럼 무시무시한 경고를 했다.

"꿀벌이 사라진다면 사 년 안에 인류가 멸망할 것이다."

인간이 존재하기 위하여 먹는 것은 식물의 열매가 대부분이고, 열매를 맺는 데 필요한 수분의 매개체로 꿀벌이 차지하는 비중이 70% 정도라니 그러한 경고가 가능했을 것이다.

종교적 이유로 종말을 말하기도 하고, 종말은 모든 것의 소멸을 바탕으로 한다. 그러나 나는 모든 것의 소멸이 아닌 인류, 즉 생물 중의 한 개체가 사라진다는 단순한 것을 생각해 본다.

인간은 그동안 대지의 온전한 주인인 것처럼 군림해왔다. 인간은 더 배부르고, 더 편리하고, 더 안락하고, 더 빠르고 쉽게 살겠다며 자연을 약탈하고 파괴하고 더럽혀왔다.

그러나 인디언들은, 그리고 오래전에 이 땅에 살았던 이들은 지금의 인간들보다 훨씬 더 현명했다. 인간도 자연의 일부라고 생각했고, 잠시 빌려 쓴다고 생각했다. 그리고 살아있는 모든 것에는 정령이 존재한다고 믿었다. 자연을 숭배하고 자연의 소리를 듣고 거짓을 말하지 않는 진실성과 겸손함을 두루 갖추고 있었다. 자연을 거스르며, 더 풍족하고 남들보다 더 멋진 삶을 탐하지 않았다. 자연을 보호해줄 때 자연도 인간을 보호해준다는 평범한 진리를 믿고 따랐다. 선택적 구원의 전제조건처럼, 당연한 예정처럼 세상이 시끄럽도록 종말을 외치는 것이야말로 인류의 종말을 현실화시키는, 어리석은 인간 스스로에 의해 도구적으로 작용한 재앙을 전제로 한 메시지가 되었다.

봄이면 한 해도 거르지 않고 돌아와 고향 집 토방 위 추녀에 집을 짓고 새끼를 키우던 제비가 어느 해부터인가 돌아오지 않듯이, 이제 그 벌 치는 사내를 다시 만나지 못할지도 모른다. 온통 숲을 윙윙거리는 소리로 채웠던 벌의 날갯짓 소리를 들을 수 없다는 것이 아쉽고 서운하다고 여겼는데, 이젠 무섭고 두렵기까지 하다.

언젠가 농부가 되면 꿀벌을 일곱 통쯤만 치겠다고 생각했다. 그래서 벌 치는 공부를 한다며 여러 차례 벌 치는 곳을 기웃거리기도 하고, 멀리서 벗이라도 찾아오면 달콤한 꿀차를 대접하겠다는 기대도 하고 있었는데, 이젠 농부가 되기도 전에 그 꿈을 접어야 하는 현실이 되었다.

그래도 농부가 되어야겠다는 것은 포기할 일이 절대 아닌, 서둘러야 하는 꿈이 되었다. 마음이 썩 내키지도 않고 자신도 없지만 진흙 바른 오막살이집도 하나 짓고 가난한 농부가 되겠다는, 미뤄두었던 꿈을 꾼다.

자동차야 진즉 없었고 궁상맞더라도 빨래 정도야 당연히 손으로 하기도 하지만 벌들의 비행로를 교란한다는 휴대폰도 없애야 할 것 같고, 아궁이를 들이고 구들을 깔아야 할 것 같다. 집 안의 화장실은 걸어 잠그고, 돌 틈으로 앞산도 보이고 위를 올려다보면 별도 달도 보이도록 작은 돌집을 세워야 하리라.

그래도 아는가, 혹시 꿀벌이 돌아와 나와 같이 살아줄는지…….

---

* 향기롭고 꿀이 많은 꽃을 피워 꿀벌들을 유인하는 꽃피는 식물

미련 곰탱이

　뜨거운 태양이 대지를 달구던 지난여름, 두터운 잎들로 하늘을 가린 플라타너스가 그늘을 만들어주던 서울대공원 구내를 달리고 있었다. 온몸이 땀에 젖어 살갗의 윤곽을 그대로 드러내며 달리기를 하는 모습이 지나는 이는 물론 본인이 보기에도 그리 유쾌하지는 않을 것 같았다.

　맹수 사를 지나고 말레이 곰이 사는 우리 주변을 달리고 있을 때였다. 갑자기 수컷 말레이 곰 한 마리가 울타리 가까이 달려나오더니 가슴을 치며 뭐라고 소리를 지르고 있었다. 처음 지날 때는 무신경하게 지났는데, 두 번째 지날 때는 다시 더 큰소리를 질러대 그 녀석이 뭐라고 하는지 나도 알아들을 수 있을 것 같았다.

　"대지를 뛰어다녀야 할 놈은 바로 나 곰이야. 얌마, 내가 밥을 달라고 했냐, 고기를 달라고 했냐, 왜 나는 이렇게 가둬두고 이 더운 날 도대체 너는 미련 곰탱이처럼 뛰어다니는 거야?"라며 야유하듯, 빈정거리듯 입에서 거품을 내며 고래고래 소리치고 있었다.

　"지가 미련 곰탱이인 줄은 모르고 감히 무슨 소릴 하는 거야."

가쁜 숨을 몰아쉬며 눈으로 땀이 흘러들어 짜증이 나는데, 그 녀석이 은근히 욕까지 섞는 것 같아 언짢았다. 그리고 말이야 바른말인 것도 같아 제풀에 무안해졌다.

곰이 미련 곰탱이가 아니라 제법 똑똑하다는 것을 알고는 있었다. 한갓 우화이기도 하지만 '나그네와 곰'이라는 이야기에서 인간들에게 의리라는 게 무엇인지 가르쳐준 것이 곰이었다.

그래도 '별난 곰이 다 있네'라며 그 미련 곰탱이는 까맣게 잊고 있었는데, 서울대공원에서 말레이 곰 한 마리가 탈출했다는 뉴스를 접하게 되었다. 그저 그런가 보다 했을 수도 있지만, 여러 가지 정황상 지난여름에 내게 야유를 퍼부었던 그 미련 곰탱이일 것 같다는 생각이 들었다. 갇혀있다는 것에 불만이 많은 특별한 곰탱이였기 때문이었다.

아무리 그런다 하기로, 원래 살았던 곳이 동남아시아인데다 동물원에서 편안하게 지내면서 겨울잠을 자보지도 않았을 터라 믿을 수는 없다. 추운 겨울날 산으로 가든 들로 가든 먹을 것도 제대로 없을 텐데, 역시 미련 곰탱이구나 하는 생각이 들어 안쓰러웠다.

지난 1996년 강릉 잠수함 침투사건이 있었다. 공식적으로 발표되지는 않았지만, 침투라기보다는 침투 후 북으로 복귀 중에 암초에 걸렸고, 사전에 어디선가는 침투 사실을 알고 있었다는 이야기도 있었다.

구월 중순이었다. 좌초된 잠수함이 발견된 다음 날, 한계령을 넘어 주문진으로 출동했다. 그리고 십일월 초까지 50일간 긴 작전이 이어졌다. 경찰, 예비군까지 연인원 150만 명 정도가 투입되었고 아군도 많은 인명 피해가 발생했다.

　주문진에서 다시 칠성산 단경골 계곡으로 이동하며 엄청난 병력이 투입되어 작전 중이었다. 개인적으로 거둔 전과는 초라했다. 승조원들이 갈아입고 버린 청바지에서 권총 탄알 몇 알을 쥐었을 뿐이었다. 당시, 작전 계획을 내려주는 이들이 한심하다고 생각했다. 물론 군사학교 성적이 우수했던 적이 없었으니 그렇게 생각하는 것도 무리가 있었지만, 아무튼 한심했다. 투입된 병력의 숫자로 해결될 일이 절대 아니라는 생각이 들었기 때문이었다.

　토끼를 잡으려면 토끼의 행태를 잘 알아야 토끼를 잡을 수 있다. 토끼들은 늘 다니던 길로만 다니기 때문에 발자국을 보고 올무를 놓는 것처럼 말이다. 공작원들에 의해 사살된 승조원들을 제외하고는 '1개 군단과도 바꾸지 않는다'는 정예요원들이었다.

　주말에 청계산에 갔다. 막걸리 한 병과 통조림 몇 개를 사서 배낭에 담았다. 탈출해서 닷새쯤 지난 말레이 곰의 안부가 궁금했다. 건방지게 나에게 감히 야유를 보내기는 했지만 날도 추운데 먹을 것도 없는 눈 덮인 산에서 어떻게 지내는지 궁금했기 때문이다.

　탈출했던 날 헬기까지 동원해 대대적으로 뒤를 쫓기는 했지만, 내부분 활엽수림인 지역으로 멀리서도 움직이는 물체가 훤히 노출되는 계절이었는데도 행방은 오리무중이었다. 다시 작전에 참가했던 시절로 돌아가 기억을 되살려보았다. 수풀이 무성한 계절에 수색작전을 하는 것이 얼마나 어리석은 것인지 절감했다. 미군들이 월남전에서 고엽제를 뿌린 그 야만을 그 순간만큼은 이해할 수 있을 것 같았다.

말발이 서지 않을 위치였지만, 나는 오대산으로 작전지역을 옮겨가야 한다고 생각했다. 병력 배치는 최소화하고 외딴 민가지역을 중심으로 군사용어로 '편의대'를 편성하여 작전하는 것이 아군에게 유리하다고 나름 판단한 것이다. 그곳에 사는 주민처럼 위장하여 소규모의 인원으로 작전을 해야 하며, 여론을 의식하지 않을 수 없다 하더라도 조금은 느긋하게 기다려야 한다는 생각이었다.

작전 내내 공작원들은 작전지역을 한참 벗어나 늘 앞으로 북쪽을 향하고 있었다. 가을이었으니 산에서 구할 수 있을 야생열매 등 먹을거리들이 있었지만 그것만으로는 결코 해결할 수 없을 것이라 여겼다. 얼마 후 버섯을 따러 갔던 민간인들이 오대산에서 그 공비들에 의해 피해를 입었다고 보도되었다.

청계산으로 오르는 등산로를 차단하니 주변 상인들이 아우성이었다. 다시 등산로를 열어놓기는 했지만 등산로는 한산했다. 포획에 나선 경찰 병력, 공원 직원들의 초조한 모습을 피해 등산로가 아닌 골짜기로 들어섰다. 골짜기를 지날 때 큰 바위 밑에서 무슨 냄새가 나는 것 같았다. 머리칼이 서기도 했지만 만나러 왔으니 그곳으로 갔다. 과연 곰탱이가 컴컴한 바위 안에 몸을 숨긴 채 엎드려 있었다.

처음엔 적의를 보이기도 했지만 지난여름에 한번 본 모습을 기억하는 것도 같았다. 배낭을 열어 막걸리를 꺼내 흔들어 한 잔을 권했다. 킁킁거리며 냄새를 맡다가 기별도 안 간다는 듯이 단번에 마셨다. 꽁치 통조림을 열어 돌 위에 쏟아놓았다. 안주처럼 한 깡통을 금세 먹어치웠다. 그렇고 그런 얘기는 치우고 농담처럼 한마디 물었다.

"야 곰탱아, 니가 우리를 나간 이유가 말도 안 되는 연상녀 곰탱이 때문이라는 소문이 있던데, 사실이냐?"

곰탱이는 어이없다는 듯이 막걸리나 한 잔 더 달라고 했다. 막걸리를 단번에 비우고 난 곰탱이가 입을 열었다.

"지난여름 너도 한심하더구나. 인간들은 생각한다는 것이 어찌 다 그 모양이냐. 너희 인간들은 종족 번식을 위한 것이기도 하다지만 시도 때도 없이 유희처럼 즐기기만을 위해 이런저런 의미를 부여하며 그 거룩한 행위를 남용하지 않냐. 그러나 우린 단지 종족번식을 위해서 할 뿐이다. 즉 짝이 있다고 해도 나 같은 수컷의 의지와는 상관없이 준비가 되어 한정된 시기에만 할 수 있는 것이란 말이다. 물론, 너희 인간들로 치면 중년도 아닌 할머니라 해야 할 정도의 연상이기도 해서 그렇게 생각할 수도 있었을 거라는 생각이었다고 치자. 물론 그 늙은 곰탱이 누님이 수태 능력이 있을지도 모르지만 그런 능력이 있다 하더라도 그것도 다 때가 되어야 하는 거야. 그런데 지금은 겨울이잖아. 지독한 연상의 곰탱이 누님이건 누구건 그것과는 관계없이 지금은 아무런 준비가 안 된, 아직 봄도 아닌 겨울이란 말이야."

"그럼 그것 말고 다른 이유가 뭔데?"

"이유는 뭘, 하루를 살더라도 그 우리를 벗어나고 싶었을 뿐이야. 말이야 바른 말이지, 너는 우리 안에 사는 게 아무리 곰이라고 해도 할 짓이라고 생각하냐. 그런데 막상 나와 보니 그 우리가 그립기도 해서 후회가 되기도 해. 하지만 이 산중에서 굶기나 얼어 죽더라도 다시 돌아가고 싶지는 않다. 나도 나를 잘 모르겠어. 너무 춥고 배도 고프고 그래서 비겁하더라도 돌아가야겠다는 생각이 들기도 해. 그래서 미련 곰탱이라는 말이 생기기도 했겠지만 말이다."

"야 곰탱아, 아주 옛날에 호랭이가 담배 피우던 시절 이야기이기도 하지만, 햇빛을 보지 않고 토굴에서 백일 정도 쑥과 마늘만 먹고 기도를 하며 견딘 곰탱이가 사람이 되기도 했다는데, 너는 그렇게 된다면 해볼 생각이 있냐. 내가 쑥과 마늘은 구해줄 테니까."

곰탱이는 다시 어이없다는 듯이 웃었다.

"야, 내가 인간으로 바뀌어 무슨 큰 영화를 보겠다고 백일씩이나 마늘만 먹고 견디냐. 너는 그럴만한 가치가 있다고 자신 있게 나에게 권할 수 있냐, 있냐구. 그냥 곰탱이로나 살아가야지."

가져갔던 통조림 두 개를 건네주었다. 그리고 정 배가 고프면 전화라도 하라며 전화번호를 알려주었다. 내가 도와줄 수 있는 것도, 더 이상 권유할 말도 없었다. 그리고 산을 내려왔는데, 어젯밤 늦게 전화가 왔다. 배가 너무 고파 노점의 천막을 헤치고 라면과 소시지를 훔쳐 먹고 가게 전화를 쓰고 있다고 했다.

"이젠 그만 들어가야겠어, 아니 잡혀주어야겠어. 너나 나나 사는 게 어차피 비겁하거나 치사한 거 아니겠냐."

4부

달님, 꽃님과 나눈 이야기

달님과 나눈 이야기

잠결이었는데 바람 소리처럼 창문 두드리는 소리가 지나는가 보다. 누운 채로 눈을 뜨고 창 있는 곳을 보았다. 스무엿새 하현달이 창문을 두드리며 지나가고 있었다.

동지가 지난 겨울밤이면 하현달이 기울어져 창문을 두드리고 가는데……. 일어나 창문을 열어주었다. 차가운 빛이 내 뺨을 만져주었다.

"홀로 밤길을 가는 것이 외롭기도 하거든. 너도 외로운 것 같아서 잠시 말이라도 건네어 보려고 문을 두드렸어."

"바람도 차가운데 너는 자정이 지난 늦은 밤길을 가는 거니?"

"초생에서 꽉 채워지는 보름까지는 설렘처럼 외로움도 모르게 초저녁에 오기도 하는데, 내 모습을 조금씩 감추면서부터는 제풀에 외로워져서 설움처럼 자정이 지나서야 다니기도 해."

"아마 모습을 지워가면서 비운 곳에 그리움을 채우는 것이 아프기도 하고 외롭기도 해서 그럴 거야."

"너도 그런 적이 있어?"

"그럼, 그리움은 너처럼 내가 작아져 가면서 더 커지는 것 같았어."

"그리움은 그리움 자체로만 존재하지는 않아. 이 골 저 골의 빗물이 모여 외줄기 강물이 되고 강물은 흘러 바다로 가고 바다에서 강물은 짠물과 섞여져 다시 구름으로 피어올라 비를 만들어 내리듯이, 그리움은 한줄기 외로움으로 흐르다가 외로움이 짠물에 섞여들듯이 괴로움으로 흐르기도 하지. 그리고 다시 구름처럼 그리움으로 피어오르는 거야. 그래서 그리움은 순환처럼 처음의 그리움으로 다시 돌아가기도 하는 거야."

"그래도 너는 네 이름처럼 달이 바뀌면 다시 커지기도 하잖아?"

"그래서 더 외로운지 몰라. 그러니까 밤으로만 다니는 거지. 너와 내가 외로운 것은 세상에 단 하나뿐이기 때문일 거야. 누군가 자기가 여자로 태어날 수 있다면, 너처럼 그믐달 같은 여자로 태어나고 싶다고 했거든."

"그 남자 멋지지, 이름도 멋진 남자야."

"나는 이름이 멋진 사람을 좋아해. 네 이름 그믐달처럼……. 그리고 그 멋진 남자는 너를 보는 사람들에게 짧게 이야기를 했는데 한번 들어봐."

"'정 있는 사람이 보는 중에, 가장 한 있는 사람이 보아 주고, 또 가장 무정한 사람이 보는 동시에 가장 무서운 사람들이 보아준다' 했어."

"그렇다고 '한 있는 사람만이 보는 것이 아니라 늦게 돌아가는 술주정꾼과 노름하다 오줌 누러 나온 사람도 보고, 어떤 때는 도둑놈도 본다' 고도 했어."

"그런데 너를 보는 사람들은 그저 그렇기도 하네. 그리고 어쩌면 깊은 산중에 홀로 있는 이보다 무리 속에 있는 이가 더 외로울 거야.

누구나 비인 곳을 채우고 싶어 하지만, 채우면 채울수록 그만큼 외로움의 부피는 더 커지기도 하거든."

"그래도 너는 달이 바뀌면 새로 올 수도 있잖아."

"아냐, 나는 작아지면서 그믐날 새벽녘에 와서 해가 뜨면 작은 조각마저 다 태우고, 작은 씨알 하나가 바다로 떨어져 새로 생겨나면 새 달이 오는 거야."

"그래서 바다는 새 달을 키우기 위해 밀물 썰물을 하루에 두 번씩 들고 나게 하는 거고, 너를 만나 외로움이 조금은 가셔졌어."

그리고 다시 내 뺨을 한번 비춰주고는 창을 비켜나갔다.

*

오래 보아야 사랑스럽다

입춘이 지나고 우수, 경칩까지 지나자 산 너머 남촌에서 불어오는 바람이 한결 가벼워지고 봄볕도 화사해져 갔다. 겨우내 모진 추위 속에서도 지난 늦가을에 심었던 마늘은 병아리색 같은 노란 싹을 키워내고 있었다. 월동을 위해 그 위에 덮었던 볏짚과 두엄을 걷어내자 처음에는 추위에 웅크리는 듯했지만 이내 푸른 봄빛으로 변해갔다. 봄이 오는 내 고향 집 돌담 울타리 밖 텃밭에 제일 먼저 오는 변화였다. 그리고 돌담 아래서는 해마다 보라색 제비꽃이 피어났다.

봄비라도 내리면 들녘 보리밭은 온통 푸르러지고 앞마당 화단에는 원추리, 상사화, 백합, 국화, 키다리, 작약, 옥잠화 등의 탐스런 여러해살이 꽃의 새싹들이 올라왔다. 그리하여 사월이 되면 텃밭은 푸르고 싱싱한 빛으로 가득 찼다. 그리고 벌거벗은 민둥산에도 불이 붙은 것처럼 진달래가 피어났다.

먹고사는 것이 팍팍하던 시절이었지만 어머니는 화단엔 곡식이나 채소를 절대 심지 않았다. 남의 집에 마실 다녀오시다가 새로운 꽃이 있으면

한 뿌리라도 얻어 와 심으셨다.

지금 생각해보면 그것은 우리네 어머니들이 겪어야 했던 모진 시집살이 속에서 누렸던 멋이고 풍류가 아니었나 싶다. 구석구석 작은 공간도 허투루 내버려두지 않고, 꽃이며 먹을거리를 심어 효율적으로 활용했던 어머니. 그때부터인지 모르지만 나는 꽃을 무척이나 좋아했다.

이웃집에 살던 같은 반 여자 동무가 있었는데, 그 집 장독대가 있던 뒤꼍에 작약이 소담스럽게 피어나는 오월이면 그 동무는 꽃을 꺾어 나에게 건네주곤 했다. 교실 화병에 꽂아놓으라고 전해준 것이었다. 그 여자 동무도 내가 꽃을 좋아한다는 것을 알기 때문이었을 것이다.

산길이나 들길 따라 걸으며 들꽃들과 이야기를 하고 싶어졌다. 언젠가 나태주 시인의 〈들꽃〉이라는 시가 좋아 아는 분에게 멋지게 글로 써달라고 해서 액자에 넣어 거실에 걸었다.

자세히 보아야 예쁘다

오래 보아야 사랑스럽다

너도 그렇다

　　　　　- 나태주 〈들꽃〉

프리지어

내가 이른 봄에 좋아하는 꽃은 프리지어다. 퇴근길에 사무실에서 서울역까지 걸어 다니곤 하는데, 복원 공사 중인 남대문을 곁에 두고 거리에서 꽃을 파는 사내와 친해졌다. 이른 봄, 그 꽃 파는 사내를 만난 뒤 내 마음에도 꽃이 피어나기 시작했다.

절기상 입춘쯤이 지나면 누군가를 기다리듯 꽃집 앞을 기웃거리곤 했다. 덕수궁 높다란 대문 앞을 지나 신호등을 건넜을 때, 멀리 환한 불빛이 피어나고 있었다. 그 불빛은 봄을 기다리고 있는 듯했다. 그 형상은 마치 좋아하는 꽃이 설렘 속에 피어나는 모습이었다.

단순히 국보 1호로 정한 문화재의 소실이 아닌, 이 땅의 역사가 불에 탄 것이었다. 아무리 원형으로 숨결의 정신과 모습을 복원한다 하더라도 다시 되돌릴 수는 없는 일이다. 참담하게 불길이 일렁이며 서까래가 무너져 내리던 그 부끄러운 모습을 가린 숭례문이 건너다보이는 곳에서, 그 사내는 꽃집을 하고 있었다.

단순히 도성을 들고나던 문이 아니라 이 땅의 자존심이었을 지엄한 문에 불을 지른 사내는 보상금 때문이었다며, 치사한 변명을 늘어놓았다. 그 변명의 이유가 이 시대를 살아가는 음습한 우리의 자화상일 수도 있을 거라는 자괴감이 들기도 했다.

퇴근길에 그 꽃집 앞을 지나며 가난한 꽃집을 열고 꽃처럼 웃어주는 그 사내와 인사를 나누는 사이가 되었다. 가난한 꽃집 주인이었지만, 그 사내가 아닌 나에 대한 연민처럼 거리의 꽃집이라는 가난함 속에서도 환한 미소를 보여주는 그 사내가 좋아졌다.

지난겨울은 차가운 바람을 맞으며 서너 번쯤 알록달록 양말을 줄지어 놓고 있는 그 사내를 마주치는 날이 드물었다. 입춘쯤 지나며 꽃집 앞을 기웃거리며 기다리기도 했는데, 과연 거리의 꽃집엔 온통 프리지어가 만발해 있었다.

꽃집 사내와 반갑게 인사를 나누었다.

"지난겨울은 너무 길고 추웠지요."

"그래도 봄이 와서 이렇게 프리지어가 만발했네요."

둘 중 누가 더 프리지어 피는 봄을 간절히 기다렸을지 따져보고도 싶었지만, 그 사내만큼은 절대 아닐 것 같아서 나오던 말을 밀어 넣었다. 그 밤에 딱히 건네줄 이도 없어서 두리번거리다가 작은 목소리로

"딱 한 단만 주세요!"라고 말했다.

그렇게라도 나는 기다리던 봄을 사고 싶었는지도 모른다. 수선과 난초를 닮았으나 까탈스럽지 않아 보이는 꽃. 딱 한 단이냐는 것 때문에 치사하다는 것은 아니었을 테지만, 지갑을 꺼내는 내 모습을 보고 그 사내는

손사래를 쳤다.

　그러나 나는 거스름돈도 받지 않고 가야 할 길을 달렸다. 나는 그와 그리움처럼 프리지어 피는 봄을 그렇게 나누었다. 배낭 옆에 프리지어를 꽂고 전철역을 나왔을 때 문득 〈지게꾼과 나비〉라는 언젠가 교과서에서 본 동시가 생각났다.

　나뭇지게에 활짝 핀 진달래가 꽂혔습니다.
　어디서 나왔는지 노랑나비가 지게를 따라서 날아갑니다.
　뽀얀 먼지 속으로 노랑나비가 너울너울 춤을 추며 따라갑니다.
　　　　　　　　　　　　　　　　　　　　　　－ 신영승 〈지게꾼과 나비〉

　나뭇지게처럼 배낭 멘 사내를 따라 노랑나비가 너울너울 춤을 추며 따라오는 듯싶었다.

*

돌나물 꽃

아직 쌀쌀한 어느 봄날의 주말 오후, 집을 나설 때 보니 집 앞 화단에서 푸릇푸릇 돌나물들이 새순을 피워내고 있었다.

여름이 가까워지면서 돌짝밭에 무리지어 피는 돌나물 꽃도 예쁘지만 깨진 옹기에 심었던 돌나물 꽃이 더 예뻤던 기억이 났다.

푸릇한 생명으로 피어나는 돌나물 새순들을 보면서 봄을 느꼈다. 날 무르익어 그 돌나물 꽃 피어날 봄날을 기다리면서 …….

개울가에 버려진 깨진 옹기 하나 주워온

이른 봄날

두레박이 있던 우물가

돌 틈 사이로 삐죽삐죽 새순을 피우던

돌나물 한 움큼 옮겨와 묻어두었을 때

어차피 기는 삶이거늘

돌나물은 여기가 내 땅이라며

설움도 참아내고

허튼 몸살도 없이 기어나와

잎을 피우고

푸른 오월 모란이 서럽게 져 내리던 날

노란 별무리로

순하게 피어나던 돌나물 꽃인데

그 그리움으로 피어나는

돌나물 새순처럼

돌나물처럼 피어나는

봄날이야

연초록 꽃

　　퇴근길에는 아무리 늦은 시간이라도 방배역에서 내려 방배동 성당을 지나 언덕에 있는 작은 산길을 지나곤 했다. 그런데 사월 봄날, 언덕에 올라서서 밤하늘을 올려다보았을 때 그 감동이라니!

불꽃도 올리지 않고
여우불 같다며 번져가던 봄 불처럼
피는 건 기다림이었다가
사태 지듯 순간으로 피워진 봄꽃들이
한나절 봄꿈처럼 무심히도 져 내린 대지에
그 꽃잎 따라 흩뿌리듯 비로 적셔지던 밤

방배동 성당을 지나며 침윤처럼 어둠이 져 내리고
스무 날 하현달도 가린 떡갈나무 숲을
그림자 동무도 없이 지났더이다

공복의 허기 같은 서러움일지 외로움일지

하늘을 올려다보았을 때

아! 숭얼거리듯 비에 젖어 피어나는 그

연초록 떡갈나무 잎들이 뿌려내는

전율 같은 환희

온몸에 공포처럼 소름이 스멀거리며 피어나더이다

광야에서 밤을 지새우며

기도 중에 신의 음성을 들은 선지자마냥

엄마 손에서 떨궈져

눈물마저 땟국으로 번져 말라갈 때

다시 어미 만난 어린아이마냥

그 숭얼거리는 연초록 이파리

설렘과 희열과 환희가

떡갈나무 숲에 넘쳐나더이다

스무날 하현달이 궁금처럼

그 숲에 찾아들 때까지

한그루 떡갈나무처럼

봄밤에 그렇게 오래 서 있었더이다

찔레꽃

'들장미'라는 가곡의 시작처럼, 소년은 찔레꽃 향기를 탐낸 적이 있다. 향기로운 찔레꽃을 그리움처럼 기다리기도 했다. 그래서 어린 시절 염소를 데리고 들길을 다니며 산밭 모퉁이 돌 덤불에서 산새들과 들꽃들과 더불어 들장미로 서 있고 싶다는 생각을 한 적이 있었다.

찔레꽃으로 피어나고 싶다

척박한 돌 덤불에 뿌리를 내리고

억센 줄기로 가녀린 순을 올리고 싶다

태양이 뜨거워지고

원숙한 여인처럼

연초록 잎들이 초록으로 짙어져 가면

봄의 이별처럼 화사하면서도

왠지 모르게

서러운 모습으로 피어나고 싶다

아름다운 음악이나 남기고

들장미 리듬처럼

바람에 져 버린 슈베르트처럼

노란 꽃술을 촘촘히 세우기도 하지만

먼저 다가가지 못할 것 같은

하얀 순정처럼

명성이나 인정에 연연해하거나

바라지도 말고

밤꽃

찔레꽃이 지면 밤꽃이 피어나기 시작한다. 꽃은 꽃이되 사내 같은, 어쩌면 꽃도 아닌 것 같은 것이 밤꽃이라는 생각이 들었다.

푸른 유월로 눈이 내렸던가

푸릇한 눈발로 눈이 부시도록 꽃이 피던가

꽃은 꽃이로되 사내인가

꽃도 될 수 없는 것이

향기는 저리도 도발처럼 풍겨내는가

유월의 대지는 저절로 무르익어 짙어지는데

어찌 저절로 다 짙어갈 수 있으랴 하는 넋두리인가

가려지고 숨겨진 것이 바람처럼 스치던 날에

응어리진 여인의 숨겨진 정염이런가

엉기고 태우지 못한 처연한 춤사위모양

갈래갈래 부서지듯 풀어 제쳤던가

*

수련

초여름이면 기다리는 꽃이 있다. 바로 수련이다.

연못은 연이 사는 못을 말하는데 연이 살지 않아도 당연하다는 듯이 '연못'이라 부른다.

아무도 오지 않는 한낮에 태양이 이글거리는 연못이 나는 좋다.

연도 좋아하지만 수련을 더 좋아하지요

그래서 연못을, 여름을 모네도 좋아하지요

해 뜨는 아침을 기다리는지

별이 흐르는 밤을 기다리는지

꽃숭어리를 열기도 오므리기도

그래서 헤프지 않아 보이는

그 모습을 좋아하지요

차운 물길로 긴 꽃대를 밀어 올리는

그래서 뜨거워지는 태양을 기다리는

그 열정을 좋아하지요

흐린 진흙에 뿌리를 두었지만

청초한 잎을 틔워 물을 구별하고

화려하지만 결코

미혹되지 않는 꽃을 피워내는

그저 보기만 해도 좋아서 미소가 번져나는

가면서 보고 오면서 봐도

내일 또 보고 싶어지는 그 모습을 좋아하지요

수련이 피면

지나간 유년처럼

동그라미 물방개며 소금쟁이를 그리워하고

연못을 여름을 모네를 좋아하지요

아침을 기다리는지 저녁을 기다리는지

그 흐린 물속처럼 알 수도 없지만

화려하지만 흔들려지지 않아

그래서 수련을 좋아하지요

※

바위채송화

칠월로 태양이 뜨거워지면 산정에 예쁜 산채송화 꽃이 핀다. 척박한 돌
틈 사이로 아무에게나 보여지지 않게 피어난다.

본디 너의 이름은 바위채송화라지만
처음 알았던 이름으로 나는 산채송화가 더 좋아
바위보다는 그냥 산이 더 좋아서

고향 집 앞마당 돌담 아래 피어나던 채송화 꽃은
누이동생 이름처럼 그 이름이 좋아
가끔 부르고도 싶은데

지난겨울 밤
별똥별이 떨어진 곳이었는지
찬 서리 지난 늦은 봄으로 싹을 틔우고

이제 환한 낮에도

별로 빛나기 위해 피어난 너

산정의 바위틈

척박한 대지에 뿌리를 내리고

태양이 뜨거워지는 여름날로 피어난 산채송화야

나리꽃 원추리 꽃처럼 짙은 화장에

향수도 바르고

바람에 흔들거리며 보아달라는

유혹의 망설임도 떨쳐낸 수줍은 모습인데

가던 길 멈추고 주저앉아야

너를 볼 수도 있는데

오래볼 수 있어야 마음으로 별이 뜨기도 하는데

안개에 젖어들어 물방울을 머금고 빛나는 네 모습처럼

내가 꽃이라면 산채송화 너처럼 피어나고 싶어

가던 길을 멈추고 주저앉아서 나지막이 연인을 부르듯

산채송화야

네 이름 부르고 싶어 산에 오르고

내가 꽃이라면 산채송화 너처럼 피어나고 싶어서

나는 칠월의 산을 또 오른다

능소화 꽃

반상의 구별이 있던 시절 주로 반가에서 피었다고 한다. 지존의 사랑을 한 번쯤 받고 그만이었다는 여인은 그 발소리를 기다리다 지쳐 지쳐서 세상을 떠났다.

그리고 울 밑에 묻어주기를 청했다는데, 다음 해부터 능소화가 피어나 그 처연한 기다림처럼 울이나 나무를 타고 올라가 밖을 볼 수 있을 때 그 짙은 정념처럼 강렬하게 그러나 그 전설처럼 얼마간 애처롭기도 한 모습으로 꽃을 피워내게 되었다.

능소화 피어날 때부터 이야기를 건네고 싶었는데, 지던 날에나 말을 건네 보았다.

> 한걸음 또 한걸음
> 무심한 세월의 사다리 타고 올라
> 먼 기다림으로
> 울 밖을 내다보게 되었을 때

칠월의 태양은

해후의 전심처럼 뜨거움을 보태주고

절절한 그리움인지

바라다볼 부끄럼인지

분홍보다 진하게 꽃잎을 열고

짧은 여름밤 지나도록

도포자락 끌며 오려나

울을 넘어 붉어진 마음

꽃잎처럼 접지도 못했는데

칠월이 다 가도록

기다리는 임은 아니 오시고

그리움은 그리움인 채 붉어진 마음으로

그 마음 그대로

지기도 하던 날에

*

호박꽃

밀 보리타작이 끝나는 칠월이면 돌담을 덮어가며 호박꽃이 피어나고 방앗간 마당에는 바람에 흔들리며 국수발이 말라갔다.

뒤돌아다보면 그 시절, 칼국수 수제비며 밀로 만든 먹을거리가 없었더라면, 부엌 천정 채반에 매달렸던 그 까만 보리밥처럼 깔깔해졌을 거라는 생각에 별스럽게 고마움이 더해진다.

그리고 그 밀로 만든 먹을거리가 주는 포만감과 미각과 연이어 생각나는 것이 바로 호박이었다. 국수 위에 놓여 그저 별개가 아닌 국수로 씹어지던 그 애호박 볶음과 공을 들여야 먹을 수 있던 칼국수에 들어있는 퍼릇한 애호박 가락은 밀가루로 만든 먹을거리와 절대 별개가 되지 않고 조화를 이루고 있었기 때문일 것이다.

그 고단한 일상 중에도 국수에는 애호박 고명이 반드시 얹어져야 한다며 어머니는 허리가 굽어진 뒤에도 그 번잡스러움을 던져버리지 못하셨다. 그러다 보니 별스럽게 우려낸 국숫물에도 그 퍼릇한 느끼함이 더해지지 않으면, 그저 한 끼 때웠다는 아쉬움으로 남을 수밖에 없다.

호박꽃도 꽃이냐고요

호박꽃이 피면

초가집 장꽝 뒷간 돌담 사립문 부뚜막 토방 토끼집

이제 흐려져 가는

이름 말들이며 풍경들이 같이 피어나지요

호박꽃이 피면

애호박 한 광주리 가득 이고

십 리도 넘는 길 광천 장에 다녀오신

어머니 얼굴이 피어나지요

돌아온 광주리엔 먹갈치 두어 마리

구문 칠 검정고무신 한 켤레

지난여름 장맛비에 불어난 개울물에 떠내려 보낸

검정고무신 한 짝도 서럽게 피어나지요

호박꽃이 피면

십오 원 하던 삼양라면 한 봉지에

한 바가지 물을 붓고

기름이 떠다녀 늘 젓가락이 아쉽기만 하던 부뚜막 앞에

버짐 핀 얼굴들이 피어나지요

호박꽃이 피면

수제비 칼국수 그 여름 저녁을

달큰하게 뜨겁게 하던

퍼릇한 느끼함이 피어나고

호박나물 비릿하게 기어 다니던

새우젓도 피어나지요

호박꽃이 피면

송사리 미꾸라지 피라미 보글보글 끓던

양은냄비 속 고추장 냄새가 피어나고

까끌까끌 호박잎에 밴 밀개떡 퍼릇한 내음도

데쳐진 호박잎에 얹히던 강된장 냄새도 피어나지요

호박꽃이 피면

사카린 달큰함이 배인 늙은 호박 노란 속살

푸실 푸실 피어나지요

호박꽃도 피어나냐구요

호박꽃은 꽃이 아니라

그리움을 피워내는 풍경이지요

*

옥잠화

하늘을 향해 키를 키우고 가지를 벌리며 뿌리를 뻗은 대지는 불타는 팔월의 태양 아래 더 이상 뻗어 나가기를 멈추고 속을 채워가기 시작했다. 그래서 팔월의 대지가 내는 향기와 빛은 단내가 나고 농염한지도 모른다.

칡꽃을 피워내기 시작한, 태초부터 그러했던 것 같은 짙고 푸른 그림자를 드리우고 있던 숲으로 엷은 햇살이 얼마간 비집고 들어오기 시작하고 그 햇살은 작은 오솔길 가에 들꽃들을 피워내기 시작했다.

내 고향 팔월은 옥잠화가 피는 계절이다.

누군가 손짓하며 부르는 듯

가던 길 멈추고 뒤를 돌아다보았을 때

부르는 그 달빛에 젖어

달콤한 향기 흘리며 피어나기 시작하는 옥잠화여

그 달콤한 꽃술에 입 맞추고 돌아섰는데

이른 봄이면 고향 집 뜨락에서

연두색 싹을 틔우고

뿔고동 같이 말려진

연두색 잎이 펴져날 때가 제일이며

뿔나팔 같은 꽃잎을 펼치기 전

백옥 비녀 같은 모습일 때가 그 다음인데

돌담 그늘진 곳

촌색시처럼 수수한 모습이었는데

여름의 끝을 가져다가

팔월의 밤이면 순백의 꽃잎을 열고

가던 길 다시 돌아서게 하는

그 달콤한 향기라니

태양이 뜨거워지는 팔월이 가져오는

그 청초한 자태처럼

허물처럼 한 번이라도 밤에 피어나는

그런 옥잠화 같은 여인이 있다면

한번쯤 만나보고 싶기도 한데

그래서 옥잠화 피는 팔월의 밤은

이토록 뜨거운가 보다

*

개똥참외

누구랄 것 없이 배고픈 시절이었다. 까맣게 그을린 몸에 뱃고래만 커진 아이들은 여기저기 개똥참외를 자기가 제일 먼저 보아 둔 것이라고 정해 두기도 했다.

허기만큼 커진 뱃고래에

설익은 참외 씨 두어 개 붙이고는

여기저기 온동네 개똥참외 잘도 맡아 놓았다가

한 번도 노란 참외 따먹지도 못하더니

세월처럼 주름도 늘려간 사내

찬바람 나면 가을 탄다며

사치스런 외로움 풀어내더니

길거리 처자들 사팔뜨기 눈으로 힐끔거리다가

여기저기 예쁜 처자

맡아놓고 다니냐며 핀잔도 들었는데

산 그늘 목화밭이나
갈바람에 여물어가는 콩밭에서
몰래 몰래 익어가던 노란 개똥참외 보았을 때
째지도록 흐뭇한 희열 같은 일들이
다시 오거나 생겨날 수 있을는지

여름도 다 지나 큰 물에 흐르다가
풀섶에 몸을 묻혀 싹을 틔우고
노랗고 순한 꽃도 피우더니
배꼽 달린 참외가 커져가는 개울가

아침저녁 찬바람에 시들어 갈 햇살처럼
청참외로 커지다가 시들어 가겠지만
개똥참외 여기저기 맡아두던
그 시절이 그리워
강아지풀 여뀌 잎에 몰래몰래 감춰두고
참외처럼 파랗던 소년으로 돌아가는 가을이야

고마리 꽃

이른 봄 개울에 작은 새싹들이 피어난다. 고마리 새싹들이다. 여름이 시들어가면서 그 개울가에 물봉선이 피고 지면 작은 보석처럼 고마리 꽃들이 피어난다.

지지리도 궁상맞고 촌스럽다며 떠나간 그녀에게
달이 바뀌고 편지가 왔습니다
'삶이 그대를 속일지라도 슬퍼하거나 노하지 말라
슬픈 날은 참고 견디라 즐거운 날은 오고야 말리니……'

오래전 시골 이발소 벼름박에 걸려 있던
밀레의 '이삭 줍는 여인' 그림 속에서
파리똥 묻히며 기어 다녔는데
보드카 냄새도 나는 것 같은 싯귀들이
그 편지지 위에서 징그럽게 기어 다니며

남루한 삶에 한 자락 헌사처럼 던져졌습니다

'다음에 올 때면 그대여

저승에나 갔던 듯 돌아오게

저승이 저 하늘이라면

여기서 하늘이 참 가까우니

별 냄새도 조금 나고

바람 때도 조금 묻혀서

산모래 부서지듯 부서지듯

부끄럽게 부서지며 오게'*

삶의 질곡을 지나고

'죽음과 삶의 틈새로 보이지도 않을 이음새가 있다'는

시인의 넋두리인지

자신의 넋두리인지로 마무리했는데

산다는 것이 가끔씩

바람 든 무 씹는 것처럼 퍽퍽하거나

때로는 어둔 밤하늘조차 쳐다보지 못할

치욕스럽기도 한 것이라지만

날이 가면 조롱하듯 찌그러져 갈 달밤에

벌레 같은 싯귀들을 발로 비비고

개울가로 나갔을 때

시리도록 하얗게 고마리 꽃은 피어나고

시궁에 온몸을 담그고도

누구도 보아주지도 않고 이름도 아는 이 드문

돼지풀이라는 이름으로 쌔고 쌘 천한 들풀이라도

이렇게 자세히 보면

순하고 여린 아름답기 그지없는

꽃으로 피어날 수 있음을

지난여름 사나운 큰물

여린 순 여러 번 할퀴고 지나갔지만

죽음 같은 시련이라도 부러진 몸 다시 곧추세우며

아무 일 없었다는 듯

여리고 고운 꽃 피워내는 거라고

그저 그런 들풀인가 싶지만

주저앉아 자세히 보면 빛나는 보석 같은데

그래서 산다는 것은

악취 나는 시궁에서도

주검 같은 절망 속에서도

아는 이 없어 보아주지도

불러주지도 않는 이름이라도

때가 되면 이렇게 피어나는 것이라고

씨앗들이 여물어 봄이 오면

제일 먼저 싹을 틔우고 다시

이렇게 꽃을 피울 거라고

고만고만 고마리 꽃은

누구나의 삶처럼 보름달이었다가

이지러져 갈 달을 이고

천상의 정원으로 흐드러졌다

---

* 강은교 시 〈회귀 – 영수를 위하여〉

*

갈대꽃

무서리 내리기 시작하면

개울가에 갈대꽃 피기 시작한다

무서리 내리는 밤에 갈대는

물안개를 길어 올린다

여름날 천둥 치며 밀려오던 사나운 물길에

절망처럼 스러졌다가 다시 일어나고

주검처럼 말라가다가

새순으로 다시 일어서 꽃을 피웠다

아직 살아있는 것들을 가르며 무서리가 내리면

그 차가움으로 대지가 죽어가는 밤에

갈대는 물안개 길어 올린다

순하게 흐르는 강물을 데워

물안개를 길어 올리고

몸을 닦고 머리를 감는다

사나운 비바람도 천둥도 말려버린 서늘해진 햇살에

머리를 말리고 시린 바람에 흔들리며

살아온 날들을 이야기한다

사는 게 뭐 별거 있냐고

돌아보면 너무 아려서 절망에 울기도 하였지만

큰물이 지나고 태양이 뜨거워진 날에

새 살을 기워내기도 하였으니 이런 날도 있는 거라고

이제 강물마저 얼면 물안개도 피우지 못하고

그래서 낡아져 스러지면 갈대는 꿈을 꾼다

봄이 오면 다시 물안개를 피워 새순을 틔우는 꿈을

무서리가 내리는 밤 갈대는 물안개를 길어올린다.

물안개에 몸을 닦고 머리도 감아내어 한껏 치장하고

갈대는 바람에 흔들리며 이야기한다

사는 게 뭐 별거 있냐고

목화꽃

"아빠! 몽실몽실 구름처럼 피어났네, 근데 이게 뭐야?"

거실에서 한가롭게 책을 보던 저녁나절이었다. 대학에 다니는 큰아이가 손바닥에 무엇인가를 받쳐 들고 내게 달려오고 있었다. 그 천진하고 신나는 모습이 마치 알에서 깨어나 막 눈을 뜬 새끼 새를 둥지에서 꺼내 달려오던 철없던 어린 시절의 내 모습과도 닮아 있었다.

큰아이의 손바닥에 올려진 것은 다름 아닌 오랜만에 보는 목화 다래에서 피어난 솜꽃이었다.

추석이 지나던 주말이었다. 오랜만에 아이들과 박물관을 들렀다가 근처에 있는 가족공원에도 들렀다. 규모가 작기도 했지만 언제나 그 공원이 주는 분위기는 뭔가 초라하고 음산한 분위기를 자아내고 있었다.

그나마 작은 공원에 높은 울타리를 두르고 울타리 넘어 잘 가꾸어진 부대 안의 주택가를 보면서 열강의 틈바구니 속에서 억눌리고 찌들며 살아왔던 우리의 모습을 상징적으로 보여준다는 피해의식 같은 자괴감을 가져야만 했다.

그래도 내가 좋아하는 연못이 있으니 한 바퀴 돌아 나오곤 했는데, 공원 관리사무소 옆에 관상용으로 여러 가지 작물을 재배하는 곳이 보였다. 그 작물 가운데 오랜만에 만나는 고향 친구처럼 반가운 것이 보였으니, 바로 목화였다.

여름방학이 끝나가면서 산밭에 목화 다래가 커지면 어머니 몰래 그 다래를 따서 달큰한 속살을 먹기도 하였다. 나이가 들어가면서 정서는 자꾸만 과거로 퇴행하고 있다는 생각이 들곤 했는데 좋아하는 음식이거나 자연이 보여주는 것도 마찬가지였다.

그 퇴행되어 가는 정서에 기대어 추억처럼 목화 다래를 하나 따냈다. 어린 시절 먹었던 목화 다래 안의 달큰한 속살의 맛은 그대로인지 궁금하기도 했다.

그러나 그 목화 다래는 주근깨처럼 파란 껍질에 까만 점들이 배어들어 있었고 이제 너무 쇠어 이빨 자국조차 낼 수 없을 정도여서 껍질을 벗겨낼 수가 없었다. 그렇다고 버릴 수도 없어 주머니에 넣어 두었다가 집에 돌아와 서재 한켠에 던져두었고 그 존재를 까맣게 잊고 지냈었다.

"아빠 나도 목화를 좋아하는데 지금 심어도 돼요?"

"아냐, 씨는 빼두었다가 내년 봄에 심어야지."

"그럼 지난번 그 목화 다래에서 이렇게 몽실몽실 구름처럼 꽃이 피어난 거야?"

"그럼, 목화는 꽃을 세 번 피우거든, 솜털 구름이란 말은 이 솜꽃의 모습에서 유래되었고, 지난여름 아빠가 목화를 주제로 시를 한 수 지었는데 읽어보면 조금 알 수도 있을 거야."

고구마 순 엉기며 굵어져 가던
고향 산밭에 목화도 피었지요
미색이었다가 연분홍빛으로 바라져 가며
지고 난 꽃자리에
달큰하거나 떫기도 하던 다래가 커져서
몰래몰래 입이 즐겁기도 하였지요

늦가을 볕에 말라가는 앙상한 몸에
솜꽃으로 두 번씩 피고 지고
내년 봄 시집가는 내 누님
이불 꽃으로 세 번째 피어나기도 하였지요

경복궁역 7번 출구 높다란 울에 기대고
엄지손톱 까만 물들이고
온종일 고구마 순 벗겨 내는
내 어머니 같은 여인네 하나

'점심은 드셨어요.'
찐 감자 두어 알 내보이시고

'손톱이 까매요'

'닦아도 안 겨유'

이를 가리며 웃으시고

삭정이처럼 부서질 것 같이 세월에 낡아가며

우산 그늘 속에 지내는 이

부르는 눈빛도 없이 날 저물도록 그 자리에

수줍음에 쑥스러움을 보태어

미소를 보이시던 그 모습에

두 번째 피던 솜꽃이 어른거리고

곱게 피던 처음 목화같이 풋풋한 시절이

저 여인네에게 있기도 하였을 텐데

앙상하게 말라가던 몸에 피어

시집가던 내 누님의 이불이 되었던 솜꽃처럼

삭정이처럼 부서질 것 같은 몸으로

까맣게 손톱 끝을 물들이며

고구마 순 다듬는 그 여인도

한 송이 목화처럼 피어 있더이다

풋풋하게 곱게도 피어 있더이다

건성건성 읽는 모습이었지만 오랜만에 가슴이 서늘해져 왔다. 몰래 따먹어서 더 달큰하던 목화 다래의 그 보들한 맛을, 그리고 가을이 깊어가던 산밭에서 목화 다래의 방마다 피어있던 솜꽃들을 따내던 날들.

그 시절 어머니의 공력처럼 긴 겨울밤, 쥐똥같이 생겨서 숨어 있던 씨를 하나하나 발라내고 솜을 타서 이불을 만드시던 아이 할머니의 그 넉넉하고 푸근했던 모습, 그 모습을 아이가 떠올릴 수는 없겠지만 그 까만 점이 박혔던 울퉁한 다래에서 이렇게 몽실몽실 솜꽃을 피울 수도 있다는 것은 기억을 할 수 있으리라.

그리고 이 땅에 솜꽃을 피울 수 없었다면 긴 겨울밤이 더 길기도 할 텐데, 붓 뚜껑에 몰래 담아내오기도 했다는 그 전설 같은 이야기를 아이들에게 들려주며 내년 봄에는 잊지 말고 화분에 목화씨를 심고 키워보아야겠다 마음을 먹었다.

자괴감이 들게 하는 퇴행하고 있던 나의 정서가 오랜만에 아이와 이어져 행복했다. 무거웠지만 따뜻했던 그 솜이불처럼 내 마음도 따뜻해졌던 날이었다.

5부

인연, 그리고 연민과 번민

멍에를 생각하며

'새해가 겨울의 한복판에 자리 잡은 까닭은 낡은 것들이 겨울을 건너지 못하기 때문인가 봅니다. 낡은 것들로부터의 결별이 새로움의 한 조건이고 보면 칼날 같은 추위가 낡은 것들을 가차 없이 잘라 버리는 겨울의 한복판에 정월 초하루가 자리 잡고 있는 까닭을 알겠습니다.

세모에 지난 한 해 동안의 고통을 잊어버리는 것은 삶의 지혜입니다. 그러나 그것을 잊지 않고 간직하는 것은 용기입니다. 나는 이 겨울의 한 복판에서 무엇을 자르고 무엇을 잊으며 무엇을 간직해야 할지 생각해봅니다.' (신영복 〈감옥으로부터의 사색〉중에서)

나이를 더하며 해가 바뀐다는 구분과 의미가 자꾸 흐려져 간다. 새해를 맞는다는 설렘과 기대보다 지나간 날들에 대한 회한과 그리움으로 천착해 가는 자신의 모습 때문인지도 모른다. 날마다 똑같이 뜨는 태양이지만 새해 첫날이라고 의미를 부여하며 고단하게 해돋이를 보려는 사람들이 늘어가는 것은 어느 한편, 상실감의 보상심리일 것이라는 생각도 든다. 설렘과 기대보다는 지나간 과거로 집착해 들어가는 자신에 대한 상실감 같은 것일 것이리라.

　요즘은 보기도 힘든 모습이지만 집에서 키우던 송아지가 어느 정도 자라면 일소로 길들이는 과정이 있었다. 나무틀 위에 돌을 얹고 멍에를 걸어 마을 고샅길을 끌고 다니는 것이 그 시작이었다. 지금이야 트랙터나 경운기로 논밭을 갈기도 하고 짐을 나르기도 하지만 농경시대의 소는 단순한 가축만이 아닌 지금의 농기계를 대신하던 큰 일꾼이었다. 그래서 단순히 가축만이 아닌 한 가족의 일원으로 자리매김 되기도 했다.

　처음부터 일을 부리는 것이 아닌, 일할 수 있는 소를 만들기 위한 '길들이는' 과정은 필수였다. 그런데 그 과정이 결코 만만하지 않았다. 코를 뚫어 생살에 구멍을 내어 코뚜레를 했으며 멍에를 걸머져야 했다. 처음 멍에를 걸머진 소는 그 견딜 수 없을 속박에 대한 처절한 저항처럼 그 멍에를 떨쳐내기 위하여 콧김을 토해내며 가로 뛰고 세로 뛰며 말 그대로 발광을 하곤 했다. 그러나 얼마간 시간이 지나면 쓸데없는 힘이 빠지며 길이 들어가고 아이들을 한둘씩 태워 나르기도 했다. 그리고 이듬해 봄부터 논을 갈고 밭을 갈기 시작했다. 그러면서 소의 어깻죽지에는 굳은살과 멍에자국이 생겨나기 시작했다.

　어느 차가운 겨울날 아침나절, 집을 나서면서 삭정이같이 부서질 것 같은 몸으로 힘겹게 폐지를 모아 언덕을 오르는 노인을 만난 적이 있었다. 차가운 바람에 구멍 난 목장갑으로 수레를 끄는 그 노인을 안타깝게 지나치며 어느 순간부터 평생 동안 소가 걸머져야 했던 그 멍에를 생각했다. 누구에게나 늦고 빠름 그리고 그 무게의 차이는 있을지언정 원죄처럼 멍에를 짊어지게 된다는 생각을 했다.

내가 늘 몸의 일부처럼 멍에 같은 배낭을 메고 다니기 시작한 것이 언제부터였던가 아마 마라톤을 시작하면서부터인 것 같다. 출퇴근 시간을 이용해 달리기를 하면서 필요에 따라 갈아입을 옷을 준비해야 했고 달리는 데 편한 것이 배낭이었기 때문이었다.

그 후로 집 밖을 나설 때면 내 등에는 늘 배낭이 메어져 있었다. 어디를 가든, 누구를 만나든 변하지 않는 모습이 되었다. 언젠가는 누군가를 만나던 길이었는데 내 그런 모습이 보기 민망했는지 불쾌한 표정을 드러내기도 했다.

그러나 이제는 신사답지 못한 모습이더라도 용인하거나 이해해주기도 해야 한다며 익숙해졌거나 뻔뻔해지기도 한다. 그리고 작은 내 마음에 담을 수 없을 것들을 배낭에 담아오거나 누군가에게 작은 위로라도 건네줄 것을 담아갈 수 있을 것이라는 바람 같은 것으로도 스스로 위안을 가지기도 한다.

내 누이동생은 나와 여섯 살 터울이었다. 누이동생이 태어나면서 내 등에는 처음 누이동생이 업혀졌다. 요즘엔 어깨에 걸칠 수 있도록 개량한 것이 많아 이제는 보기 힘든 것이 되었지만, 포대기로 동생을 업어야 했다. 드라마로 방영되었던 '몽실언니'의 상징적인 모습이 아주 적은 나이로 작은 키에 동생을 업은 모습이었듯이 말이다. 동무들과 놀지도 못하고 더구나 무더운 여름에는 고역이었다. 가끔은 뜨겁게 등을 적시기도 했었는데, 다음으로 누이동생 대신 내 등에 업혀진 것은 지게였다.

엄밀하게 말하면 지게는 아니었다. 초등학교에 들어가기 전부터 땔감 나무를 하러 다녔던 것 같다. 작은 키에 지게는 질 수 없었고, 짚으로 꼰 새끼거나 산에서 구할 수 있는 칡 줄기로 나무를 묶어 등에 메어 지고 다니기도 했는데 겨울이면 빙판 진 언덕길을 엉금엉금 기어 다녀야 했다.

키가 조금씩 커 가면서 물지게를 지고 가끔은 인분을 치우기 위한 지게를 지기도 했다. 언젠가 겨울이었는데, 보리밭에 거름을 내기 위하여 인분을 져 나르다가 빙판에 엎어진 적이 있었다. 겉옷을 적시며 냄새도 지독한 인분이 묻었다. 겨울이었고 목욕탕도 없던 시절이었으니 그 곤욕스러움을 말로 표현하는 것조차 지금 생각해도 역시 부끄럽다.

보리를 베는 유월이면 보릿단을 지게로 옮기기도 했는데, 무더워지는 초여름에 보리를 베는 일도 고역이었지만 지게로 보릿단을 져 나르다가 더 곤혹스런 일이 일어나곤 했다. 중간에 잠시 쉬기 위해 지게를 작대기로 고이는 순간, 보릿단이 기울면서 지게가 넘어가면 그 껄끄러운 보릿단을 풀어 다시 지게에 쌓는 일이 말할 수 없이 짜증나고 지겨운 일이었다.

후에 군에 입대해 배낭을 메기 시작했다. 어깨에 지는 것이야 익숙한 것이었지만 구형 배낭은 모포를 말아 배낭의 형태를 만들어야 하는 것이었으니 야심한 밤에 이동하는 상황이라면 어둠 속에서 군장을 결합하는 일은 여간 불편한 것이 아니었다. 특공부대에 배치되면서 신형 배낭이 주어졌지만 가끔 낙오하는 소대원들의 배낭을 대신 메어줘야 했으니 배낭 두 개의 무게가 지금 내 몸무게만큼이었다.

어깨에 이런저런 멍에처럼 짐을 지며 살아왔지만 눈에 보이지 않는 것도 있다. 일을 배우기 시작하면서 소에게 처음으로 멍에가 걸리듯이 인간에게도 보이지 않는 멍에가 걸린다. 그 멍에는 철저하게 너무나 불평등한 개별성이 부여되기도 한다. 그 야속하도록 철저하기도 한 불평등은 불평하거나 원망해도 소용없는 것이었다. 피하면 피할수록 그 멍에는 단단하게 어깨를 옥죄이기만 한다. 세상사는 근본적인 불평등을 바탕으로 할지도 모른다.

그리고 삶의 본질은 치사해야 하거나 비겁하기도 해야 하는 것이라는 생각을 한다. 때로는 타협하거나 흥정하기도 하면서 그래서 치사하거나 비겁해 보이기도 하는 흙탕물을 묻히기도 해야 하기 때문이다.

그러나 그것의 정도를 드러내거나 표현할 수는 없을 것이다. 제대로 사는 인간이라며 내가 가진 잣대로 타인을 재단하거나 자신의 치사함이나 비겁을 합리화할 수 없기 때문이다. 그것은 끊임없는 자신의 성찰과 반추를 요구한다.

날씨가 추워져 모든 것을 얼리고 가차 없이 잘라낸다 하더라도, 잊고 버려야 할 것들과 다시 챙겨가야 할 것들을 나누고 가를 수는 없을 것 같다. 내 어깨에 걸머진 멍에의 개별성을 인식하고 해가 저물도록 찰진 물 논을 갈아엎던, 그러나 힘겨움과 고단함은 드러내지 못한 채 비겁할 만큼 순응하던 일 소의 발걸음처럼 그렇게 살아갈 수밖에 없다는, 그저 살아가겠다는 마음으로 한 해를 보내고 새해를 맞아야겠다.

✻

음치 집안의 변辯

세월 따라 낡아가면서 이것저것 자신 없는 것들이 당연한 일처럼 생겨나기도 한다. 사내들만 모인 자리라면 가끔은 스스로를 비하하듯 무력해져 가는 남성성을 풀어내기도 하지만, 결코 가벼운 것이 되지 못하기도 한다. 더하여 농경시대에 아비나 지아비로서 지녔던 권력은 희미하게 허물어져 가고 있거나 북극 빙하가 소리 없이 녹아내리는 모습과 닮아 있다.

그 상실감은 정도의 차이는 있을지언정 이 시대를 살아가는 사내들에게 두려움으로 다가온다. 누구에게나 적용되는 보편적인 것도 아니어서 누구에게 쉽게 던져낼 수도 없을 것으로 나에게 자신이 없어져 가는 것을 보탠다면 바로 음치라는 것이 그 하나인 것 같다.

콧노래라도 아버지가 부르는 노래는 들어본 적이 없고, 많지 않은 형제이지만 이제껏 노래방에 함께 가본 적이 없다. 어머니가 가끔 콧노래를 흥얼거리시기도 하지만 제대로 된 노래로 들어본 적이 없다. 내 아이들도 그런 범주에 속하니 숨거나 피할 수 없는 음치 집안인 것이다.

유년시절에 풍금소리에 맞춰 동요를 부르던 음악시간이나 예배당에서 찬송가를 부르면서도 음악에도 어리석음의 음치音癡가 있다는 것을 크게 의식하지 못했고 부끄러움도 지금처럼 크지 않았다. 음주가 있는 곳이면 으레 음악이 있는 것이 풍속이기도 하니, 젊어서는 치기로 그런대로 넘기기도 했던 것 같다. 그런데 세월 따라 낡아가면서 체념이나 관조가 아니라, 자꾸 움츠러들게 된다. 악기를 다루는 것도 마찬가지다. 삶의 여유처럼 한 가지 악기 정도는 다룰 줄 알아야 한다는 말에 거부감이 생길 정도로 그 치를 벗어나지 못한다.

울지 말라며 아프리카 톤즈에서 그곳의 가난한 아이들 손에 악기를 들려주었던 고 이태석 신부는 자신이 많은 사람을 울리기도 하였지만 악기는 또 다른 세상을 보여주거나 알게 해주는 위대한 도구라는 것을 새삼 일깨워주었다.

베네수엘라에서 빈민가의 어둔 거리를 떠도는 아이들에게 악기를 통해 희망을 갖게 했다는 '엘 시스테마'는 우리나라에도 도입되어 낙후지 학교를 대상으로 오케스트라 운영을 지원하겠다고 발표했다.

그러나 그와 다르게 아름다운 노래를 할 수 있도록 가르치는 그 숭고한 행위를 권력처럼 치사하게 휘두른 여인으로 그 양면성을 보여주기도 하였지만, 목소리나 악기로 내는 아름다운 음악은 우리네 삶을 풍요롭게 하거나 거친 삶의 행태를 치유하기도 하는 위대한 것이라고 생각한다.

음악시간이면 교실로 옮겨져야 했던 풍금이야 그렇다 치더라도 하모니카나 기타도 겨우 음자리를 외우다가 시큰둥해져버렸고 그 이후에도 마찬가지였다. 군에 있을 때 군악대가 가까운 곳에 있어서 몇 번인가 색소폰을 배우겠다며 들락거리기도 했지만, 한 달을 넘기지 못한 것 같다.

그보다는 연병장에서 축구를 하는 것이 즐겁다며 자위하기도 하지만, 그 어리석음이 깊어지기도 한다. 그래서 젊은 시절 겨우 궁리해낸 것이 있다면 배우자는 피아노 정도는 다룰 줄 아는 이였으면 좋겠다는 열망 같은 것도 있었는데, 팔자소관처럼 음치 가문을 벗어날 길은 요원한 것이었다.

삐치고 돌아선 가시나처럼 날씨가 쌀쌀맞기도 했던 지난 일월 중순, 큰 아이는 은행알처럼 머리를 만들고 신병교육대에 입대했다. 부모라면 당연히 신란스럽기도 한 과정이겠지만, '저눔이 왜 저렇게 약한 모습이냐' 던 친구의 빈정거림처럼 불안한 마음이기도 했다.

아비에게도 시시비비를 가리던 그 모습을 신병훈련 중에도 다 감추지는 못했던지 '일주일 가까이 목욕할 기회도 주지 않아서 조교도 소대장도 제치고 중대장에게 건의까지 하여 동료들로부터 대단한 놈으로 뜨기도 하였다' 며 아이가 보낸 편지로 소식을 전해주기도 했었는데 이번 주말 드디어 훈련을 마치는 시간이 왔다.

입대 전에 은근히 아비에게 부대 배치가 잘 될 수 있도록 해보라는 눈치도 있었지만, 요즘 그런 구석이 있다는 것은 알지도 못하거니와 공정사회(?)를 추구하는 아비에게 애당초 당연히 무시될 거라는 원망 속에 지레짐작을 하고 있는 듯했다.

'주특기 목관악기.'

스무 해가 넘는 군 생활 이력을 갖고 있지만 그런 주특기가 있다는 것은 알지도 못했다. 그리고 근무할 부대가 대구에 있는 '사령부의 군악대' 라는 소식을 전해주었다.

'전방 철책선이나 아비가 소대장으로 근무했던 특공대 같은 부대에서나 근무해야지 군악대가 뭐야?' 순간이었지만 비겁하다는 생각이 들기도 했던 것 같다. 그리고 사무실을 나와 옥상에 올라갔다. 그리고 혼자 비겁하게 싱글거리며 웃었다. 어떤 상실감처럼 부끄러움으로 감추던 음치라는, 결코 벗어나지 못할 것 같은 견고한 그 가문의 울에서 한걸음이라도 벗어날 수 있는 기회가 주어졌다는 희열 같은 것이었다.

아이가 자대 배치를 하고 이 개월쯤 지난 오월, 어버이날 즈음이었는데 소포가 하나 도착했다. 아이가 보낸 소포로 보낸 카네이션이었다. 그 소포를 풀어내면서 가슴이 먹먹해졌다.

입영 전야!

가려졌던 그 마음의 모진 굴곡은
잘려나간 터럭으로 윤곽이나 보았을까
이 땅의 사내라면 거쳐야 할 길이라지만
하필이면 엄동의 한복판이었는지
아침햇살 가리도록 두텁게 성에 낀 유리창 앞에서
겨우 윤곽이나 보았던 마음마저
차갑게 얼어야 했던 아침이었더라
신병교육대 정문에서 잡았던 손을 놓아야 했던 이별의 순간

요령도 없는 아비의 모습이었던지?

그 다른 손으로 아비의 손에 쥐여주던 지전이 몇 장이었는지

삼시세끼야 거르진 않는다 하더라도

이것저것 궁금한 것도 많았을 텐데

보내 온 편지 끝에

일조점호시간 산기슭 연병장에서 바라보이는

샛별이 총총했다면서

동료들이 사 먹는 초코파이 까짓 안 먹으면 어때 했다지만

어찌 그런 시시한 것도 모르던 아비였던지

거꾸로 매달아 놓은 시계라도

어쨌거나 흘러가는 것이 국방부 시간이라지만

잘도 가던 시간들이 더디 지나기도 할 것이라며

멀리 그 지루한 모습이나 희미하게 보였는데

이등병 계급장에 목관악기 주특기로 군용열차를 타고

음치 가문의 벽을 허물라는 또 다른 사명도 보태어 주었는데

음악에도 부끄러움이 있다는

숨기고 싶은 이력이 그 몸에도 옮겨진 것은 아닌지

그래 선임병들로부터 핀잔이나 듣는 것은 아닐는지

면회 길 돌아오면서 용돈 주는 것도 잊고 온

이래저래 칠칠치도 못한 아비인데

이등병 월급이 얼마나 된다고

'군인 아들놈이 아버지께' 라며

너의 젊음처럼 푸른 오월로

카네이션 꽃을 다 보내다니

그 꽃값으로 달콤한 초코파이 사면 몇 개일 텐데

브라보콘이 몇 개나 되나 헤아리며 궁상을 떨고

연두로 물드는 앞산에 흐르던 아침안개처럼

눈앞이 뿌연해진 날에

군인 아들아, 사랑한다

내 친구 두순이

세월 따라 사람이야 당연히 모습을 바꾸어가는 것이라지만 산천의구란 말도 이제는 옛 시인의 허사처럼 되어져 간다. 한적하던 마을 옆으로 고속도로가 생기더니, 공장지대가 들어서고 이제는 고압선 철탑까지 세워지고 있었다.

유월 초순이면 들에는 보리가 누렇게 익어가며 바람에 물결처럼 흔들리기도 하였는데, 물이 가득 채워진 논에는 마을 사람들이 모여 모를 심는 정겨운 풍경도 보였는데, 언제부터인지 볼 수 없는 풍경이 되었다.

반가운 모습처럼 친숙한 산과 들을 지나고 그러나 어떤 상실감처럼 오래된 기억을 떠올리는 사이, 고속도로를 빠져나온 친구가 운전하는 차는 고향의 초등학교로 향하고 있었다.

평소에는 다니는 사람조차도 드문 곳인데 그 날은 자동차며 사람들이 번잡하기만 했다. 교문에는 '환영 은하초등학교 총동문회 체육대회' 현수막이 걸려 있었고 하늘엔 에드벌룬이 높이 떠 있었다.

운동장에는 초등학교시절 가을운동회처럼 만국기가 높다랗게 이어져 흔들리고 있었다. 운동장은 올 때마다 조금씩 조금씩 작아지는 것 같았다. 교사도 마찬가지였다. 늘 그대로인 모습이지만 마음속의 내 꿈처럼 작아지고 있는지도 모른다. 운동장 가로 기수별 차일이 쳐져 있었고 먼저 도착한 이들이 있어서 운동회 분위기가 살아나고 있었다.

전후 베이비붐 세대라는, 이제 쉰을 넘어가는 우리 또래들이 이곳 초등학교에 다닐 때는 한 반에 60명 남짓 3개 학급이 있었다. 그런데 지금은 전체 학생 수가 30명 남짓이란다. 인접해 있던 학교가 폐교가 되었듯이, 언젠가는 나의 모교인 이곳도 폐교가 될지 모른다는 생각을 했다.

이런저런 이유로 꿀벌이 사라져 가는 것이 암울한 장래를 예고하듯이 학교에 아이들이 보이지 않는다는 것은 역시 미래의 소멸을 이야기할 수밖에 없는 것일지도 모른다.

운동장을 가로질러 우리 기수의 천막이 세워져 있는 천막으로 갔다. 먼저 온 동무들이 담소를 나누고 있었다. 반가운 인사를 나누고 있는데, 한 동무가 갑자기 나타나 내 팔을 잡아끌었다. 두순이였다. 정확한 것은 아니었지만 어려서 먹었던 한약의 부작용으로 조금은 정신이 온전치 못한 친구였다.

그래도 초등학교는 우리와 같이 마쳤고, 내가 대학 다닐 때 결혼을 했다. 사는 곳이 다르고 나의 군 생활로 자주 만날 수 없었으니 자세한 사정은 들을 수 없었지만 아이들도 둘인가 낳고 잘 살고 있다 들었는데, 결혼 생활이 순탄치 못한 것 같았고 부인이 집을 나갔다는 소식도 들렸다.

결혼할 때도 연락이 와 참석을 했었고 그와는 이런저런 이야기를 많이 나누기도 했었다. 나이가 들어가면서 일 년에 한두 번 볼 수밖에 없는 친구였지만 섣부른 동정이든 연민이었든 간에 누구보다 그에게 관심을 가졌던 터였다.

몇 해 전 겨울이었던가, 한번은 그의 집을 찾아간 적이 있었다. 친구가 집에 없어 집에 잠깐 들렀는데, 친구의 어머니는 내 배낭에 고구마를 가득 넣어주셨다. 온전치 못한 아들을 둔 어머니로서 늘 가슴 아프게 평생을 살아오셨을 것이다. 누가 찾아주는 친구도 없을 것이었지만, 늘 아픔으로 보아줄 수밖에 없었을 아들을 찾아주었다는 것에 고맙다는 치사를 여러 번 말씀하시기도 했다.

그리고 집을 나왔을 때 근동에 있는 동무 집에 마실 갔을 거라며 굽은 허리로 직접 길을 알려주시기도 했었다. 그곳에서 동무를 만났고 동네 구판장에서 막걸리 한 잔으로 회포를 풀고 헤어졌다.

그리고 집에 돌아와 간단한 선물을 보내주기도 했었는데, 지난 연말에 만났을 때 '어머니가 한번 다녀가라' 고 하셨다는 말을 전해주었다. '들기름 짜면 내 몫으로 한 병을 남겨놓겠다' 는 말과 함께.

한번 다녀오겠다는 생각이었는데 나서지 못하고 세월이 지난 것이다. 두순이는 일 년에 한 번 체육대회가 있을 때마다 집에서 재배한 딸기를 한 소쿠리씩 가져왔는데, 조용히 나를 불러

"니껀 따로 챙겨오지 못했어. 끝나고 시간 나면 집에 들렀다가 가."라고 말했다.

두순이는 차일 뒤편으로 나를 끌고 가 윗옷의 주머니를 열었다. 주머니

에는 까만 비닐봉지에 싸진 병에 들기름이 가득 들어 있었다. 두순이는 멋쩍게 들기름병을 나에게 건넸다.

그는 주변의 사람들로부터 빈정거림을 당하며 평생 자괴감 속에 살아왔을 것이다. 언젠가 만났을 때 집 전화번호를 알려달라고 말했더니 그는 말로 하지 못하고 나뭇가지를 하나 주워들고 급히 숫자를 적어나갔다.

당황한 모습이 역력했다. 변변하게 전화번호도 말로 전달해줄 수 없는 자신이 밉기도 했을 것이다. 그래도 그는 누구보다 따뜻한 마음을 가진 친구였고, 누구보다 흥이 많은 친구였다. 여흥시간이면 누구의 눈치도 보지 않고 온몸을 흔들어대곤 했다. 그리고 부상으로 건네지는 김 한 박스라도 챙겨 여자동창들에게 건네주었다. 체육대회에 와서도 몸이 불편한 아버지를 위해 싸가지고 갈 음식을 챙기는 효자였다.

들기름병을 받아들고 병마개를 열었다. 고소한 들기름 냄새가 번져났다. 어머니로부터 들기름병을 챙겨들고 산길을 넘어왔을 그의 모습을 그려보았다. 잠시 뿌옇게 유월의 푸른 하늘이 흐려졌다. 나무토막같이 억센 그의 손을 잡았다. "고마워!" 가볍게 그의 등을 안아주었다. 사랑과 관심을 나누어주는, 소중한 사랑을 가르쳐주는 소중한 친구라고 생각했다.

언제부터인지 모르지만 우리 사회는 소위 '끗발'을 추구하고 집착하는 사회 기류를 만들어왔다. 끗발이란 말은 노름판에서 유래된 말이다. 기세, 권위의 처진 듯 표현으로 말하는 사람은 뭔가 그 끗발이라는 것에 치어보기도 한 것처럼 자괴감을 주기도 하고, 입에 올리는 것은 물론 문자로 표현하는 것은 더더욱 천박한 표현이라는 생각이 들게도 한다.

반상으로 구분되던 신분제가 붕괴되면서 끗발과 게걸스러운 인간의 탐욕은 상호 밀접하게 잇대어 있다. 그리고 끗발은 파벌이라는 것과도 상호 긴밀한 관계를 형성한다.

　최근, 지방의 한 저축은행 사태로 인간의 탐욕은 사회가 발전할수록 절제되고 감시되는 것이 아니라, 오히려 모범을 보여야 할 기득권층으로까지 범위를 넓혀가며 모든 부류를 넘나든다는 생각을 하게 된다.

　세력을 가진 무리들이 기득권에 안전망까지 구축하기 위하여 파벌을 형성하고 있다. 무리 중에서 세가 약한, 즉 끗발이 약한 부류들은 결코 파벌을 만들지 못한다. 파벌을 만들어 본다 하더라도 외부로 영향력을 가지지는 못하고 친목도모의 한계를 벗어나지도 못한다.

　우리 사회는 보이게 보이지 않게 여러 분야에 이러한 파벌이라는 방파제가 견고하게 쌓아져 있다. 방파제는 방파제 안에 있는 자에게는 기득권과 안전을 보장하는 듯 보이지만, 건전한 경쟁이나 비판이라는 자극을 인위적으로 차단해 소통을 할 수 없기 때문에 내부적으로는 물론 전체를 서서히 오염시키거나 부패시켜간다.

　그리고 그 무리이거나 범주에 들지 못한 자들의 상대적인 불만을 키우고 상실감을 확장시킨다. 권력의 추구나 부의 성취라는 지향점은 끗발이기도 하다. 한 시대를 지배했던 유교의 질서가 서서히 붕괴되면서 끗발의 우선순위가 흐트러졌고, 인간의 탐욕과 잇대어있는 자본주의가 새로운 끗발의 질서를 형성하고 있다.

　끗발은 본질적인 인간의 욕망을 충족시켜주면서 사회적인 인정 욕구도 충족시켜주는 중요한 수단이며 목적이 된다. 끗발은 무형의 권력이 된다. 그래서 끗발은 동기유발의 기폭제가 되어주기도 하고 누구나 그 끗발을 가지기 위해 노력하는 긍정적인 요인이 되기도 하는 것이다.

그러나 자칫 끗발은 정치처럼 살아 움직이는 생물 같은 것이어서 노름판에서 회자되듯 그런 X끗발이 되기도 한다. 파벌과 끗발과는 밀접한 상관관계가 존재한다. 출신학교는 파벌의 발판을 구축한다. 학교는 학문적인 성취와 함께 파벌의 중요한 의미를 부여하는 것이 현실이다. 견고한 파벌이라는 방파제를 구축했을 때 끗발은 더 많은 권위와 힘을 받는다.

나의 저급한 연민처럼 두순이를 생각한다. 그는 한 번도 집에서나 집 밖에서나 남 앞에 나서보거나 끗발은 더더욱 가져보지도 못했을 것이다. 아예 그런 것은 기대도 가져보지 않았을 것이다.

그러나 절대 아닐 것이다. 한 편으로 그도 그런 열망이나 욕심을 가지기도 했을 것이다. 그에게도 그런 것이 있으리라는 것은 누구도 인정해주지 않았을 것이다. 대놓고 놀리기도 하고 뒤에서 수군거리기도 했을 것이고 그도 그런 암담한 현실을 감당해야 했을 것이다. 그러나 그가 누구를 원망하거나 스스로를 비하하거나 하는 모습을 나는 보지 못했다.

'저 잘난 맛에 산다'는 말이 있다. '저 잘난 것'이 스스로의 정체성을 가지는 긍정적인 측면도 있겠지만, 그리고 요즘처럼 스스로를 해하는 일이 일상사인 세태에서 바람직한 삶의 모습이랄 수도 있겠다. 하지만 상대적인 권력처럼 누군가에게 말이나 행동으로 상처를 주고 때로는 가혹하게 타인의 삶을 유린하기도 한다.

나름의 기준으로 나보다 못나 보이거나 부족한 사람에게 '저 잘난 것'을 표현하고 표시하는 것에 익숙해져 살아가기도 한다. 나름의 기준으로 나와 다른 것이 아닌, 틀림으로 재단하기도 하듯이 말이다.

내 친구 두순이가 건네준 들기름 한 병은 세상에서 누구에게 받아보았거나 앞으로도 받을 수 없을 소중한 것이었다. 세상의 기준으로 그는 한 번도 스스로 끗발을 가져보지 못했다고 생각하거나 주변의 사람들이 감히 그는 끗발을 가질 수도 없을 것이라고 생각하겠지만 그는 진정한 끗발을 가지고 있는 친구였다.

타인에게 군림하거나 현혹시키기 위한 것이 아닌 누군가를 감동시킬 수 있거나 이해를 추구하지 않는 진정성이야말로 참다운 끗발이라는 것을 두순이는 은연중에 나에게 가르쳐주고 있었다.

"두순아, 너에게 항상 부족한 친구지만 너를 존경도 하고 사랑한다. 내 친구야!"

나의 연민이거나 비열함에 관하여

삶의 본질은, 태어나면서 삶을 마감할 때까지 만남이나 관계를 바탕으로 한다.

장항선 열차를 탔다. 미뤄두면서 여러 번 두리번거렸고 그러면서 의미가 흐려져 주저해야 했던 만남을 위해서였다.

"점심이나 같이 먹으려고, 광천역으로 나와."

출발하면서 친구에게 전화를 했다. 새해 연휴여서 열차 안은 복잡했고 차창으로 시야를 가리며 눈발이 날아들었다. 이제 만나러 가는 친구와 관련된 상념들이 하나 둘, 눈 속에 같이 날아들었다.

아버지로부터 내려지고 어머니와 한몸이 되었다가 세상으로 나오면서 맺어진 천륜, 그리고 존재하기 위하여 필연적으로 형성된 만남이나 관계들. 어떤 만남과 관계는 온통 삶을 지배하기도 하고 슬쩍 스쳐지나 까맣게 잊히기도 한다.

하지만 아무리 가벼운 만남이라도 삶의 흔적임이 틀림없고 그것은 또 다른 삶의 행태로 존재한다. 관계를 모습으로 형상화한다면 마주 서 있거나 비켜서고, 돌아서 있는 것이다.

좋은 관계는 손을 잡거나 어깨를 두드려주고 머리를 쓰다듬거나 서로를 안아줄 수 있는 상태를 뜻한다. 그렇지 못한 관계는 손가락질을 하거나 멱살을 잡고, 비켜서거나 돌아서게 되는데, 그 친구와 헤어진 것은 중학교를 마치고서였다.

물론 명절 때 고향에 가서 몇 번 보기는 했지만 흐릿해진 기억으로만 남아 있었다. 어려운 시절이기도 하였지만 그래도 대부분 친구들이 중학교 정도는 마쳤는데, 유독 그 친구만 읍내에 있는 정규 중학교를 다니지 못하고 학비가 면제되던 재건중학교라는 데 다녔다.

그래야 할 정도로 어려운 형편은 아니었다. 그의 아버지는 마을에서 둘째가라면 서러울 꽁생원 같은 분이었다. 주막에 한번 들르는 일도 없었고 마을 사람들과 어울리지도 않았으며 오직 일밖에 모르는 분이었다. 명절 때면 읍내에 하나밖에 없던 은행에서 명절 선물을 보내온다고 소문이 나기도 했는데, 하나뿐인 아들을 그런 학교에 보낸 분이었다.

그 친구는 우리와 같이 학교에 다니지 않았으니 잘 어울리지도 못했다. 그의 아버지와 관련된 기억은 별로 없다. 그 친구 집에는 잘 놀러 가지도 않았고 나이도 한 살 위여서 더 그랬던 것 같다.

언젠가 서울에 사는 누이가 축구공을 하나 사서 부쳐준 적이 있었다. 당시 축구공은 대단히 귀한 것이었다. 작은 고무공이나 겨울에는 플라타너스 열매를 따서 축구를 하였고, 심지어는 돼지를 잡았을 때 오줌보를 묶어 바람을 불어넣은 것으로 축구를 하곤 했었다.

그런데 그 멋진 축구공에 공기 주입하는 방법을 잘 모르고 그 친구 집에 있는 가축주사용으로 쓰던 주사기로 공기 주입을 했다가 축구공은 축구공 대로 못 쓰게 되었고 그 친구는 물론 나까지 그의 아버지로부터 심하게 꾸중을 들었던 기억 정도가 남아 있을 뿐이다.

친구는 중학교를 마치고 논산에 있는 일 년 과정의 직업훈련원에 입교했고 후에 인천에 있는 공장에 취직했다는 소식을 들었다. 나는 대학을 졸업하면서 군에 입대했고 부모님은 고향을 떠나 서울로 이사를 했다.

가끔 고향에 가면 그 친구 집에 들러 소식을 물었다. 그의 어머니는 늦도록 결혼하지 않은 것을 걱정하며, 아들의 연락처도 모르며 일 년에 한 번쯤 나타나 대절 택시를 세워놓고 잠시 들렀다 가버린다고 했다. 얼마 후 부산에 있으면서 원양어선인가를 탄다는 소식도 들었다.

이제 기억에서 흐려져 가는 친구였는데 지난 해였던가, 고향에 있는 친구로부터 그 친구 아버지의 부음을 들었다. 그리고 그 친구가 아버지가 돌아가시기 오 일 전엔가 고향으로 돌아왔다는 소식도 들었다. 직접 문상을 가지는 못했고 여러 가지 생각들만 스쳐 지나갔다.

세상에 태어나서 주어진 시간여행을 마치면 다 가야 하는 길이었지만, 그 아버지가 그렇게 손에 쥐고 싶어 하셨던 돈의 의미는 무엇이었을까? 그리고 부평초처럼 떠돌았던 그 아들에 대해서, 혹은 자신의 살아온 삶에 대해서 어떤 생각들을 가지셨을까. 그들에게 하늘이 내린다는 그 부자간 이라는 관계는 어떤 정체성을 가지며 어떤 의미일까. 친구의 입장에서 그가 가슴속에 두어야 했던 아버지의 모습은 어떤 모습이었을까. 물론 그 당시엔 그 친구가 어떤 상황과 모습으로 돌아왔는지 몰랐다.

지난 해 봄이었다. 고향에 있는 초등학교에서 체육대회가 있었다. 아침에 출발하면서 그 친구에게 집에만 있지 말고 운동장으로 나오라고 전화했다. 그 친구는 학교에 다닐 때도 외톨이였듯이 고향으로 돌아와서도 마찬가지였을 것이다. 읍내에 있는 직업 보도소에서 알선해주는 날일을 하거나 서너 마지기 밭뙈기를 일구며 지낸다는 소식을 들었다.

초등학교 시절 넓게 보이기만 했던 운동장은 그대로인데 너무나 자그마한 모습으로 다가왔고 오 학년 때 심었던 운동장 가의 측백나무는 내 키보다 더 커져 있었다. 흘러간 세월만큼 모습이 변해버린 친구들…….

그 친구도 나와 있었다. 그는 얼마 전에 나무를 베다가 나무가 몸쪽으로 쓰러져 다리를 심하게 다쳤다며 절뚝거렸다. 그래도 나와 준 것이 고맙고 반가웠다. 점심시간이 지나고 그 친구는 집에 할 일이 있어 돌아간다고 했다. 그의 집으로 가는 산길을 같이 걸었다. 이런저런 이야기 끝에 그 친구가 심각한 표정으로 이야기했다.

"사실은 나, 병에 걸렸어."

"무슨 병인데?"

원양어선에 승선해 사모아 근처에 잠시 머무르다가 몹쓸 병에 걸렸다는 것이었다. 처음에는 내 귀를 의심했다.

"정말이야?"

그 친구는 담담했다. 그 순간 표현하지 못했지만 내가 보인 반응은 그랬던 것 같다. '도대체 왜 나한테 그따위 얘기를 하는 거야?' 들어서는 안

될 이야기를 들은 듯, 할 수만 있다면 지워버리고도 싶었다.

그런 병은 내가 알고 있는 주변과는 늘 무관하다고 생각했었다. 그렇게 큰일을 만들어놓고, 나에게 이야기하는 것이 원망스러웠고 조금이라도 내가 그 친구의 고통을 나눠야 한다는 것이 절망처럼 다가왔던 것이다.

그리고 또 다른 절망은 그 이야기는 누구에게 쉽게 옮기거나 해서 내던지거나 흘려버릴 수 없다는 것이었다. 순간이지만 그것을 생각하는 것 자체가 고통스러웠다. 나라는 인간의 치사하고 비열한 모습을 들여다보게 된 것은 얼마쯤의 시간이 흐른 뒤였다. 만약 그 친구가 주변에서 쉽게 보고 들을 수 있는, 그러나 오히려 더 절망적이기도 할 무슨 암이라고 말해주었더라면 그럴 수 있었을까. 다른 사람은 몰라도 나라는 인간의 이중적인 위선의 잣대를 다시 들여다볼 수 있는 기회였다.

얘기를 마친 친구는 고개를 넘어갔고 나는 돌아섰다. 그러나 발걸음을 떼지 못하고 고개에서 한참 동안 망연자실 서 있어야 했다. 친구인 나조차 그러할진대 주변에 있는 사람들은 어떤 반응을 보일 것인가. 마치 고립된 섬처럼 살아야하는 그 친구의 일상의 모습이 어른거렸다.

열차가 광천역으로 들어서고 있었다. 처음으로 오일장이 섰다는, 그래서 숱한 사람들이 오가던 역사 앞은 한갓졌고, 주변 풍경도 쇠락해져 있었다. 그곳에 친구가 나와 있었다. 생각했던 것보다 건강한 모습이었다.

손을 마주 잡고 일상을 물었다. 겨울이어서 날 일도 없고 집에서 답답한 시간을 보낸다고 했다. 신발전을 지나고 어물전을 돌아 음식점으로 들어섰다. 결코 건너갈 수 없는 절망의 강을 앞에 두고, 얼마 남지 않은 삶의 잔고를 하루하루 꺼내어 사는 듯한 삶의 모습이 그렇고 그렇기도 했지만 마음이 아팠다.

"아버지가 위독하시다고 연락은 받았던 거야?"

평상시에 소통이 없었으니 그런 연락은 받을 수도 없었다고 했다. 부산항으로 돌아와 두 달 동안 부산에서 머물다가 다시 원양어선을 타기 위해 신체검사를 받던 중, 그 병의 실체를 확인했고 그 당시에는 너무나 절망스러워 술로 지냈다고 했다. 아침부터 술로 시작해 온몸에 알코올이 젖어들고 난 다음 잠들 수 있었던 나날이었다.

그에게 다가선 현실은 너무나 절망적이고 충격이었을 것이다. 그래도 살갑게 대해주던 찻집의 아가씨 하나가 있어 그에게 위로가 되었단다. 아가씨는 '하루빨리 고향으로 돌아가서 요양할 수 있도록 하라' 며 강권하다시피 하였고 그 자신 또한 이제 버틸 여력이 없어 아가씨의 권유를 따르기로 했다. 그러나 고향으로 돌아오는 길은 내키지 않는 발걸음이었다. 그 아버지와의 감정이 어찌하였던 간에 자식 된 도리로 아버지께 그런 절망을 안겨야 하는가 부담이 컸을 것이다.

폐로 합병증이 번져가면서 잡기만 하면 부서질 것 같은 삭정이 같은 몸으로 집으로 돌아왔을 때, 그의 아버지는 위독해져 입원한 상태였다.

"아버지 손은 한 번 잡아드렸어?"

그 친구는 고개를 끄덕였다. 그리고 그의 아버지는 '언제 입원한다냐' 라는 말을 유언처럼 남기고 눈을 감으셨다고 했다.

내 눈에 물기가 배어 나왔다. 주문한 음식이 나왔고 우리는 같이 먹었다. 그의 아픈 마음을 들여다보려고 이것저것 물은 것이 죄책감으로 다가왔다. 차마 아버지가 남겨준 돈이 얼마나 되는지는 묻지 못했는데 친구가 먼저 덤덤하게 말했다.

"그래도 아버지가 남겨둔 돈이 있어서 아담하게 집도 새로 지었네."

얼마 동안 입을 다물었다. 침묵이 무거웠다. 나는 변명 같은 한 마디를 던졌다.

"네 얘기를 한번 듣고 싶었어."

"괜찮어. 찾아주는 친구도 통 없는디 고맙지, 찾아줘서……."

이제 거동도 불편한 노모가 장가는 안 갈 거냐고 핀잔처럼 내던질 때 곤혹스럽다고, 이것저것 노모에게 말씀드릴 수도 없는 현실이 안타깝다고, 그는 고개를 떨구었다.

정육점에 들러 고기 두어 근을 사서 건네자 그는 한사코 사양했다. 터미널 다방에 가서 커피 한 잔 들고 가자고 나를 잡아끌었다.

"힘들어도 잘 지내."

"내가 힘들게 무어가 있간디, 일거리라도 있으면 좋지."

한낮인데도 백열등을 환하게 밝혀놓은 새우젓 상가들이 이어진 시장을 지나 장항선 철길을 건넜다.

"봄 되면 한번 찾아올게."

그는 내 손을 놓고 돌아섰다. 그가 시야에서 사라질 때까지 한참을 그 자리에 서 있었다.

기러기 아빠

산에는 진달래 들엔 개나리

산새도 슬피 우는 노을 진 산골에

엄마구름 애기구름 정답게 가는데

아빠는 어디 갔나 어디서 살고 있나

흥얼거리다 보면 절로 절절해지기도 하는 '기러기 아빠'라는 유행가 자락의 시작이다. 가사만으로도 왠지 절절해지는데 뉴스에 보도된 일로 가슴이 답답하고 먹먹해졌다.

더 넓은 세계로 날아보겠다며 멀리 뉴질랜드로 공부하러 떠난 세 모녀는 그 꿈을 펼치기도 전에 너무나도 참혹한 현실을 선택해야 했다. 보다 풍요로운 삶을 영위할 수 있도록 해주겠다는 꿈이거나 막연한 기대로 어렵게 선택한 길이었을 텐데, 이런저런 이유로 한 순간에 무너진 그 모진 현실에 안타까움을 가지기도 했다.

'자식이 잘 되는 길이라면'으로 팔 년이라는 긴 세월 동안 슬프도록 외로움과 궁핍의 멍에를 참고 감내하기도 했을 그 기러기 아빠는 그 감당할 수 없을 처연한 현실에 아마도 더 이상 자신도 존재할 수 없을 미래를 선택할 수밖에 없었겠다는 연민이 들기도 했다.

현실의 고단함을 감내하며 기러기 아빠가 된 주변의 사람들을 보면 옳고 그름의 문제를 떠나 속절없이 머리가 숙여졌다. 아비로서 마음이 편하지만도 않은데, 웬만큼 경제적인 여유가 있는 사람들이겠지만 일부 사람들은 '외국에 유학 보내면 영어라도 제대로 배워오겠지' 하며 현실도피처럼 아이들을 밖으로 내몰기도 한다. 막말로 '미국에 가면 거지도 영어로 말하는데'라며 영어를 잘한다는 것이 모든 것에 우선이라고는 생각하지 않는다.

살아오면서 자신 없는 일이 한 두 가지가 아니지만 그 여럿 중에 하나는 바로 아비의 역할을 제대로 하는 일이었다. 자칫 부모가 생각하는 가치기준을 아이에게 그대로 투영하는 우를 범하기도 하는 것처럼.

아이들 스스로 '자신이 즐겁게 잘할 수 있는 일을 찾는 것'이 중요하겠지만, 길게 먼 앞날을 내다보며 삶의 방향을 설정하고 그 방향에서 가까운 단기적인 목표를 세우고 일이 우선일 것이다. 그리고 현재의 자신을 진단하고 동력을 얻어나갈 수 있는 열정을 견지해 나가는 것은 그다음이다.

그리고 앞으로 닥쳐올 역경과 좌절 속에서도 그 난관을 슬기롭게 극복해나갈 수 있는 역량을 길러주는 그리고 자신의 삶이나 형편에 만족도 하며 즐겁게 살아갈 수 있도록 하는 것이라고 생각하기도 한다.

그러나 그것은 현실에서 벗어난 것처럼, 남들에게 보여질 나의 체면 때문에, 강박관념처럼 정해놓은 자신의 기준 때문에 순간순간 보여지는 성적표에 일희일비一喜一悲하며 살아가기도 한다.

먹는 문제가 우선이던 과거에는 아이들 교육 이후에 얻을 직업을 먹는 문제와 직접적으로 연계시키지 않았었는데 이제 먹는 문제가 해결된 세상에서 다시 아이들 교육과 먹는 문제 해결에 우선을 두는 아이러니를 목도하면서 한 번도 호의적으로 생각하지 않았던 내 아버지의 시절이 새삼 그리워지기도 한다.

"니 인생 니가 알아서 혀"라며 가끔 지나는 말씀처럼 던지시기도 하셨던 아버지의 뱃심이 부러워지기도 했다.

젱교 아저씨

"개한테도 그런 짓은 못 할 텐데……. 그런 놈은 죽여 버려야 합니다."

이른 새벽, 어느 날 문을 열고 집어든 조간신문 1면의 머리기사였다. 초등학교 운동장에서 납치돼 성폭행당한 여덟 살 딸을 둔 아비의 처절한 분노의 외침이었다.

그러나 그 아비의 외침보다, 모습을 볼 수는 없지만 평생을 지울 수 없는 상처를 멍에처럼 걸머져야 할 너무나 가녀린 소녀의 현실이나 장래를 생각하면 너무 마음이 아프고 무겁다.

어떻게 인간의 탈을 쓰고 그럴 수가 있지, 아무리 내려다보고 옆을 보아도 어림이 되거나 하는 일은 절대 아니었다. 늘 그랬던 것처럼 많은 사람이 분노를 느끼고 기본적인 인간이기를 상실한 자들을 제어하기 위한 방안이 거론되고 있었다.

그 방안 중에 생소한 것이기도 하였는데, 화학적 거세를 검토한다는 내용도 있었다. 물론 거세라는 말은 중학교 실과시간에 배운 말이기도 한데, 주로 돼지를 키우는 농가에서 수퇘지 특유의 냄새를 없애기 위하여 한다는, 그러나 화학적 거세는 처음 듣는 말이었다.

　전문적인 용어로 거세는 외과적인 것과 화학적인 것으로 나눈다는 것, 외과적 거세는 남성의 음경이나 고환을 제거하는 것이고 그래서 환관의 신분이 되거나 형벌의 종류로 너무나 비인간적인 것이 오래전에 자행되었던 것이다. 중국의 역사서인 《사기》를 저술한 사마천은 북방토벌에 참가했다가 흉노에게 포위되어 패퇴한 장군을 변호하는 글을 썼다는 이유로 한 무제에게 남자로서 최고의 치욕일 수도 있을 외과적 거세인 궁형을 당하기도 했다.

　화학적 거세는 근래에 외과적 거세에 대한 인권침해 논란으로 대체된 방법이다. 남성의 고환에서 분비되는 테스토스테론이라는 호르몬의 분비를 인위적으로 줄이는 방법이라고 한다.

　미국의 일부 주에서 아동 성 범죄자에게 이와 같은 방법을 시행하는 것으로 알려졌고 여성의 피임약으로 개발된 여성호르몬제의 일종을 주입해 테스토스테론의 수치를 낮춰준다는 것이다. 화학적 거세의 비용은 일 년에 약 300만 원가량 비용이 소요되고 그 부담을 국가가 질 것이냐 아니면 본인에게 부담시킬 것이냐로 논란이 되고 있었다.

　그러나 저항능력이 현저히 떨어지는 어린아이들을 대상으로 하는 성범죄의 증가 원인에 대한 근본적인 문제점에 대해서는 비켜나 있다는 느낌을 갖게 된다.

　피해자에게 너무나 잔인한, 그래서 피해아동이나 청소년이 짊어지거나 감당해야 하는 정신적 육체적 형벌을 생각한다면 동일한 성범죄가 증가하고 있다는 것은 그 범죄를 심판하는 법 제도가 문제가 있는 것일 테고, 다른 하나는 언급하는 것 자체를 금기시하는 사회분위기가 팽배해있기도 하지만, 지난 2004년 제정된 성매매특별법에서 파생되는 문제점을 들 수 있을 것이다.

철저하게 피해아동이나 청소년의 입장에서 생각한다면 범죄자의 인권보호는 거론할 가치를 한없이 낮춰야 할 것이라고 생각한다. 그리고 암암리에 형성되었던 성매매가 금지되면서 이런저런 형태의 암시장이 독버섯처럼 세력을 넓혀가고 결국 고비용이 요구되는 실패한 시장의 메커니즘을 인정해야 한다는 것이다. 학교에 경비원을 배치하고 감시 영상을 추가로 설치한다고 해도 그것만으로 해결될 수 없다는 생각이 든다.

오래전에 모 국회의원이 개를 가축으로 인정하고 그래서 식품으로 정상적으로 유통될 수 있도록 하는 법안을 발의하였다가 무산된 채로 지금까지 흘러오고 있는데 본질적인 것에서 비켜나 있는 우리 사회의 이중적이거나 위선적인 모습에 자괴감을 가지기도 하면서 좀 더 현명한 대처방안을 기다려본다.

어린 시절, 어른들은 요즘과는 달리 성희롱이란 것에서 자유롭거나 개념이 없기도 했다. 그리고 가끔 아이들에게 '이 놈! XX 얼마나 컸나 보자' 또는 XX 바른다' 라는 말을 아무렇지도 않게 하기도 했다. 원시공동체시절부터 사내아이들은 거세의 잠재적인 불안에 시달리기도 했고 그래서 아버지를 적대시하기도 한다는 정신분석이론이 나오기도 했다.

인간은 문명을 만들고 정신적인 진화를 가져오기도 했으나 특정 소수의 인간들에게 해당되는 것일지라도 작금의 성범죄의 행태를 보면서 자꾸만 퇴화되어 간다는 자괴감을 감출 수가 없다. 그리고 그 대처 방안으로 물리적 거세니 화학적 거세니 하는 말들이 회자되는 것에 참담함을 감출 수 없다.

그 참담함 속에 떠오르는 이가 있었다. 그분은 오래전에 고인이 되셨고 나의 부친과 같은 동년배이시기도 하셨다. 시골마을에서 '오 대감'이라는 별칭으로 불리시기도 하였는데 얼굴에 수염이 없으셨고 얼굴에서 윤기를 볼 수 없었는데, 갓난아기였을 때 개가 생식기를 해하여서 그러셨다는, 그래서 평생 독신으로 지내신 분이었다.

내가 어린 시절 그 아저씨가 소변을 볼 때 '어떻게 어떻게 한다며 어린 마음에 수근거린 기억이 나기도 하는데 지금 생각해보면 너무나 안타까운 마음이 든다. 동생들은 결혼도 하고 같은 집안에서 살기도 하였는데, 이래저래 얼마나 한을 마음속에 가두시고 살았을까 싶다.

모든 종교는 거짓말인가

목사가 없는 교회당

회당지기 전도사가 강대상을 치며

설교하는 산골이 문득 그리워

아프리카에서 온 반마처럼

향수가 잠기는 날이 있다

— 노천명 〈고향〉 중에서

앉은뱅이책상에 다리를 잇댄 강대상, 먹을 갈아 창호지에 찬송가가 배어든 괘도가 논산훈련소 야외교장처럼 세워져 있고, 투박한 십자가가 세워진 벽 위로 파리똥이 다닥다닥 까매진 액자 속에는 구레나룻 목자가 양을 몰고 있었다.

동짓날이거나 정월 대보름이거나 사립문 밖으로 붉은 황토가 뿌려지고 장독대에 시루떡이 올려지며 가끔은 무당집 할매가 뒷길에서 거리제라며 짚불을 피우고 꽹가리를 치기도 하였다.

사월초파일이면 어머니 따라 지기산 초가지붕 절집에 모신 삐니 바른 부처님이 빙그레 웃으시던 절 마당에서 절밥도 먹었지만 나의 종교력이라면 초등학교에 들어가면서 사랑방에 간이로 열었던 예배당에서 시작됐다.

회당지기 전도사도 없이 서울에서 대학에 다니다가 결핵이 악화되어 고향으로 돌아온 핏기도 없이 얼굴이 창백한 청년이 주일날엔 강대상을 치며 찬송가를 인도하고 설교를 했다. 시간이 지나며 하나 둘 신도들이 작은 사랑방을 채워가더니 어느 해인가 블록을 찍어 밭 가운데 하얀 예배당이 세워졌다.

지금은 잊힌 소리가 되었지만 예배당 지붕 위에 달린 스피커로 새벽이나 수요일 저녁이나, 주일 낮이면 찬송가 차임벨이 개울을 건너고 산을 넘기도 했다.

이제는 선사시대 이야기 같지만, 주일날 예배당으로 향하던 여인네가 지아비에게 머리채를 잡혀 집으로 돌아가기도 하였고 잡혔던 머리채가 잘려 지기도 하였던 험한 시절이었다.

일 년에 한두 번 부흥집회가 열렸고 십 리도 넘는 밤길을 걸어 다른 동네 교회를 찾아다니기도 하였고 천국으로 가는 좁은 문으로 인도한다며 동무들을 찾아 나서기도 했었다. 입심 좋은 부흥강사는 '엿장수를 하며 십일조를 제대로 하던 어떤 이는 큰 부자가 되기도 하였다'며 목소리를 높여서 믿음의 전능함을 설파하였고 방언이거나 예언이라는 은혜라는 걸 풀어내주기도 했다.

모든 것에 으뜸이라던 사랑을 설파하던 시골의 작은 교회 안에서도 성도들 간에 패가 갈리며 손가락질을 했고 전도사가 바뀌어가기도 했다. 부처님은 무덤이 있어 죽은 종교라고도 알려주었고 같은 교회가 아닌 이름이 다른 교파에 대한 불합리를 토로하기도 했다.

신앙적이지 못한 심성 때문인지 절대자에 대한 확고한 믿음으로 시종하지는 못했고 가끔 이브를 유혹하였다는 뱀은 태초에 누가 만들었는지 등에 어리석은, 그러나 아직 해결되지 않은 믿음으로 전전하기도 했다.

그리고 넓은 세상을 내가 뚫어놓은 작은 창으로 조금밖에 보지 못했다는 핑계 같은 것이 흐려져 간 신앙의 늪에서 잡초처럼 피어나기도 했다. 다시 절집에도 기웃거리고 다시 교회를 기웃거리기도 했다. 그러면서 맨송맨송 마치 여가 생활의 일부처럼의 신앙이었다.

얼마 전 사회봉사를 주로 하신다는 목사님께서 책을 내셨는데 책의 제목이 지극히 자극적이었다. 《모든 종교는 구라다》이었다. 다른 사람도 아니고 현직 목사라는 분이 어떻게 불경스럽기도 한 제목을 달았을까 의아하기도 하고 혹시 그 책을 많은 사람이 사서 읽어보라는 장삿속이이 아니었을지 유치한 궁금증이 일기도 했다.

그러나 일부러 그 책을 아직 읽어볼 기회는 갖지 않았다. 그 책의 내용이 어떠하든 간에 그 책의 제목을 생각하면서 사악한 사탄처럼 한 가지 망상이 떠올랐기 때문이었다.

그 망상이란 것이 일견 유치하기도 하겠지만 세상의 모든 종교단체에서 동시에 기자회견을 통해 '여러분이 믿었던 종교는 모두 거짓말이었습니다' 라며 공식적으로 발표한다면 세상 사람들은 어떤 반응을 보일 것인가 하는 것이었다.

우리나라를 기준으로 무신론자들이 반쯤 된다면 그 무리들은 '거 봐라'라며 안도와 함께 희희낙락일까. 그리고 어떤 형태로든 신을 믿는 사람들은 과연 있을 수도 있어서도 안 되는 발표를 어떻게 받아들일 것인가.

세상의 많은 사람이 신의 존재를 확신하며 죽음이 끝이 아니라는 내세를 확신하며 믿음을 시작하지는 않았다. 하루 이틀 교회에 나가거나 절에 다니다 보니 그런 확신을 가진 것처럼 포장하거나 믿음이 오기도 하였을 것이기 때문이다.

그리고 종교를 통해 자기 자신을 성찰하기 위한 수단이라기보다는 현실에서 더 풍요롭거나 더 높은 권세를 얻어내려는 수단이기도 하였다.

있을 수도 있어서도 안 되는 발표가 지극히 권위 있게 있었다 하더라도 다음날 다시 신은 존재할 것이고 인간들은 다시 추종하기도 할 것이다. 신은 인간을 떠나 존재할 수 없고 인간은 신을 떠나 존재할 수 없기 때문일지도 모른다.

외국인으로 스님이 된 분의 언젠가 인터뷰 기사는 이랬다.

"석가모니는 불자가 아니었다. 예수도 기독교인이 아니었다. 그들이 종교를 만들라고 말하지도 않았다. 개신교의 가르침은 많은 부분, 예수 이후에 생긴 것들이다. 종교가 종교다워지려면 보편적 윤리, 사랑하고 베푸는 마음을 실천해야 한다."

그리고,

"종교는 인간이 만든 형태일 뿐이다. 종교는 누구나 인정할 수 있는 보편적 가치를 생활에서 실천해 나갈 때 참 종교가 된다. 부처님이 제자들에게 한 마지막 말씀은 '나의 말을 믿지 마라. 내가 말했기 때문에 믿으면 안 된다' 였다. 맹목적인 믿음은 종교의 독이다" 였다.

'진리가 너희를 자유케 하리라' 라는 말에 회의를 가지기도 한다. 오히려 자유가 너희가 아닌 나를 진리케 하리라.

카인의 후예

"네 아우 아벨은 어디 있느냐?"

"모릅니다. 제가 아우를 지키는 사람입니까?"

"네가 무슨 짓을 저질렀느냐?"

자신이 바친 제물을 야훼가 굽어보지 않은 이유가 아우 때문이라며 아벨을 들로 불러내어 죽이고 난 후였다.

"너는 이 땅 위에서 쉬지도 못하고 떠돌아다니게 될 것이다."

카인은 아우의 피를 받아낸 땅에서 쫓겨나 동쪽으로 갔다. 구약성경 창세기에 그려진 인류 최초의 살인이었다. 미국의 소설가 존 스타인백은 〈에덴의 동쪽〉이란 제목의 소설에서 에덴의 동쪽으로 쫓겨 간 카인의 모습을 형상화시켰다. 그리고 '원죄의 굴레에서 벗어나는 것은 인간 개인의 선택이자 의지에 달려 있다'는 것을 신에 대한 저항으로 보여주었다.

요절한 배우 제임스 딘은 영화 속에서 청바지에 셔츠를 풀어 제친 반항아적인 눈매를 보이며 '칼'이라는 이름으로 그 카인의 역할을 맡았다.

〈소나기〉를 쓴 황순원은 〈카인의 후예〉라는 제목으로 해방 직후 상반되는 이념과 급격한 시대의 변화 속에서 카인의 피를 내려 받은 인간의 모습이 어떻게 변질되어 가는지 그려냈다. 성경 속에서 절대자의 인정과 사랑을 받는 동생을 시기하고 질투한 카인은 자신을 다독이지 못하고 아우를 살해한다. '인간의 본디 모습은 어떤 모습일까' 라는 자괴감과 혼란 속에서 인간의 탈을 쓰고는 도무지 할 수 없는 짓을 벌인다.

그리고 이런 사건도 있었다. 마치 카인의 후예처럼 '동생만 편애하고 사업자금을 안 준다' 며 계획적으로 집에 불을 질러 부모를 살해한 것이다.

동생은 친모와 계부 사이에서 태어난 아이였다. 청년은 20대 후반이었고 동생은 초등학생이었다. 어쩌면 부모의 사랑을 시기하고 질투할 시기를 지난 나이였는데, 그 가엾은 청년은 창세기에 기록된 카인처럼 피해의식과 시기심의 늪에 피어난 분노를 다스리지 못한 것이다. 그리고 참혹하게 부모를 해하고 어린 동생마저 중태로 몰아간 극악한 패륜의 주홍글씨를 새긴 카인의 후예가 되었다. 안타까운 일이다.

그 청년의 행태를 목도하면서 과연 그 청년에게만 돌팔매질을 할 수 있을지 생각해보았다. 사내아이 둘을 키우는 아비로서 마음이 무거워졌다.

'열 손가락 깨물어 안 아픈 손가락 없다' 라거나 '미운자식 떡 하나 더 줘라' 라거나 하는 것은 단순한 속담이 아닌 그리고 단순히 부모의 입장을 대변하는 것이 아닌 세상이 되어간다. 그리고 이제는 부모가 가져야 할 덕목이거나 부모에게 주는 간접적인 행동지침으로 뼛속 깊이 새겨야 하는 속담으로 새롭게 다가온다.

깨물어 덜 아픈 손가락은 분명히 존재한다. 그 손가락은 더 아프게 깨물어야 할지도 모른다. 미운 자식에게는 콩 한쪽이라도 더 줘야 한다는 생각도 하는데, 야훼가 도대체 왜 '카인의 제물은 굽어보지 않았을까' 라며 이의를 제기하는 것을 들어볼 기회가 없었다.

모두 카인에게만 돌을 던졌다. 정황으로 보면 카인이 바친 제물을 야훼가 기쁘게 받지 않은 것은 한마디로 '정성이 없다' 라고 생각할 수 있다. 그러나 그리 모질게 해야 할 필요가 있었을까 생각해보기도 한다.

그 가엾은 청년의 아비는 자신의 피가 섞이지 않은 큰아들에게 주는 사랑을 친아들에게 주는 사랑과 비교하여 너무 아까워한 것은 아니었는지. 예전과는 달리, 처음의 부모 자식 관계가 그대로 이어지지 않고 한두 번쯤 바뀌어 가는 것이 일반화되어가는 세상인데 말이다.

최근에 이런 일도 있었다. 이 땅에서 몸과 정신이 멀쩡한 젊은이라면 누구나 가야 하는 것이 군대이다. 그런데 얼마 전에 배우라는 직업을 가진 젊은이가 뭐 대단한 일이라도 하는 것처럼, 군에 입대했다며 마치 '체험 삶의 현장' 에라도 출연한 것처럼 별나게 소란스럽게 굴었다.

또, 이 땅의 3대 명문 사조직 중의 하나라며 자원하는 젊은이나 예비역까지 자부심이 대단한 부대에서 말 그대로 한솥밥을 먹는 동료전우를 해하는 끔찍한 일이 생겨나기도 했다.

군대 내에서는 소위 '짠밥' 이라는 입대 순서로 군기를 유지하는 것이 묵시적으로 용인되거나 조장되기도 한다. 그 연장선상에서 '기수 열외' 라는 생소한 단어가 회자되기도 했다. 즉, 조직 내에서 모자라거나 처지는 자는 나름대로의 기준으로, 엄격하게 존중되어야 하는 입대 순서에서 제외를 하거나, 기준이 허물어지기도 한다는 의미였다.

그 엄격함이란, 조직이 가지는 현란한 자긍심의 근본이나 바탕 같은 것이었다. 역설적으로 그 대상에서 제외된다는 것의 상실감을 짐작하기 힘들다. 전장에서의 승리는 그 다음 문제이다. 그리고 적을 제압하지 못하면 내가 죽는다는 처연한 상황의 전제 아래 모든 군인에게 총을 지급한다. 그래서 처음 개인 화기를 받을 때면 예를 갖추기도 한다. 그러한 의미의 도구가 동료에게 조준된다는 것은 어떤 의미인가. 동서고금과 조직의 대소를 막론하고 따돌림은 존재했고 여전히 존재하기도 하고 앞으로도 존재할 것이다. 그리고 따돌림은 좀 더 조직화되어 '왕따' 라는 단어로 진화하기도 했다.

지나간 과거에는 관습이나 규범이 그리고 주변의 바라다보는 눈들이 어버이의 권위와 역할을 얼마간 대신해주기도 하였는데, 이제 낡아져간 그것들을 안타깝게 뒤돌아볼 수도 없다. 철저하게 적이라는 타인이 아닌 대상에 대한 살인의 역사처럼 따돌림에 대한 처절한 보복의 역사는 카인의 시대와 궤를 같이한다. 역설의 변처럼 성경은 암시하기도 했다. 따돌림은 아우를 죽일 수도 있다는 것을 말이다.

*
아들아, 땅 열 길을 파봐라!

"아들아, 땅 열 길을 파봐라. 십 원짜리 동전이 하나라도 나오는가."

아직 멀쩡한 것 같은 운동화를 새로 사야 한다는 둘째에게 핀잔처럼 던진 말이었다.

"아빠, 마늘밭을 팠는데 백억이나 되는 돈이 나왔대. 땅을 파면 그렇게 많은 돈이 나오는데, 왜 십 원짜리 하나도 안 나온다는 거야?"

우연처럼, 마늘밭에서 돈다발이 나왔다는 곳의 지명은 김제군 금구金溝면이었다. '금 캐는 도랑'이라는, 엘도라도처럼 그곳은 예전에 사금을 채취하던 곳이었다.

불법 도박 사이트를 운영하던 이 모 씨는 단속에 걸려 1년 6월의 형을 선고받고 현재 수감 중인 상태였다. 그는 수감되기 전 백억 원 가량의 수익금을 빼돌려 금구면에 산다는 자형에게 맡겼다는 것이고 이 씨의 자형은 오만 원권으로 바꿔 마늘밭에 파묻게 되었단다.

개도 먹지 않는다는, 더욱이 땅속에 묻혀있던 돈이었는데 당연히 뱀처럼 유혹의 혀를 날름거리기 시작했을 것이다. 이 씨의 자형은 파묻은 돈

중에서 삼억이 조금 안 되는 돈을 몰래 꺼내어 썼다고 한다.

제 발이 저리게 된 그는 출소를 앞둔 처남에게 변명거리를 만들기 위해 마늘밭을 팠던 굴삭기 기사에게 찾아가 '땅속에 묻은 십칠억 원 중에서 칠억 원 가량이 사라졌는데 네가 파내간 것이 아니냐'며 누명을 뒤집어 씌우려고 했다는 것이 화근의 시작이었다. 굴삭기 기사는 홧김에 경찰에 신고를 했고, 결국 경찰이 개입하게 되었다. 그리고 그 많은 돈은 이제 공공의 돈이 되었다.

사내로서 최고의 치욕이랄 수 있을 궁형의 치욕을 감수하면서 《사기》를 완성했던 사마천은 원시적인 물물교환이 경제의 주요수단이었던 그때 돈의 위력에 대해 이렇게 갈파했다.

"보통 사람은 자기보다 열 배 부자에 대해서는 욕을 하고, 백배가 되면 무서워하고, 천 배가 되면 그 사람 일을 해주고, 만 배가 되면 그 사람의 노예가 된다"고 했다.

그리고 연암 박지원의 〈황금대기〉에 나오는 이야기는 이랬다.

'도둑 셋이 무덤을 도굴해 황금을 훔쳤다. 그걸 자축하기 위해 한 놈이 술을 사러 갔다. 술을 사러 갔던 놈은 술을 사오면서 두 놈을 죽이고 혼자 황금을 독차지해야겠다는 생각을 했단다. 그래서 사오던 술에 독을 탔다. 그런데 그 자리에 있던 두 놈은 두 놈만이 나눠 가질 작정으로, 술을 사온 놈이 도착하자마자 다짜고짜 그를 죽였다. 둘은 그 음모를 자축하며 독이 든 술을 나누어 마셨다. 그리고 그들은 공평하게 황금을 나누는 대신, 공평하게 죽음을 나누어 가졌다'는 이야기이다.

아침마다 지나가는 산길 초입에서, 밭에서 일하고 계시는 아저씨를 만났다. 나이 든 분들이 조금씩 땅을 부치며 텃밭처럼 이런저런 채소를 가꾸는 곳이었다. 아침에 만난 아저씨는 그곳에서 가장 넓은 땅을 일구고 사는 분이었다. 해마다 봄이면 흙을 만지고 싶어 몸살이 나던 터라 말을 붙였다.

"아저씨, 제가 상추라도 좀 심고 싶어 그러는데, 땅 좀 나눠주시지요."

아저씨는 당황하신 듯 앞산을 한번 두리번거리시더니 나는 보지도 않고 다시 앞산에 대고 말했다.

"다다익선!"

더 이상 말이 필요 없다며 짧게 큰 소리로 말했다. 잠시 서운하다는 생각이 들기도 했지만, 사마천처럼 이 모양 저 모양 세상을 살펴보고 한 말이었을 것이라는 생각이 들었다.

내가 가진 것에 더 많은 것을 보태기 위해 숱한 인간들이 도박 사이트에 달라붙었을 것이다. 그리고 주체할 수 없을 만큼 많은 돈을 땅에다 묻기도 했다. 그러다가 결국 돈 때문에 돈을 묻었던 이도 감옥에 가게 되고, 이런저런 관계도 헝클어져 버린 것이다. 그나저나 나에게 중요한 것은, 이제 열 길도 아닌 '한 길이라도 땅을 파봐라'며 아이에게 할 얘기가 없어졌다는 점이다.

산을 넘어가면 당연히 숨이 찬다. 그처럼 돈이라는 것이 다다익선이기도 하면서 삶을 온통 헝클어놓기도 하는 것이라는 생각이 들었다.

산을 넘어서자, 어렵던 시절 어른들이 하시던 이야기대로, 쌀 떨어진 가난한 집에 먼저 피어난다는 살구꽃이 피어나고 있었다. 복숭아꽃과는 달리 상큼하게 농익은 정염처럼, 튀밥처럼 터지듯 피어나는 살구꽃. 그 향기에 취해 아침나절부터 궁상을 떨기도 했던 가난한 행색은 가려지고, 제풀에 행복해진 봄날 아침이었다.

두 여인

말수가 적거나 아예 못하는 사람과 살고 싶다는 생각을 했던 적이 있다. 자기 힐난처럼 잠시 스치는 생각이 아니었다. 이런저런 이유나 변명을 둘러댈 수도 있겠지만, 시간이 지나자 지독히 이기적인 자기 연민이었거나 과잉 방어기제가 작용한 소치였을 거라는 생각이 든다.

초등학교 육 학년쯤이었던 것 같다. 지금이야 젊은이들은 대부분 고향을 떠났고 육십 대를 지난 노인들만 스물 댓 가구를 넘지 않지만 당시에는 50여 구가 넘던 동네였다. 같은 동네에 산다 하더라도 거리상 가까운 이웃이 아니면 말 그대로 남 같았는데, 이웃사촌처럼 그 늦둥이네 집은 바로 이웃이었다.

아이들이 없으니 언젠가는 낳을 거라는 소원대로 '늦둥이네' 라는 집이 있었는데, 동네 사람들은 나오는 소리대로 '느뗑이네' 라 불렀다. 그러나 부부가 삼십 대 중반이 지나도록 아이가 없었으니 그 호칭은 계속되었고 요즘 같으면 시험관이니 체외수정이니 하는 방법을 써볼 수도 있었겠지만 당시에는 생각할 수도 없는 일이었다.

아랫마을 누구네 집에선가는 논 몇 마지기 값을 떼어주고 씨받이처럼 섬에 사는 처자에게서 애를 낳았다고도 했다. 그것은 왕조시대의 아득한 옛날이야기가 아니었다.

보리타작이 끝나고 초여름이었던가 싶다. 늦은 밤, 그 집 바깥마당으로 불이 내걸리고 서울에서 손님이 온다며 택시가 들어왔다. 마을에 택시가 들어오는 경우는 특별한 일이었다. 택시에서 내린 사람은 이십 대 후반의 젊어 뵈는 낯선 여인이었다. 구경나온 마을사람들 틈에 끼어 있었는데, '재취'이니 '작은 마누라'라느니 하는 말을 들었던 것 같다.

그 집에 온 지 며칠 동안 고운 한복을 입고 있었는데 그 처자는 말을 하지 못한다고 했다. 지나다 보면, 아이도 없으면서 '느떵이 엄마'라고 부르던 아주머니는 그 젊은 처자에게 삿대질을 하며 핀잔을 주고 있었다. 서울에서 왔다는 젊은 처자는 들에 나가 서툰 농사일을 하기도 했다.

그리고 시간이 흘러 여자아이를 낳았다며 대문에 금줄이 걸렸다. 그 후에는 아들을 낳고 또 딸을 낳았다. 여자아이를 낳은 후부터 '느떵이네'라는 호칭은 사라졌으며, 그 여자아이의 이름으로 부르게 되었다.

지난 구월 초, 벌초를 하고 고향마을에 들렀다. 어려서부터 익숙한 느떵이네 집에도 들렀다. 딸은 시집을 보냈다고 하고, 큰 아주머니는 마실이라도 가셨는지 보이지 않았다. 작은 아주머니만 문을 열고 밖으로 나오셨다. 머리를 숙이며 인사를 했다. 마주치기는 했어도 마주보면서 아니, 지나치면서도 한 번도 이야기를 나눈 적이 없으니 어색하고 서먹한 사이였지만 그래도 엷은 미소를 보여주셨다.

바깥주인은 얼마 전에 세상을 떠나셨고 두 여인만 사는 집. 귀동냥으로 들은 이야기이지만 두 여인 모두 첫 번째 사내와 이런저런 이유로 헤어졌다고 한다. 여자로서 아픈 상처를 가지고 있는 셈인데, 혼자 살아야 하는 관습이나 규범 같은 것은 깨버리고 두 여인이 함께 이 집의 안주인이 된 것이다.

그 집을 돌아 나오면서 두 여인의 삶에 대해 생각해보았다. 여자로서의 깊은 상처를 가슴에 묻어둔 채 다시 결혼생활을 시작해, 운명처럼 만난 두 여인. 요즘 같으면 생각할 수도 없는 일이지만, 당시는 그런 야만이 묵인되던 시절이었다.

모든 것에 먹는 문제가 우선이었지만, 밥을 하거나 밭일을 거들거나 하는 일손이 늘었다는 긍정적인 부분도 생각할 수 있을 것이다. 하지만 '시앗을 보면 돌부처도 돌아앉는다'고 했는데, 본인의 묵인 아래 시앗을 들여야 했을 터이니 그 마음을 어찌 헤아릴 수가 있겠는가.

그리고 낯선 곳 그것도 생활환경이 전혀 다른 농촌으로 내려온 여인 또한 말을 하지 못한다는 신체적인 약점이 있다고는 하지만 참으로 험난한 세월이었을 거라는 생각이 든다. 남편이라는 사내와 한이불 속에서 잠잘 수 있으려니 하고 기대도 했을 것이다. 그러나 처음 며칠간만 빼고는 지엄한 시어머니 같은 여인의 질투를 감당하는 것이 만만한 일은 아니었으리라고 본다.

그런 저런 세월이 흐르고 두 여인 곁에서 사내는 위안을 얻거나 이런저런 갈등도 겪었을 테지만 이제 이 세상 사람이 아니니 그 편린을 알아낼 수도 없다.

좋은 소리든 귀에 거슬리는 싫은 소리든 나는 이런저런 말을 뱉어내고 살면서, 말 없는 사람과 살고 싶다는 생각을 했으니 얼마나 치사한 발상인지.

곱던 얼굴은 낡아져 이제 할머니가 되어가지만, 그래도 엷은 미소로 맞아주던 여인을 보며 생각했다.

'얼마나 할 말이 많으셨을까. 그 할 말을 다 뱉어 내지 못해 얼마나 답답하고 억울했을까.'

독獨이 독毒이 되기도 하는 것인가

짙푸른 바다, 파도에 밀려온 해풍에 푸르게 물들어 다시 파도처럼 일렁이던 보리밭, 시린 바람에 섧게도 피었다 지던 동백꽃, 투박한 남도사투리에 쉽게 익숙해지지 못하던 시절. 푸른 제복을 입고 삼 년을 살면서 아름다운 산하와 사람들 덕분에 정을 붙이게 된 완도. 푸른 바다와 산하, 그 대지처럼 푸르던 젊음으로 외로움을 태우던 그 시절.

명절이면 혼자 식당 문을 밀치곤 했는데 일 년에 한두 번이긴 했지만, 늘 두려움처럼 누군가의 시선을 의식하며 서글퍼졌던 기억이 떠오른다. 식탁 위의 음식에 그리움 같은 것이 스며있어서 음식들과 같이 씹혀져 삼켜지곤 했었다.

세상 많은 일을 겪다 보면 아무리 슬프거나 가슴 아픈 일도 익숙해진다. 사랑했던 연인과의 이별도 처음이 힘들지 점차 그 아픔이 가벼워지기도 한다. 그러나 혼자 밥 먹는 일은 여전히 익숙해지지 않는 것 중의 하나이다.

요즘엔 가족이란 말을 더 많이 쓰지만, 예전에는 '식구'란 말을 더 많이 썼다. 누군가에게 아내를 소개할 때에도 '우리 집 식구'란 말이 낯설지 않았다.

'식구', 사전적 의미로는 한집에 살면서 끼니를 같이하는 사람이다. 그래서 식구란 말속에는 밥을 따로 먹는 것이 아니라, 같이 먹는 사람이라는 중요한 의미가 담겨 있다.

불과 몇십 년 전만 해도 온 가족이 함께 모여 밥을 먹는 일은 일상이었다. 때가 되었다 하더라도 집안 어른이 외출 중이면 돌아오실 때까지 기다려야 했고 어른이 먼저 수저를 들어야 밥을 입에 넣을 수 있었다. 밥을 먹는 것은 단순히 배를 채우는 것이 아닌 하나의 엄숙한 의식 같았다.

집안 어른들이 특권처럼 아이들이나 아녀자들에게 핀잔을 날리거나, 극단적으로 상을 엎는 경우도 있었다. 그래서 '밥상머리' 교육이라는 말도 생겨났을 것이다. 이제 식구라는 이름으로 온 가족이 같이 밥을 먹는 일은 일 년에 몇 번쯤인가. 자정을 넘겨 먹던 제삿밥처럼 또 다른 의미의 행사처럼 세태가 변해가고 있다.

그리고 언젠가 식당에서 목도한 풍경 중의 하나, 연인인 듯 보이는 남녀가 들어와 밥을 주문하고 밥이 식탁에 차려지고 밥을 먹는가 싶더니, 각자 휴대전화 통화를 시작했다. 그 모습을 보며, 앞에 앉아있는 상대방이 타인처럼 존재하고 있다는 생각이 들었다.

밥을 같이 먹는 귀중한 시간에도, 앞에 존재하는 사람과의 관계보다 또 다른 이해와 소통을 추구하는 것이 이 시대를 살아가는 우리의 자화상일지도 모른다.

그런데 요즘은 혼자 밥 먹는 일이 일상으로 다가온다. 자신의 욕망과 결정을 존중하기보다 타인의 시선을 먼저 의식해야 하는 우리네 정서로는 밖에서 혼자 밥 먹는 일이 곤혹스러울 수밖에 없다. 그래서 많은 사람이 편의점이나 패스트푸드 점에서 한 끼를 해결하기도 하고 아예 생략하기도 한다.

가급적이면 누군가와, 더하여 편하고 좋은 사람과 같이 식사를 할 수 있다면 좋은데 때론 부담스럽고 번거로운 일로 느껴지기도 한다. 어차피 혼자 밥 먹는 일에도 익숙해져야 편해지는 세상살이, 그것을 즐길 수 있는 것도 삶의 한 방편이며 지혜일 거라는 생각이 든다.

이런저런 이유로 혼자 사는 이들이 점점 많아지고 있다. 예전에는 3대가 같이 모여 사는 것이 예사로운 일이었는데, 시골에 가면 나이 드신 노인네들이 홀로 사는 집이 대부분이다. 자식들에게 짐이 되지 않겠다거나 도시생활에 대한 거부감이 그 이유이기도 하다.

도시에서도 결혼을 포기하거나 미루면서, 심지어는 부부간에도 이런저런 갈등을 이유로 별거를 하곤 한다. 그리고 바늘구멍 같은 취업의 탈출구를 열기 위해 수많은 젊은이가 최소한의 작은 공간 속에 웅크리고 앉아 혼자 생활하기도 한다. 그러면서 서로에게 다가가거나 마음의 문을 열기보다 사람들과 부딪치고 싶지 않다는 이유로 타인처럼 지내는 것이 일반화되어가고 있다.

최근에는 결혼 하객을 대신하거나 심지어 애인까지도 대신해주는 신종 직업이 성행한다고 한다. 돈으로 사람과의 관계를 일시적으로 사거나 만들 수도 있는 편리한 세상이기도 하지만, 사람과의 관계를 두려워하거나 기피 하는 것이 사회문제가 될 수도 있을 거라는 생각이 든다.

지난 겨울, 큰아이는 군에 입대한 지 두 달이 지났고 작은아이는 편지를 책상 위에 올려놓고 여행을 떠났다. 가끔 혼자 있는 시간이 달콤할 것도 같다는 허튼 염원을 가진 적도 있다. 그러나 작은아이가 떠난 지 하루가 지나고 이틀이 지나자 혼자 있다는 것이 외로움으로 다가왔다.

늘 이런저런 걱정을 하며 잔소리를 해줘야 하는 대상이라 생각했는데, 혼자 있다는 외로움이 생뚱맞게도 크게 느껴졌다. 물론 가족이라는 것 때문에 그럴 수도 있었겠지만 말이다.

인간은 그 문자의 얽힘처럼 본래 어우러져 살아가야 하는 존재다. 나름대로의 공간 속에 혼자 있다는 것이 사치스럽게 느껴질 만큼, 거추장스럽지 않고 자유를 보장해줄 수도 있을 거란 생각이 들기도 한다. 그러나 독獨이라는 것이 독毒이 될 수도 있을 거라는 생각이 든다.

홀로 밥을 먹어야 하는 날 누군가의 기별을 기다리듯이, 가끔은 홀로 밥 먹을 이를 생각하며 그에게 다가가거나 기별을 전해주고 싶다.

인정받고 싶다는 굴레를 생각하며

'세상에 가장 쉬운 일 중에 하나는 남을 흉보는 것이고 그만큼 어려운 것은 자신을 흉보는 것이다.'

혼자 흉을 보는 것이 분하고 아까워서 대부분 누군가에게 이야기를 하게 된다. 그대는 누군가와 만나 무슨 이야기를 나누는가. 만나서 이야기하는 화제는 대부분 매번 같은 내용이다. 한 달에 열 번을 만나는 사람이든, 일 년에 한두 번 만나는 사람이든 말이다.

늘 같이 생활하는 부부 사이도 마찬가지다. 치사하더라도 말로 하는 것은 그럴 수도 있을 거라고 생각한다. 하지만 돈을 벌 생각에서인지 개인적으로 원통하거나 괘씸하다고 해서 관음증을 유발시키려는 듯이 은밀해야 할 사생활을 까발려 많은 사람이 돌려볼 수 있도록 글로 쓰는 것은 사람을 어리둥절하게 만들곤 한다.

인간이 가진 보편적인 욕구라며 그 욕구를 사다리처럼 세운 학자가 있었다. 메슬로우는 이런저런 욕구는 동시에 생겨나는 것이 아니라, 기본적인 욕구가 충족되었을 때부터 점차 다음 욕구가 생겨난다는 이론을 체계

화하였다.

  욕구와 욕심은 닮은 모습이기도 하면서 다른 파장을 가지고 있다. 생리적인 것에서부터 세 번째까지는, 욕구라는 것으로 자신의 범주 안에서 해결하거나 스스로를 다독일 수도 있을 것이다. 그러나 네 번째로 걸쳐진 사다리의 계단을 오르게 되면 단순한 욕구가 아니어서 자신의 범주 안에서 해결할 수가 없다. 그것은 인간사의 파장으로 문제가 되기도 한다. 결코 자신의 내적인 의지로만 해결할 수 없는 것이어서 욕구가 아닌 욕심이 되기도 한다.

  헤겔은 '욕망은 타자의 욕망' 이라는 표현을 했다는데, 본질적으로 나의 욕망이라지만, 또 다른 본질처럼 타인의 시선을 의식한 것이 욕망 속에 도사리고 있다는 것이다. 인정받고 싶다는 존재감은 본인의 의지로만 해결할 수 없는 것이고 상대적인 것으로 존재한다.

  인간은 누구나 인정받고 싶다는 보편적이면서도 일견 비겁하거나 치사하기도 한 욕구를 가지고 있다. 그것에서 자유로울 수 있는 인간은 드물다. 만약 그런 인간이 있다면 자신을 포기하였거나 아주 담력이 센 사람일 것이다. 부부유별이라는 전통적인 가치가 무너진 이 시대를 살아가며 사내들은 아내를 포함한 여인들로부터 인정받고 싶은 욕구 같은 것에 굶주려 있다.

  어머니도 여자이듯이 여자에게서 태어나서 원죄처럼 평생을 여자의 인정과 사랑을 추구한다. 남자는 여자가 자신 때문에 행복하기를 바라고 그것에서 존재감을 가지기도 한다. 여자는 남자에게서 '사랑해' 라는 소리를 듣고 싶어 하는 반면, 남자는 여자로부터 '난 당신이 필요해'라는 소리를 듣고 싶어 한다. 아내에게 인정받지 못하는 사내들은 내던지는 팁에 달콤하게 감겨드는 술집을 찾거나, 은밀하게 거래되는 부정의 함정 같은 여인의 욕망에 편승하려는 비열한 몸짓을 하기도 한다.

또한 자라면서 아비로부터 인정받지 못한 자는 끊임없이 과도하게 타인의 인정과 관심을 기웃거리느라 애가 탄다. 어미로부터 사랑을 받지 못하고 자란 자는 누군가를 사랑하는 것에 서툴다는 프로이드의 이론은 설득력이 있다.

무리 안에서 인정받지 못하는 자는 때때로 자신을 파괴하듯 극단적인 저항의 몸짓을 보이거나, 자신을 파멸로 내던지기도 한다.

《천주실의》의 저자로, 가톨릭 원리주의적 단체인 예수회 회원으로 종교적 열정을 안고 중국으로 들어가 스스로 중국인이고자 했던, 그래서 역사상 처음으로 동서양의 문명을 딛고 선 인간, 마테오리치. 16세기 말 포교를 목적으로 중국에 들어온 그가 그곳에서 이해할 수 없던 일 중의 하나가 바로 그곳 사람들의 자살행위였다고 한다.

그래서 다음과 같은 기록을 남겼다.

"생활고를 견디지 못하거나 큰 불행을 이겨내지 못하는 경우가 많지만, 이런 것보다 더 어리석고 더 비겁한 동기는 미워하는 사람을 골탕먹이기 위해 제 목숨을 끊는 일이다."

타자로부터 인정받고자 하는 욕구는 보편적인 욕구이면서 스스로를 굴러가는 동력으로 작용하는 긍정적인 면이 있다. 하지만 때로는 자신을 추하게 하거나 무리 중에서 악으로 존재하게 하는 이중성이 있기도 하다.

그 책에는 '겉으로만 고상할 뿐 도덕관념은 제로였다'는 등의 이야기가 들어 있다. 욕망은 결국 타자의 욕망이라는 말이 다시 모호해진다.

인정받고 싶다는 욕망이 넘쳐, 절실함조차 부산물이 되고 사랑의 감정은 모호한 치정癡情으로 세간의 화제가 된 후, 결국 영어囹圄의 모습으로 추락하게 된 것이다. 그 시절 입었던 옷 가슴에 명찰로 붙어 있었던 숫자를 제목으로 했다는 책이 세간에 화제가 되어 종잇값을 올리기도 한다는 소문이 들렸다.

겉으로만 고상했다는 그 사내들에게 비슷하거나 같은 사내로써 치사한 연민 같은 것이 느껴졌다. 그리고 솔직히 내가 세간의 이목을 끌지 못할 하잘 것 없는 필부에 불과하지만, 누군가 나의 비리를 일방적으로 그렇게 까발린다면 어찌할 것인가 하는 으스스하고도 비열한 두려움도 들었다. '인정'이라는 것은 존재하지 않는 허상처럼 사실이 아닌 개념적인 것이다. 철저하게 상대적이고 복합적인 이해관계가 얽혀있기 때문이다.

누군가로부터 인정받는 것은 결코 사실이 아닌 착시현상 같은 것이다. 그 착시를 쫓으려 평생을 허우적거리기도 하고 삶을 망가뜨리고 훼손하기도 한다.

아침형 인간의 비애

유행처럼 아침형 인간이란 말이 회자되던 시절이 있었다. 일본의 한 의사가 썼다는《인생을 두 배로 사는 아침형 인간》이란 책이 많은 사람들 손에 들려지면서 만든 말이었다.

'아침 일찍 일어나는 새가 벌레도 잡는다' 라는 서양 속담과 이어져 아침에 일찍 일어나고 그 시간을 잘 활용하는 인간이 성공도 할 수 있다는 내용이었다. 자연의 리듬을 생체리듬으로 맞추면 인생을 두 배로 살 수 있다는 것이었다. 그렇지 못한 인간보다 성공할 수도 있다는 내용이 일견 설득력이 있기도 하였고 공감을 얻기도 했다.

태생부터 농경문화가 몸에 배어 있어서 여태껏 남들처럼 변신도 못하는 천생 촌놈이다 보니 내 생체 리듬은 아침형 인간이라는 범주 속에 들 것 같다는 생각이 든다. 그러나 인생을 유용하게 사는 것이나, 성공과는 무관하게 무늬만 아침형 인간인 내 삶의 행태에 여러 가지 치사하기도 한 비애가 느껴지기도 한다.

광주보병학교 초등군사반 교육을 마치고 소대장으로 배치된 곳은 특공부대였다.

태양이 뜨거워지기 시작하는 유월 중순이었다. 드디어 피교육생이라는 껍질을 깨고 '오만 촉광'으로 빛이 난다던 그 '밥풀떼기' 같은 소위 계급장을 달고 미지의 세계에 대한 설렘 같은 그리고 얼마간 두려움을 갖고 있을 때였다.

김포공항 근처에 있던 연대본부에서 신고를 마치고 군용트럭에 의류대와 함께 실려 대대본부로 갔다. 연병장을 지날 때 얼룩무늬 반바지지만 입은 검게 그을린 병사들이 특공무술을 하고 있었다.

뜨거워지기 시작하던 태양만큼이나 내 심장도 뜨거워지는 시기였으니 그 연병장의 지열과 그네들이 내는 젊음의 열기로 내 마음도 뜨거워지고 있었다. 부대특성 상 야외훈련을 나가면 중대나 소대 단위로 숙영 및 자체 취사가 행해지곤 했다.

해가 바뀌고 이월 하순 천리행군이 시작되었다. 출발하면서 돌아오기까지 천리를 행군하며 다양한 훈련이 이뤄지는 훈련이었다. 주둔지를 출발하여 양평 일대의 산속에 언 땅을 파내고 비트화 한 숙영지를 편성하고 훈련이 실시되었다.

산속이어서 아직 떠나지 못한 겨울이 머물러 있을 때였다. 차갑게 바람이 비집고 들어왔다. 밤새 차오른 방광 때문에 침낭 속을 빠져나와야 하는 일은 하기 싫은 일 중의 하나였다. 언제나 먼저 일어나는 것은 소대장이었다. 그리고 아침 준비를 했다.

병사들과 나이 차이가 많이 나는 것은 아니었지만 나처럼 오리지널 촌놈은 드물기도 했고, 다년간의 자취생활과 어려서부터 부엌에 드나들기도 했던 이력은 반합에 밥을 하는 것이나 찌개를 만드는 것에 익숙했다.

소대장으로서의 체통도 없이, 숨기거나 감추지 못한 것이 비애의 시작이었다. 게다가 자연에서 활용 가능한 먹을거리 등을 그들보다 더 많이 알고 있었으니 병사들의 정서와는 달라도 많이 달랐다.

하루, 이틀이 지나면서 병사들은 불만을 드러내기 시작했다. 철야로 행군 후 숙영지에 도착하면 병사들은 다 지쳐있었다. 컵라면 하나쯤으로 배를 채우고 싶어 했지만, 소대장이 얼음을 깨고 반합에 쌀을 씻어오니 얼마나 불편했겠는가. 소대장이 어깨에 힘을 주고 무게를 잡고 있는 것이 더 바람직한 모습일 수도 있는 데 말이다.

먼저 일어나 설쳐대지를 않나 사사건건 밥이며 부식에 관여하지를 않나, 선임 병장들은 아예 노골적으로 불만을 드러내기 시작했다. 아침에 밥을 해다 넣어주면 맛있게 먹어주기만 해도 좋을 텐데, 그런 상황에서 소대장의 권위는 흐려질 수밖에 없었다. 그렇다고 그 습성이 쉽게 바뀌지는 않아 그때 처음으로 촌놈으로 자라온 내 삶의 행태를 그리고 아침형 인간의 비애를 처절하게 느껴야 했다.

그리고 비애는 결혼을 하면서 다시 깊게 찾아들었다. 그것은 단지 비애만이 아닌 결혼생활을 휘청거리게도 할 만큼 치사한 것이기도 했다.

아내는 아침잠이 많은 편이었다. 위에서도 언급했지만 농경시대에 필수 덕목처럼 기본적인 생활 리듬은 아침형 인간이었다. 인생을 풍요롭게 하기 위한 삶의 행태라기보다는 꼭두새벽부터 발발거리지 않으면 집안 살림이나 짐승을 거두는 것이나 농사일이나를 제대로 해나갈 수가 없었기 때문이었다.

그 시대의 어머니들은 자명종 시계도 없이 장닭의 홰치는 소리나 창호지문을 물들이는 빛의 중량을 가늠하여 기상시간을 정하곤 했다. 식사준비를 하는 것 또한 대부분 보릿짚 같은 농사 부산물이거나 산에서 채취한 것을 이용한 화력을 이용해야 했고 공동우물에서 물을 길어다 써야 하는 등 일일이 손이 가야 하는 일이었다.

새마을운동이 시작되면서 축산 분뇨를 이용한 메탄가스를 활용한 취사 연료가 시범적으로 활용되기도 했지만 경제성과 효용성이 흐려져 이내 사라졌고 석유곤로가 부엌에 들여온 것도 1970년대 후반쯤이었다. 아이들이 자라면서 중학교나 고등학교에 진학했고 통학거리가 십 리, 이십 리는 보통이었으니 새벽같이 일어나 아침밥을 지어먹고 도시락을 준비하는 것 또한 그 아침에 분주히 해야 할 일이었다.

그 시절은 지금은 생소한 대가족제도가 유지되던 시절이었다. 그 시절 어미의 역할은 요즘처럼 아이들 교육이나 뒷바라지에 '치맛바람'을 만들 여력이 없던 시절이었다. 새벽같이 일어나 식구들 밥을 지어야 했고 짐승을 거둬야 했고 논으로 밭으로 산처럼 쌓인 농사일이 어머니를 기다리고 있었다. 그저 등이 휠 것 같은 희생과 인고의 삶 자체였다. 그 어머니의 모습이 너무나 강하게 각인되었던 터라 그 모습을 아내에게 투영하였던 것이 비애의 시작이었다.

잠자는 누군가를 깨운다는 것은 참으로 곤혹스럽기도 한 일이다. 그것이 아침마다 해야 하는 일이라면. 지금 생각해보면 아침마다 깨워야 한다는 것을 좋게 생각할 수도 있는 일이었는데 그때에는 그러지 못했고 아침마다 불만을 표시했고 불편해야 했다.

옳고 그름의 문제가 아니었다. 이해라거나 배려 같은 단어는 사치스런 것이었다. 지금 생각하면 한심하기도 하지만 아내를 깨워서 차려주는 밥을 먹는다는 것과 스스로 알아서 챙겨먹는다는 것은 용납할 수 없는 비겁한 일이라고 스스로를 다그쳤고 그것은 나 자신을 얽어매었다. 그리고 갈등과 다툼의 시발이 되기도 하였다.

그리고 비겁하게 아는 사람들이 모인 자리에서 허물처럼 흉을 뱉어내기도 했다. 지금 생각해보면 한심하도록 치사한 사내의 모습이었지만 그때는 어쩔 수 없었다.

현관을 마주하며 후배 하나가 살고 있었다. 가끔 아침 출근길에 마주치기도 했는데 이상한 장면을 목격하곤 했다. 분명히 후배의 부인이 집안에 있는 걸로 알고 있는데 현관 출입문을 열쇠로 잠그는 것이었다. 그 이상해 보이던 행동을 직접 물어보지는 못했고 후에 알아냈는데 자고 있는 아내를 깨우지 않고 출근하면서 문을 잠근 거였다.

처음에는 '세상에 이런 남자 망신시키는 놈이 있는가' 싶어 화가 나기도 했지만 지금 생각해보면 나무랄 수만은 없는 모습이었다. 그리고 그것은 아이들이 자라면서도 질기게 이어져갔다.

가끔 집에 있는 날이면 늦게 일어나 아침도 제대로 챙겨 먹지 못하는 아이들을 보면서 아내와 아이들과의 갈등의 요인이 되었다. 주말 아침이면 가끔씩 큰 소리가 나기도 했다. 물론 시간이 흐르면서 포기하게 되었고, 아침운동을 나가며 일어날 시간을 맞춰두고 집에 들어서기도 했다.

아침형 인간인 나는 숙명처럼 비애를 짊어지고 가야 할 운명인가 하는 생각이 들기도 했다. 그리고 그 비애는 다른 모습으로 찾아들기도 했다. 함께 여행을 가거나 아는 이의 집을 방문해 잠이라도 자는 날이면, 아침시간마다 곤혹스런 일이 생겨나곤 했다. 일정 때문에 일행의 곤한 아침잠을 깨워야만 했고, 그렇지 않을 경우에는 소리를 죽여 집 밖으로 나가면서 눈치를 봐야 했다.

그래도 나는 무늬만이더라도 아침형 인간인 내가 좋다. 이제 나이가 들어가니 어느 정도 이해심이 생기기도 했지만 말이다. 하루 중 이른 아침이 주는 그 청량과 긴장감을 좋아하기 때문이다. 집에서도 마찬가지고 낯선 곳에라도 가면 산에 오르거나 골목길을 돌아 나오거나 들길을 가거나 하는 것이 좋다. 폭음이라도 해서 그 아침시간을 놓친 여행길은 너무나 쓸쓸하고 안타깝다.

*

그 절실함에 관하여

 러시아의 작가 도스토옙스키는 스물여덟 젊은 나이에 사형선고를 받은 적이 있었다. 혹한의 겨울날, 형장으로 끌려가 기둥에 묶여졌다. 좌우로 두 명의 죄수가 같은 모습으로 서 있었다. 마치 골고다 언덕에 세워졌다던 십자가처럼.

 집행 예정시간이 5분 정도쯤 남았다는 생각이 들었을 때 도스토옙스키는 남은 5분의 시간을 어떻게 쓸까 생각해 보았다고 한다. 그는 같이 매달린 사형수들에게 마지막 인사를 나누는데 2분, 오늘까지 살아온 생활과 생각을 정리하는데 2분을 쓰기로 했고 그리고 남은 1분은 눈앞에 보이는 것들을 둘러보는데 쓰기로 했었다고 한다.

 연민처럼 눈물이 고인 눈으로 옆에 있는 두 사람에게 최후의 키스를 하고 그리고 자신에 대해 생각하려는데 문득 3분 후에 어디로 갈 것인가 하는 생각이 들면서 눈앞이 깜깜해졌다는 것이다.

 그때까지 살아온 세월이 너무 헛되게 느껴져서 다시 살 수만 있다면 하는 생각이 절실했는데, 탄환을 장전하는 소리가 들렸다. 순간 견딜 수 없는 죽음의 공포가 엄습했었을 것이다. 그때 바로 그 순간, 한 병사가 흰 손수건을 흔들며 달려와 황제의 특사령을 집행관에게 건네주었다고 한다. 그 후 도스토옙스키는 시베리아로 유배를 떠났다.

돌이킬 수 없을 최후의 순간을 경험한 데다 형이 남긴 엄청난 빚 등으로 고뇌하면서 도스토옙스키는 인간 심성의 가장 깊은 곳까지 꿰뚫어보는 심리적 통찰력으로 특히 영혼의 어두운 부분을 드러내 보이는 불후의 작품을 남기게 되었다.

가끔 생각한다. 지금 나에게 누군가가 '네가 지금 하고 싶은 것, 이루고자 하는 것이 무엇이냐?' 이렇게 묻는다면 하고 말이다.

아마도 한참을 두리번거릴 것 같다. 어쩌면 그만큼 절실하게 하고 싶은 것이나 이루고자 하는 것이 없는 것인지도 모른다. 꿈과 소망을 말하지만 작은 어려움에도 좌절하거나 포기하기도 하고 싫증내며 돌아서기도 한다. 그리고 이런저런 핑계를 만들어 내기도 할 것이다.

절실함이 배어들지 않은 꿈과 소망은 바닷가 백사장에 손으로 쉽게 세워놓은 모래성처럼 단 한 번의 밀물에도 허물어져 흔적도 없이 사라져버릴 것이다. 그리고 그 절실함이 없다면 스스로 어려운 난관을 돌파해나가는 동력을 만들어내지도 못할 것이다. 대부분의 절망은 행동이 아닌 관념 속에서 만들어지기도 한다.

살아오면서 나를 버릴 만큼 절실한 적이 몇 번이나 있었는가. 내가 걸어 놓은 올가미에 걸려 버둥거리지 않기 위해 어떻게든 자신을 지켜내고 상처받지 않기 위해 허튼 이기를 내다보며 빠져나갈 길을 만들고 준비해야 했던 자신을 발견하기도 한다.

어느 때인가는 누군가를 사랑한다면서도 부담을 주지도 받지도 않으려고 애쓰기도 했고, 준 것과 받은 것을 셈하며 내가 늘 많이 건넸다고 서운해하며 야속해하기도 했다.

그래서 영원은 절대 존재하지 않는 현실이라는 것을 누군가에게 주절거리기도 했던 것 같다. 그래야 서로에게 상처를 주지도 받지도 않는 것이라 진정 믿었고 또 믿었던, 치사하고 참으로 딱한 모습이었다.

맵고 차가운 바람이 지나간 도시에 우울한 회색빛의 봄기운이 스며든 가벼운 바람이 지나던 날, 주머니에 무언가 잡혀지는 것이 있었다. 지난 주말 산에 가면서 간식으로 깎아 비닐봉지에 넣어둔 밤이었다.

잊힌 채로 사흘 동안 주머니에 남겨져 있던 밤 두 알이었다. 봉지를 풀고 입에 넣기 위해 밤알을 집어 들었을 때 그 밤과 별개로 보이는 것이 있었다. 절대 죽은 것이 아닌, 살아있다는 것을 항변이라도 하려는 듯 연둣빛으로 감겨 올라온 새싹이었다.

검게 퇴색돼가는 밤의 몸빛과는 전혀 다르게 순하고 연약한 연둣빛이었다. 그 순간 나는 걸음을 멈추고 그 살갗이 다 깎여진 몸에서 밀어올린 생명을 보았다. 뭐라고 표현할 수 없는 감정이 무딘 가슴을 훑고 지나갔다. 아! 그것은 생명의 절실함, 바로 그것이었다. 내가 한 번도 가져보지 못한 그 처절한 절실함, 그 죽음 같은 절망 속에서도 아니 절대 생명이라고 생각조차 가지지 못한 것이 잉태한 또 하나의 저 절실한 생명이라니!

다시 밤을 봉지에 집어넣어야 했다. 그리고 집으로 돌아와 작은 화분에 그 밤알을 조심스럽게 묻고 물을 주었다. 상처 난 몸에서 새싹을 키워 올릴 것이라는 확신은 없었지만, 얼마간 자란 후에 산으로 옮길 것이라고 마음먹었다.

내가 죽도록 사랑하지 않았기 때문에 영원은 늘 존재하지 않았고 나를 버리지 못했기 때문에 내가 가진 것은, 아니 내 가슴은 늘 비어 있어야 했는지도 모른다. 상처 난 밤알을 묻으면서 나의 회한 같은 날들도 묻고 싶었다. 너무나 굳어버린 삶의 편린들이 부드러운 흙과 섞이지 않을 거라며 자신이 없어져서 주저하기도 했다.

그러나 이제 살아가야 할 날들 중에 생명 그리고 사랑의 소중함에 더 절실해진 삶의 비원을 섞어 같이 묻어두었다.

발문

김창환의 아름다운 문학 세상

김우종(문학평론가, 수필가)

김창환의 수필세계는 참으로 아름답다. 그 아름다움은 언어예술로서의 뛰어난 기교적 성과만을 의미하지 않는다. 수필은 작자 자신을 가장 진솔하게 드러내는 문학 장르다. 그러므로 수필은 재능 이전에 그 작자만의 고귀한 정신세계가 있어야 한다. 김창환의 훌륭한 수필은 먼저 이 조건의 성숙성을 잘 보여주고 있다.

작자 김창환이 걸어온 오십 여년의 발자취에 대해 잘은 모르지만 작자처럼 뼈저린 궁핍의 어린 시절과 남달리 힘겨웠던 23년간의 군 생활, 그리고 그러한 사람의 기억이라면, 여느 사람들은 그 때마다 내상內傷이 깊어지고 때 묻고 비뚤어지기 쉽다.

그런데 문학을 통해서 볼 수 있는 김창환은 너무도 순수하다. 그는 어느 경우에도 여전히 이 세상을 사랑하고 감사하며 그 아름다움에 감동하고 미래에 대한 기대를 버리지 않고 있다. 작자는 책머리에서도 '세상은 충분히 아름답다' 고 말하고 있다. 세상살이에 대한 이런 긍정적 자세뿐만이 아니라 그는 모든 사물을 그렇게 밝고 순수한 지성과 감성으로 보고 있다.

가난한 삶에 대한 것도 그렇다. 우리는 가난이 원수라는 말도 하지만 〈던져버린 궁상〉은 어머니와 함께 살던 어린 시절과 그 후의 궁상이 조금도 궁상맞지 않은 밝은 그림으로 새겨지고 있다.

특공부대 생활 등으로 남달리 위기와 모험을 겪었던 군생활의 〈장난감 병정〉 이야기도 그가 그 속에서 조금도 일그러지지 않고 조금도 굴하지 않고 본래적 순수성을 그대로 지니고 사회에 나왔음을 보게 된다.

작자가 세상을 바라보는 순수한 지성과 감성은 이처럼 긴 세월이 흘러 도 변하지 않는 작자의 견고한 광석과 같은 것이며 문학이 여기서 우러나 오고 있다. 그리고 여기에 작자의 탁월한 문학적 소양이 작용해서 〈천수 만〉같은 수작을 만들어 낸 것이다.

> 바다는 보이지 않았다. 바다는 늘 떠나고 돌아오는 것에 익숙해져 있 었다. 어디까지 흘렀다가 왜 다시 돌아오곤 하는지 알 수 없었다…….
> (중략)…….
> 생성의 본질은 소통이었다. 늘 젖어 있는 그래서 질척거리는 뻘이 바 다와 소통을 하는 사이, 숱한 생명들이 잉태되어 바다로 나가기도 했다.

이렇게 시작되는 천수만의 뻘 이야기는 지금까지 자연의 아름다움을 소재로 한 많은 한국 문학작품들 중에서 단연코 뛰어난 수작이다. 그것은 뻘에서 살아 나가는 모든 생명체들의 숨소리와 사랑의 대화를 들을 수 있 는 사람만의 증언이며, 이런 수필은 조물주가 우리에게 준 이 세상 모든 것을 진심으로 사랑하고 이에 대하여 감사할 줄 아는 사람만의 작품이다.

그리고 이런 세상을 무너뜨리는 우리 조잡한 인간 문명의 횡포에 대한 비판과 함께 Let it be를 부르며 애수의 노래로 끝맺은 기법은 매우 우수한 서정수필의 진가를 들어낸다.

자주 사용되는 비유법등에 의한 표현력도 발랄한 문장의 재치를 보여주고 있다.

'폐광처럼 어두워진, 폐경이 된 한물간 여인처럼, 폐선처럼 쓸쓸해진' 등 자주 사용되는 비유법에 의한 사물의 표현은 상상력을 유발하며 관념을 형상화 하고 읽는 재미를 훨씬 증대시킨다.

나이 50이면 이순耳順으로 긴 세월이고 더구나 뼈저린 가난으로 시작하고 전선의 험준한 삶에서 젊은 세월 다 보내는 동안 운명의 신에 대한 배반감도 때때로 있었을 터인데 이렇게 세상에 대한 뜨거운 애정과 미래에 대한 긍정적 의지를 조금도 잃지 않고 행복의 보물을 캐나가는 인생관은 매우 놀랍고 아름답다.

나는 작품 전체를 다 보지는 못했기 때문에 저마다 고른 수준으로 단정할 수는 없지만 김창환의 수필은 남다른 특수한 체험과 뛰어난 천부적 재능과 정신세계의 순수성, 이 세 가지 조건으로 한국 문단에서 특히 귀중한 독보적 자리를 차지해 나가게 될 것 같다.